www.bbulmedia.com

www.bbulmedia.com

완벽한관계

DAHYANG ROMANCE STORY

링고 장편 소설

완벽한관계

contents

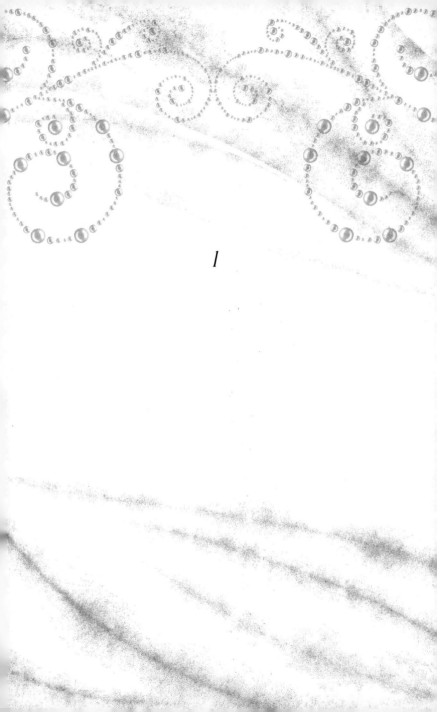

1

토요일 오후, 신사동은 한적하다. 나는 낡은 트렁크 하나를 끌고 가로수길을 한참 동안 걸어 내가 앞으로 살 오피스텔 앞에 다다랐다. 1층에 아기자기한 커피숍이 있는 건물이었다. 나는 가로수 그늘 아래 서서 잠시 오피스텔 빌딩을 감상했다.

　바람이 살랑거리며 뺨을 훑는다. 이렇게 기분 좋은 날에 독립을 하게 되어 기쁘다. 지난주가 오늘 같았으면 얼마나 좋을까? 비가 많이 내렸던 그날을 떠올리면 아직도 창피하다.

　부모님의 주선으로 본 맞선. 태어나 처음 일대일로 대화한 남자. 그런데도 나는 무척 대담했다.

　"부모님이 선보지 않으면 독립시켜 주지 않겠다고 하셔서 나온 거예요. 죄송하지만 전 결혼할 생각 없어요."

호텔 커피숍에서 만난 김문주라는 그 남자는 짤막하게 웃더니 고개를 끄덕였다.

"나한테 관심이 없다는 건 아니죠?"

"어……."

순간 나는 말문이 막혔다. 김문주가 내 말을 가로채고 말했다.

"이런 시작도 저는 충분히 결혼의 출발점이라고 칠 수 있습니다만."

"저, 아직은 사랑을 믿을 만큼 어리니까, 당신하고는 결혼 못 해요."

내 말에 김문주는 고개를 끄덕이더니 "다음에 또 볼 수 있길 빌죠."라면서 악수를 청했다. 우아한 태도였다. 나도 지지 않으려고 '나 선 따위에 관심 없어요'라는 태도를 유지하면서 악수를 거절했다. 그리고 당당하게 자리를 박차고 일어나 로비를 척척 걸어 나가다가 그만 젖은 대리석 위에서 미끄덩하고 말았다.

"괜찮아요?"

뒤에서 묻는 소리가 들렸지만 못 들은 척 서둘러 택시를 탔다. 넘어질 때 부딪혔던 손바닥과 무릎이 지끈거려 왔다. 비록 보기 흉하게 헤어지긴 했지만 김문주가 내게 악수를 청한 일이나 '또 뵙자'는 말이 못내 거슬렸다. 특히 '또 뵙자' 는 말은 흉곽 밑에서 덜그럭거리는 소리를 냈다. 도대체 무슨 의미였을까?

오피스텔의 엘리베이터는 점검 중이었다. 내 집은 4층이었다. 엘리베이터에는 비상계단을 이용하라는 안내문이 붙어 있었다. 과연 4층까지 무사히 올라갈 수 있을까? 어쩐지 불안했다. 걷는 게 무서워서가 아니라 트렁크 때문이었다.

나는 세월의 흔적이 고스란히 묻어나 있는 트렁크를 물끄러미 바라보았다. 오래된 탓에 약간의 충격에도 쉽게 입구가 열리는 트렁크였다. 그럼에도 이것을 가지고 다니는 이유는…… 첫사랑 남자아이가 선물로 준 것이어서였다.

하는 수 없이 계단을 올랐다. 4층 정도라면 어렵지 않게 올라갈 수 있으리라 생각했는데 상태가 좋지 않은 트렁크는 예상보다 더 거치적거렸다. 계단에 살짝만 닿아도 덜커덩 소리를 내고, 당장이라도 열릴 듯한 조짐을 보였다.

그렇게 설마설마하면서 오르는데 결국 3층 계단참에서 일이 벌어졌다. 무심코 비밀번호 다이얼을 건드린 순간 트렁크가 활짝 열리더니 그 안에 들어 있는 옷이며 속옷이 사방으로 흩어져 버린 것이다. 속옷은 3층 계단참 주변에도, 저 아래 2층에도 떨어졌다.

허둥지둥 계단을 내려가던 나는 낯선 남자와 맞닥뜨리고 얼어붙었다. 남자의 머리 위에 내 속옷이 얹혀 있었기 때문이다.

　남자는 베스트까지 완벽하게 갖춘 쓰리피스 슈트 차림이
었다. 그렇게 잘 차려입었음에도 부담스럽지 않았다. 슈트
디자인이 매우 모던했기 때문이다. 또 그것을 완벽하게 소화
해 내는 신체비율이 슈트를 한층 더 세련되게 만들어 주고
있었다.

　나는 머뭇거리면서 남자의 바로 앞까지 다가갔다. 계단
위에 서 있었음에도 그는 나보다 키가 컸다. 동시에 위압적
인 분위기가 눈길을 끌었다. 남성적인 매력이 물씬 풍겼지
만 여자를 위협하는데 쓰일 것 같지는 않았다. 이목구비만
큼이나 또렷한 눈매에서 자상한 인상이 흐르고 있었기 때
문이다.

　"죄송해요. 저…… 다치지 않으셨어요?"

　손가락으로 남자의 머리를 가리키며 물었다. 아무 대답
없이 그는 눈을 치켜떴다. 그리고 '당신 건가?' 라 묻는 듯
내 속옷을 덥석 쥐고는 얼굴께로 끌어 내렸다. 하긴, 저 얇
디얇은 속옷 한 장에 맞아 다쳤을 리 없지.

　나는 남자의 머리 위로 팔을 뻗었다. 하지만 그의 키가
큰 탓에 팔짝팔짝 뛰어야 했고 그러다 그만 발을 헛디뎌 엉
덩방아를 찧었다. 그때 계단에 손가락이 부딪쳤고 뭐에 스쳤
는지는 몰라도 부딪친 부분에서 피가 나고 말았다.

　"피가 나는데."

중얼거린 남자가 내 손을 덥석 잡았다. 뜨겁고 강인한 손이었다. 그는 피가 나는 내 손가락을 뚫어져라 보더니 이내 덥석 물었다. 그러고는 힘껏 빨기 시작했다.

나도 모르게 소리를 질렀다. 하지만 남자는 태연히, 끝까지 내 손가락을 맛있게 훑었다. 손가락에 감기는 혀의 느낌은 굉장히 부드러웠다.

"괜찮아졌군. 새 입주민이신지?"

남자가 입을 열었을 때 주변 공기가 후끈 달아오른 것을 느꼈다.

처음 나는 영문을 알 수 없었다. 그러다 남자가 대답을 기다리며 나를 뚫어져라 주시하고 있음을 알았을 때, 알았다. 그가 발산하는 에너지가 먼지 쌓인 비상계단의 건조함을 한여름의 해변처럼 고온다습한 기후로 바꿔 놓았음을.

다시 말해 남자의 카리스마는 작열하는 태양 같았다.

"네."

나는 갈라진 목소리로 대답했다.

"저는…… 사백……."

무심코 집 호수를 말하려고 하는데 남자가 갑작스레 내 팔꿈치를 잡아 나는 입을 다물었다.

"초면인 사람에게 어디 사는지 가르쳐 주면 어떡하나. 그렇게 쉽게."

약간 놀리는 듯, 빙글거리며 남자가 중얼거렸다.

"큰일 나요, 아가씨. 물론 이 오피스텔의 보안은 의심할 바 없이 완벽하지만."

큰일 날 소리를 할 뻔한 이유는 바로 당신 때문이라고 말하고 싶었지만, 그런 단순한 말조차도 나오지 않았다. 남자의 손에 붙들린 내 팔꿈치가 익어 버리지나 않을까 걱정이 될 뿐이었다. 자신이 내뿜는 카리스마만큼이나 그의 손도 뜨거웠고 내 몸도 마찬가지로 타들어 갔다.

남자도 그 사실을 알고 있을까? 곁눈질로 그의 표정을 읽었지만 아무 감정도 발견할 수가 없었다.

"트렁크가 고장났나 보군요."

어느새 나를 이끌고 계단을 척척 올라간 남자가 말했다. 그는 내 트렁크를 찬찬히 살펴보더니 흥미 가득한 눈빛을 보내왔다.

"이렇게 낡은 걸 왜 쓰고 있죠? 돈이 없어서 가지고 다니는 건 아닌 듯한데."

참 묘한 것에 관심을 갖는 사람이네?

"비밀이에요."

내가 잔뜩 경계하는 것에 비해, 남자는 여유로운 미소를 짓고는 흩어진 속옷들을 하나하나 집기 시작했다. 나는 그에게서 황급히 그것들을 빼앗았다.

"제가 할 거예요. 도와주지 않으셔도……."

남자의 주머니에서 삐죽이 튀어나와 있는 란제리를 발견한 건 그때였다. 언제 저기에 넣었담. 팔을 뻗어 수거해 간다고 한 것이 그만 남자의 엉덩이를 건드리고 말았다. 나는 연속된 실수에 당혹스러웠고 그 당혹감은 심장박동을 더 빠르게 만들었으며 마침내는 전력질주를 한 것처럼 지쳐 버렸다. 나는 주저앉았다.

내가 그러자마자 남자는 몸을 일으켜 계단을 걸어 올라갔다. 나는 나도 모르게 물었다.

"지금 그냥 가시는 거예요?"

"도와주지 말래서요. 난 그러려고 했는데 아가씨가 그러지 못하게 엉덩이까지 찰싹, 하고 때렸잖아."

남자는 나를 놀리려는 듯이 빙글빙글 웃었다. 여전히 주머니에 내 란제리를 꽂아 놓고서는 은근히 짓궂게 나왔다. 카리스마 넘치던 첫인상과 다른 모습은 나의 호기심을 자극했다.

순간 이건 어쩌면 전략이 아닐까 하는 의심이 들었다. 이를테면 여자를 대하는 선수들의 작업 방식 같은 것 말이다. 의심할 필요도 없었다. 나도 모르게 실수를 연발한 것만 봐도 그 사실은 명백했다.

급한 대로 속옷들을 아무렇게나 쑤셔 넣은 다음 남자에게서 거리를 뒀다. 만약 그가 여자에게 다양한 얼굴을 보여 줄 줄 아는 능숙한 타입이라면, 솔직히 휘말리고 싶지 않았다.

15

자랑은 아니지만 나는 연애에 있어 숙맥이었다. 부모님이 워낙 단속해 왔던 탓도 있고, 나 자신이 수줍었다. 또 다른 사람과는 '다른' 체질을 타고났기 때문이기도 했다. 아니, 다른 종족이라고 해야 할까.

트렁크를 잠그는 일은 쉽지 않았다. 게다가 나는 남자가 위쪽 계단참에서 나를 응시하고 있는 것을 의식하지 않을 수 없었다.

긴장감 속에서 있는 힘껏 뚜껑을 내려 닫았다. 하지만 결국 트렁크가 또 말썽을 부렸다. 방금처럼 뚜껑이 홱 열려버리고 속옷이 사방으로 튀어 나갔다. 맥이 풀린 나는 울고 싶은 기분이 되었다.

"일단 집에 들어가는 게 어때요. 아직 구경도 못 해 봤을 텐데."

남자가 넌지시 말을 걸었다. 너무 느긋해서 나는 그가 손이라도 건네고 있는 줄 알았다. 실제로도 남자는 품위가 넘치는 태도를 보이며 내 쪽으로 살짝 몸을 수그렸다.

"이 성가신 짐들은 내가 처리해 줄 테니."

"왜 그런 엉뚱한 친절을 베푸시려는 거죠?"

긴장감과 경계심이 한계치까지 올라가는 바람에 나도 모르게 날카롭게 반응했다. 남자는 이런 내 태도에도 무던함을 유지하며 다 이해한다는 듯 턱을 끄덕였다.

"우선 나는 아가씨에게 친절을 베풀고 싶어요. 다음은 내가 이 오피스텔의 주인이라서고."

그 말에 입이 떡 벌어졌다. 왜냐하면 오피스텔 주인에 대해 이미 들은 바가 있었기 때문이다.

내가 입주할 곳의 주인은 강남에 사업체와 빌딩 몇 개를 소유하고 있는 CEO였다. 보기에 따라서는 대단치 않다—특히 내 주변에 있는 소위 재벌가와 상류층의 사교계 사람들—고도 생각할 수 있겠지만 자수성가한 데다 신흥 부자답지 않게 보기 드문 강직한 사람이어서 정계의 거물들이 호기심을 갖고서 그가 사교계에 모습을 드러내기만을 바란다는 얘기가 내 감탄을 이끌어 냈다.

하지만 그런 영향력 있는 인물이 이렇게 젊은 남자일 줄은 예상치 못했다.

어린 나이에 벼락부자가 되어 경박하기 그지없는 사람들을 익히 보아 왔기에 일단 '젊은 사업가'라는 이미지가 내게는 썩 좋지 않았다. 하지만 남자에게선 그런 낌새를 느낄 수 없었고, 때문에 그의 태도뿐만 아니라 정체 자체도 내 호기심을 뒤흔들었다.

나는 새삼 남자를 다시 보았다. 그는 베스트까지 완벽하게 갖춘 쓰리피스 슈트 차림이었지만 부담스럽지 않았다. 슈트 디자인이 매우 모던했기 때문이다. 또 그것을 완벽하게 소화해 내는 신체 비율이 슈트를 한층 더 세련되게 만들어 주고 있었다.

남성적인 매력이 물씬 풍겼지만 여자를 위협하는 데 쓰일 것 같지는 않았다. 이목구비만큼이나 또렷한 눈매에서 자상한 인상이 흐르고 있었다.

"괜찮다면 안내해 줄게요."

트렁크 경계령으로 겨우 가라앉힌 심장박동이 다시 빨라지고 있었다. 나는 남자의 손길을 외면했다.

"너무 매정한데."

남자가 내게 내밀었던 팔을 거두어 갈 때, 씁쓸하게 한마디 중얼거렸다. 그 순간 심장이 덜컥했다. 어떡해. 과민반응이었나 봐. 나는 흘러내리는 옆머리를 귀 뒤로 넘겼다. 간혹 남자들을 상대할 때 지나치게 예민해지는 나 자신의 이런 점이 정말 싫었다.

"그래도 내가 하고 싶으니까 해야지."

예고도 없이 팔뚝을 움켜쥔 남자가 허리를 살짝 받쳐 들며 나를 일으켰다. 그 바람에 그의 턱 선이 내 코에 부딪칠 정도로 가까이 다가왔다. 입 밖으로 튀어나오려는 심장을 마른침과 함께 꼴깍 삼켰다.

"트렁크랑 속옷은 내 비서가 순식간에 챙겨서 돌려줄 겁니다. 원한다면 첫사랑 여자아이를 다루듯 다루라고 해 두죠."

당당한 의사 표현에 비해 '첫사랑 여자아이'라는 단어는 너무나 달콤하게 울렸다. 숫제 의미심장하기까지 했다.

나는 그렇게까지 할 필요 없다고 웅얼거렸지만 나를 우습
게 여기거나 하찮게 치부하지 않는 남자의 정중함에 신뢰감
을 느꼈다. 동시에 그가 내 어깨에 자연스레 팔을 둘렀을
때, 그곳에서 찌릿찌릿한 전기가 통했고 그 바람에 나의 감
정이 뒤섞여 버렸다.

그렇게 남자의 손에 이끌려 나는 허공에 붕 뜬 것처럼 남
은 계단을 마저 올랐다. 그런데 집 앞에 도착했을 때에도 내
기분은 여전히 같은 상태로 남아 있었다.

"여기로군요. 408호."

그가 나를 문에 기대어 세우며 중얼거렸다. 어떻게 알고
있지? 라는 물음에 뒤늦게 생각이 미쳤지만 그때는 이미 남
자가 전자 도어키로 문을 열고 있었다.

문은 소리도 없이 부드럽게 열렸다. 남자는 자연스레 현
관까지 따라 들어와서는 문지방 앞에 딱 멈춰 섰다. 마치 수
문장 같았다.

그가 물었다.

"정말 경계심이 없군. 여기까지 들어왔는데도 멀뚱멀뚱
보고만 있는 거예요?"

의식조차 하지 못했다고 나는 속으로 웅얼거렸다. 게다가
침입자라기보다 그 반대의 느낌이 들어 어느 순간 경계심이
풀어지고 말았다고. 하지만 나는 어느 것 하나 제대로 말하
지 못한 채 내게 전자 도어키를 내미는 남자의 손만 물끄러

미 볼 뿐이었다.

그의 손가락은 두터우면서도 길었다. 마디마다 지어 있는
매듭은 한 번쯤 어루만져 보고 싶은 멋진 굴곡을 이루고 있
었다. 마치 야생보호구역의 호숫가에서 막 집어 올린 젖은
돌멩이 같았다.

"어서 받아요. 비밀번호 변경하는 법은 알고 있나?"

남자가 자신의 핸드폰을 꺼내 어딘가로 메시지를 보내며
물었다. 손가락을 바삐 움직이느라 그의 재킷에서 커프스가
삐져나왔고 고풍스러운 동양풍의 무늬가 새겨진 커프스단추
와 메탈 줄로 된 은빛 손목시계가 드러났다.

"어…… 설명서를 보면 할 수 있을 거예요."

"그러길 바라죠."

나직이 중얼거리는 남자는 뭔가 불만스러운 듯했다.

"하지만 잘 안 된다면, 나한테 말해요."

그가 머니클립에서 단 한 장만 남아 있던 명함을 꺼내 내
게 주었다. 핸드폰 번호와 영문 이름만 새겨진, 심플하고 고
급스러운 실크 재질의 명함이었다.

"괜찮아요."

나는 사양했다.

"관리인이 따로 계시는걸요. 혹시 모르셨어요? 이 오피스
텔 주인이시라면서."

내가 진지하게 그 점을 상기시킨 것이, 남자에게는 유머

로 다가온 모양이었다.

그는 산뜻하게 소리를 내어 웃더니 내 손목을 턱 잡았다. 순간 전율이 확 일더니 어깨까지 부르르 떨렸다. 남자는 내 손을 뒤집어 손바닥 위에 명함을 내려놓고 그것을 다시 자기 손으로 덮었다.

"내 이름이라도 알아 두는 셈 쳐요. 여기 적혀 있으니까."

남자는 검지로 명함을 더듬었다. 그의 손가락 움직임이 종이 한 장을 통과해 그대로 내게 전달되었다. 아. 정말 이상한 기분이 들었다.

화끈거리는 손바닥을 감추려 주먹을 쥐었다. 그런데 남자가 미처 손을 빼지 않은 바람에 나는 명함과 그의 손끝을 어설프게 붙든 셈이 되었다.

"죄송해요."

다시 화들짝 놀라 항복하듯 두 손을 들어 보이자, 명함이 바닥으로 팔랑팔랑 떨어졌다.

"주머니에 직접 넣어 줘야 하나?"

남자가 허리를 굽혀 한 손으로 명함을 집었다. 그러고서 예고한 것을 실행하기 위해 내 허리를 끌어당겼다. 나는 본능적으로 상체를 뒤로 젖히고 그를 보았다. 마치 키스할 것처럼 우리의 거리는 가까웠다.

입술이 바짝바짝 타들어 갔고 그런 내 기분 따위는 헤아려 주지도 않은 채, 남자는 자비심 없이 눈을 빛냈다. 아주

맹렬하게 나를 주시했다. 뭐야, 이 사람. 날 녹초로 만들 셈인 걸까?

그렇게 스르르 눈이 감기려던 참이었다. 남자가 내 블라우스 가슴에 달린 주머니에 명함을 찔러 넣었다. 나는 가슴 위쪽으로 들어오는 명함의 느낌에 부르르 떨었다.

그의 손길이 조금도 닿지 않았는데도 무릎이 후들후들 떨리고, 남자가 급소를 건드리기라도 한 듯 온몸이 저렸다. 그러는 와중에도 우리의 시선은 뒤엉켜 있었다. 어느새 나도 그에게서 눈길을 뗄 수가 없게 되었다.

"당신…… 뭐죠?"

불안한 마음에 물었다. 단순히 선수라고는 생각할 수 없는 뭔가가 남자에게는 있었다.

"글쎄. 그러는 아가씨는 뭐지?"

심상하게 되물은 남자가 나를 향해 턱을 내렸다. 나는 눈을 내리깔았다. 하지만 점진적으로 다가오는 그의 숨결을 피하지는 않았다.

그때였다.

"사장님? 말씀하신 짐을 챙겨 왔는데요."

노크와 함께 남자가 말한 예의 비서가 나타났다. 나는 황급히 남자에게서 떨어져 문을 활짝 열고 비서를 들여보냈다.

"여기에 내려놓으시면 돼요. 그럼 두 분 다 안녕히. 좋은 주말 보내시길요."

비서가 트렁크를 현관에 내려놓자마자 나는 인사로 그들 모두를 내쫓았다. 그리고 닫힌 문에 기대어 서서 가슴에 손을 얹고 숨 가쁘게 뛰는 심장을 진정시켰다.

❖   ❖   ❖

다음 날 아침은 조금 늦게 시작되었다. 원래라면 아침 운동을 나가야 하지만 내일이 첫 출근일이라는 이유를 들어 나 스스로에게 느슨한 하루를 보내자고 주지했다. 나는 전날 낮에 근처 쇼핑몰에서 사 온 편한 옷을 걸친 채 발코니로 나갔다. 딱 붙는 민소매 티와 허벅지까지 올라오는 짧은 반바지였다.

거리는 한산했다. 게으름을 떨고자 마음먹었지만 정작 기상은 일찍 하는 바람에, 거리에도 사람 하나 보이지 않는 것은 유감이었다.

오피스텔 1층에 있는 커피숍만이 부산하게 손님을 맞을 준비를 하고 있었는데 바리스타의 노력과는 별개로, 불금과 불토를 거치면서 열기와 흥분, 그리고 숙취에 지친 골목은 아직 커피를 마실 준비가 안 된 듯했다.

그런데 내 예상을 깨고 얼마 안 있어 첫 손님이 모습을 드러냈다. 바로 그 남자였다. 건물주. 젊은 CEO. 그리고 또……. 아, 그러고 보니 그의 이름을 아직까지도 확인하지 않았었다. 심장을 보호하기 위해서 명함이 든 옷을 세탁 바구니에 던져 버렸기 때문이다.

이름 정도는 알아 두는 게 좋겠지. 나는 그 열기에 영향을 받기 싫어서 오피스텔을 계약할 때, 누구와 거래를 했었는지 떠올려 보았다. 하지만 소용없었다. 다시 생각해 보니 나는 남자의 회사 이름으로 된 계약서에 서명했던 것이다.

테이크아웃 잔을 들고 카페에서 나온 남자가 고개를 번쩍 쳐들고 위를 바라보았다. 마치 내 시선을 느낀 것처럼. 그 순간 우리의 시선은 어제 그 마지막 순간처럼 엉겨 버렸고 나는 화살을 맞은 것처럼 움찔했다.

"아메리카노?"

남자의 모닝 커피 취향일까. 나는 무심코 고개를 가로저었다.

"카푸치노인가?"

그러자 남자는 짐짓 심각하게 고민하더니 다시 카페로 들어가 테이크아웃을 한 잔 더 해 왔다. 그는 나를 향해 그것을 흔들어 보였고 나는 어찌해야 할까 망설이다가 1층으로 내려가 그의 친절을 받아들이기로 했다.

어제와 달리 오늘의 남자는 가벼운 차림이었다. 폴로셔츠에 롤업한 면바지, 그리고 바람막이. 정장 차림보다는 조금 더 어려 보이긴 했지만 카리스마가 죽지는 않았다. 놀라운 일이었다.

"날 보고 웃네. 호감이 있다는 뜻이죠?"

남자가 기대를 잔뜩 갖고 물었다. 나는 어깨를 으쓱했다. 하지만 사실은 그의 말이 맞았다.

"흐흠."

남자가 아메리카노를 한 모금 마시더니 커피가 묻어난 입구를 엄지로 쓱 쓸었다. 그러고는 그 엄지를 아랫입술에 가져다 댔다. 나는 무심코 그 모습을 뚫어져라 쳐다봤다.

"맛, 맛있네요. 커피."

이내 남자의 시선을 느끼고 내가 변명하듯 말했다.

"고작 커피 정도라도 고맙군요."

남자가 다시 의미심장하게 말한 다음 내 어깨를 잡았다. 나는 펄쩍 뛰어오르려는 내 무릎을 겨우겨우 달랬다.

"그건 그렇고 뭐라도 걸쳤으면 좋겠는데."

그러라고도 하지 않았는데 남자는 자신의 바람막이를 벗어 내 어깨에 걸쳤다.

"계속 이러고 있었는데 춥지 않았어요?"

"커피로 충분해요. 몸이 다 데워졌거든요. 후끈해요."

나는 고마움을 표시했지만 꺼림칙한 기분도 들었다. 이글거리는 남자의 눈빛이 책망하는 것처럼 보였기 때문이다.

"여기 바리스타는 템퍼링을 완벽하게 합니다. 그리고 에

스프레소를 바리에이션 할 때의 적정 온도는 100도에 훨씬 못 미쳐요. 따라서 카푸치노 때문에 몸이 따끈해졌다는 말은 솔직히 못 믿겠는데."

남자가 나를 난처하게 만들었다. 이렇게 거침없이 쏟아 내는 걸 보니 아무래도 그는 내 옷이 전체적으로 짧은 게 마음에 들지 않는 듯했다.

"하지만 정말이에요."

나는 자연스럽게 테이크아웃 잔을 쥐고 있는 남자의 손등에 내 손등을 부딪쳤다.

"뜨겁죠?"

그런데 막상 닿고 보니 그의 손이 나보다 훨씬 더 뜨거워 제대로 느낄 수 있을지 염려되었다.

"내가 더 뜨거운 것 같은데."

역시나. 그때, 경고하듯 남자가 내 손을 잡아챘다.

"자. 어때요."

확실히 그랬다. 하지만 나도 만만치 않은걸. 그가 내 몸을 자꾸만 달아오르게 만들고 있다는 건 명명백백한 사실이자 지금 이 순간 실시간으로 내 안에서 벌어지는 반응이었다.

"저는 이만 올라가 볼게요."

이 모든 현상이 주는 치명적인 분위기를 정리하고자 내가 선언했다. 내 쪽에서 먼저 끊어 내지 않으면 남자는 한정 없이 내 손을 쥐고 있을 것 같았다.

"엘리베이터 고쳤는데, 봤어요? 그것 때문에 이사 첫날부터 곤란했었죠. 유가은 씨."

자연스럽게 내 뒤를 따르며 남자가 말했다.

"주말인데 서두르셨네요. 그럼 안녕히 가세요."

인사를 하고 엘리베이터 버튼을 누르려는데 남자가 선수를 쳐서 내 앞을 막아섰다. 그는 버튼을 꾹 누르더니 미소를 지었다. 아, 계단으로 올라가야겠네.

"엘리베이터 멈출 일 없으니 타요. 걱정이 많군?"

살짝 몸을 트는 나를 남자의 말이 붙잡았다. 모른 척하고 싶었지만 과민반응을 보이는 여자로 낙인찍히기가 두려워 나는 그냥 그와 함께 엘리베이터에 올랐다.

하지만 육중한 소리와 함께 문이 닫힌 순간부터 후회가 들었다. 비좁은 공간에서 있으나 마나 한 거리를 두고 남자와 나란히 서 있는 것은 벌을 서는 것만큼이나 힘들었다.

공기가 팽팽히 당겨져 있었다. 조그맣게 숨을 쉬는 동안에도 심장의 펌프질은 거침없었고 거기서 빠져나온 뜨거운 피가 혈관 구석구석까지 휘감아 돌았다. 그 격렬한 피의 흐름은 내 피부를 잡아당겨 한 땀 한 땀 바늘로 꿰는 듯한 고통을 만들었다.

그런데 엘리베이터는 왜 안 멈추는 거야. 초조한 마음에 숫자판을 확인해 보니 이제 겨우 1층을 지났을 뿐이었다. 시간이 이토록 느리게 흐른다는 사실을 믿을 수가 없어 어안이 벙벙하던 차에, 허리께에 남자의 손길이 닿았다. 나는 꺅, 하는 창피한 비명을 지르며 무너졌다.

남자는 이번에도 내 허리를 솜씨 좋게 휘감았다. 그러면서 내 눈앞에 은색으로 반짝이는 실 뭉치를 들이댔다.

"이건 뭐죠? 혹시 강아지라도 키우시는 건지?"

나는 움찔해 숨을 삼켰다. 물론 오피스텔이 애완동물 금지라서 그런 건 아니었다. 남자가 내 옷에서 찾아낸 실은, 바로 내 몸에서 나온 것이기 때문이었다.

마침 엘리베이터가 멈춰 나는 달아나듯 거기서 빠져나왔다. 그리고 괜스레 도어체인까지 동원해 현관문을 꼭꼭 걸어 잠갔다.

핸드폰을 꺼내 날짜를 확인했다. 이틀. 보름까지 이틀이 남았다. 나는 테이크아웃 컵을 신발장 위에 내려놓으며 고개를 저었다.

트렁크가 눈에 들어왔다. 어제 남자의 비서가 거기에 두고 갔었지, 참. 자연스레 남자를 떠올리자 몸에 오소소 소름이 돋았다.

이제 다시 만나지 않았으면 싶었다. 그가 내게 영향력을 끼친다는 사실도 문제지만 내 개인적인 문제 때문에 더욱 그랬다.

역시 그 남자는 앞으로도 계속 피하는 게 마땅하겠지. 특히 다음 주는 싫었다. 이틀 뒤면 내 몸에는 커다란 변화가 생기고, 그 상태가 일주일간 지속될 터였다.

그 이유는 내가 늑대인간이기 때문이었다.

따라서 우리 늑대인간들은 보름이 되면 늑대인간의 참모습을 찾곤 했다. 몸이 예민해진 것도 그 때문이었다.

우리 집안은 유서 깊은 늑대인간 가문이다. 백여 년이 훨씬 넘었다. 그 오랜 세월 동안 늑대인간들은 인간과 융합하려고 노력했다.

우선 인간을 사냥하지 않는 것부터 시작해 인육을 먹지 않기 위해 육체적, 정신적으로 변화를 꾀했다. 그 노력이 현대에 이르러서는 마침내 성공하여 매달 보름 늑대인간이 되고, 신체적인 능력이 늑대에 가까워진다는 것 외에는 인간과 별다른 차이점을 찾을 수 없게 되었다.

때문에 우리 존재가 인간과 교류하는 데 큰 방해가 되는 것은 아니었다. 하지만 결정적인 걸림돌이 되는 것도 사실이었다.

인간 중 과연 누가 늑대인간의 존재를 믿어줄 것이며 믿는다손 치더라도 그들이 우리를 같은 인간으로서 친밀하게 대해줄 수 있을까? 인간들 속에서 우리의 존재를 감추고 살아야 한다는 것은 불문율이었다.

나는 서재로 쓰는 방에 들어가 노트북을 가지고 거실로 나왔다. 할아버지에게서 이메일이 와 있었다. 할아버지.

나는 할아버지라는 말만 떠올라도 눈물이 울컥 나는 사람이었다.

부모님과는 이렇다 할 애틋함이 없지만 할아버지와 내 관계는 각별했다. 어릴 적, 내가 크게 위험에 처했을 때 다름 아닌 그 분이 날 구해주었기 때문이다.

지금도 그 때 입은 상처로 할아버지는 다리를 절룩거리신다. 볼 때마다 마음이 아프지만 한편으로는 보호받았다는 사실에 마음이 기쁘기도 해서, 결국 나는 눈을 붉히고 만다.

아무튼 그 이후 할아버지는 극성맞을 정도로 나를 걱정했다. 그 마음은 이해하지만 나로서는 당신이 훨씬 더 걱정이었다.

할아버지야 늑대인간 가문의 가주이시니만큼, 누구보다 강하다는 건 알지만 또 모를 일이었다. 내가 모르는 어떤 아픔이나 곤란한 문제가 있을지는……. 뭐, 이렇게 고민해 봐도 또 그 고민을 조심스럽게 이야기해 봐도 결국 그 분은 날 강아지 정도로만 취급하시지만.

혹시 몰라 전화를 걸어보았지만 할아버지는 받지 않았다. 바빠서 이메일을 보낸 게 고작이셨나 보다. 한 줄 한 줄 메일을 읽는데 고맙고 또 문장 하나하나에 밴 염려 때문에 뺨이 다 달아올랐다. 아직도 할아버지 눈에는 내가 철부지에 새끼 강아지였다. 하지만 당신이 붙여 놓은 P.S.에서만큼은 나도 긴장하지 않을 수 없었다.

「뱀파이어를 조심해야 한다」

새삼스럽게 뱀파이어를 운운하는 할아버지가 이상했다. 늑대인간의 천적인 뱀파이어. 그들도 우리처럼 인간들 속에서 살아가고 있었다. 하지만 나는 살면서 뱀파이어를 본 적이 한 번도 없어서 그들이 전설 속의 존재처럼만 느껴졌다. 아마 실제로 만나더라도 알아보지 못할 거였다.

이런 나인데, 무슨 문제가 있을까?

뱀파이어는 그리 흔하게 만날 수 있는 존재가 아닌걸.

❖　　❖　　❖

공교롭게도 보름이 출근일과 하루 사이로 겹치고 말았지만 괜찮으리라 생각했다.

나는 미리 걱정하기보다 일이 벌어지고 나서 그때그때 대처하는 성격이었던 것이다. 또 늑대인간이 되더라도 낮 중에는 외모에 변화가 일어나지 않았다. 따라서 밤만 조심하면 괜찮았다. 자정을 기해 나는 이상한 사람, 아니 괴물이 되어 버리니까.

변화란 눈동자 색이 변하고 손톱이 날카로워지는 것, 그리고 머리카락이 짧아지면서 은빛 털로 바뀌는 것을 말했다. 무식한 힘이 생기는 것은 말할 필요도 없지만 개인적으로 그게 가장 싫었다. 그 외에도 말로 하기 힘든 미묘하고 부끄러운 상태가 되는데 할아버지의 말에 따르면 그것은 소위 '임신하기 딱 좋은 상태'라고 했다.

잡지사 빌딩은 걸어서 15분 거리에 있었다. 나는 오피스텔 1층에서 카푸치노 한 잔을 테이크아웃했다. 주문을 마치고 값을 지불하려는데 사장님이 거절했다.

"왜요?"

"모닝 커피 서비스라는데요."

"서비스요?"

의아했다. 새 서비스에 대한 안내를 받은 적이 없었던 것이다. 또 그걸 알려 주는 알림판이나 홍보용 광고조차 찾아볼 수 없었다.

"아무튼 그렇게 하시랍니다. 새롭게 생긴 방침이래요. 이곳 맨션 주민들에게 모닝 커피를 무료 제공하라고 지시가 내려왔거든요."

사장님이 웃는 얼굴로 투덜거렸다. 그러자 마음에 짚이는 게 있었다. 그 남자였다. 오피스텔 주인. 곧 커피가 나왔고 나는 픽업데스크에서 그것에 컵 홀더를 끼우면서 확신했다.

생각해 보면 그는 어제도 내게 커피를 사 주었었다. 그 기억을 떠올리니 손끝에 찌릿한 감각이 일었다. 나 때문일까. 그러면 좋겠는데…….

아냐. 단순히 친절에서 나온 행동일 거야. 남자와 다신 만나지 않겠다고 실컷 마음먹어 놓고는 금세 그를 떠올리는 이런 내 모습이 한심했다.

나는 몽긋몽긋 떠오르는 남자의 얼굴을 재빨리 부정한 다음 그곳을 나왔다. 하지만 역시 흥분되고 긴장된 탓인지 마음은 쉽게 진정될 기미를 보이지 않았다. 결국 평소보다 조금 빠른 걸음을 주체하지 못하고 10분 만에 회사에 도착했다.

회사가 있는 건물은 신축인 데다 매우 널찍한 로비를 가지고 있어 입구에서 나는 조금 허둥거렸다. 출입증을 찾는 데만도 꽤 오랜 시간을 허비해야 했다. 때문에 나는 엘리베이터를 놓칠 뻔했고 꼭 그럴 필요가 없는데도 전력질주를 해 아슬아슬한 타이밍에 그것을 붙잡았다.

"죄송합니다."

나는 사과하면서 안으로 들어갔다. 서너 명의 회사원들이 무표정한 얼굴로 대답 없이 서 있었다. 그것만으로도 민망하고 힘겨웠는데 맙소사, 엘리베이터에서 그만 그 남자를 발견하고 말았다.

그는 나를 알아본다는 것이 명백하게 느껴질 만큼 친밀한 미소를 보냈다. 그 바람에 놀란 나는 들고 있던 가방이며 짐을 모두 떨어트렸다.

어쩜 이런 일이 다 있담. 아침부터 이만저만 민폐가 아니었다. 나는 사과하면서 열심히 물건들을 집어 들었는데 그 바람에 서 있는 사람들의 다리를 건드려 민폐에 민폐를 거듭했다. 이런 출근 날은 내가 바란 게 아닌데……. 갑작스러운 상황에 눈가가 뜨거워졌다.

"일어나요."

그때, 남자가 나를 일으켰다. 그리고 자신의 곁에 바짝 세웠다.

"저, 짐이……."

어쩔 줄 몰라 하며 내가 중얼거렸다. 그런 내가 너무 바보 같았다. 그 모습을 남자가 다 지켜보고 있었다는 것도 내게서 자신감을 앗아 갔다.

"괜찮으니까 기다려요. 사람들이 나가면 내가 주울 테니까."

첫 만남과 같은 상황이었다. 같은 민망함을 반복하긴 싫었다. 하지만 남자가 내 팔꿈치를 너무나 강하게 잡고 있었다. 아플 정도는 아니지만 저항할 수가 없었다.

열기 때문이었다. 그와 밀착되어 있다는 사실만으로 온몸이 화끈거렸다. 조금이라도 몸을 비틀면 그 화기가 내 머리끝부터 발끝에 이르기까지 모든 것을 불사를 것만 같았다.

그렇게 내가 쩔쩔매고 있는 동안, 직장인들이 차례로 엘리베이터에서 내렸다. 마침내 나와 남자 둘만이 남자, 남자는 약속한 대로 내 짐을 직접 집어 주고 또 그것에 묻은 먼지까지도 남김없이 털어 주었다.

"감사합니다. 저 이만 내릴게요."

"출근까지 아직 시간 남았죠."

남자가 내 말을 자르더니 엘리베이터의 숫자판 아래에 붙어 있는 까만색 인식 패드에 카드키를 가져다 댔다. 그러자 층을 알리는 액정 화면에서 숫자가 사라지고 0이 두 개 뜨더니 그대로 고정되었다.

무슨 일인지 긴장하고 있는데 엘리베이터에서 알림 멘트가 흘러나왔다.

— 운행 모드를 CEO 전용 옵션으로 전환합니다. 관리자 이외의 고객께서는 더 이상 이 엘리베이터를 이용하실 수 없습니다.

나는 놀라서 남자를 바라보았다. 방금 나온 메시지는 이 빌딩이 틀림없이 그의 것이라는 의미였다.

"저……."

"내 사무실에 들렀다 가요. 잠깐만이라도."

"출근을……."

"시간 남은 거 아니까, 상사에게 야단 안 맞게 해 주죠."

무슨 이야기를 해야 할지 몰랐다. 나는 계속 말을 더듬기만 할 뿐이었다. 어휴. 바보 같아. 엘리베이터는 이미 최상층에 도착했다. 남자는 문이 열리기 무섭게 나를 잡아끌었다.

"힘쓰지 마요."

뭐라도 말해야지 싶어 내가 저항하자, 그는 손을 놓고 나를 지그시 보았다. 순간 전신에 전류가 흘렀다.

"내가 그렇게 세게 잡아당겼나?"

부드러운 그 음성만큼이나 남자는 힘을 쓰지 않았다. 부당한 이야기를 했음을 나는 내심 인정했다.

"그럼 정중하게 부탁할 테니까 내 사무실로 같이 좀 가죠. 가은 양."

웃음이 나왔다. 이게 정중한 부탁이야? 나는 남자가 짐짓 점잖은 척하면서도 농담을 하고 있다는 걸 알아차리고 경계심을 풀었다. 그리고 일단은 그의 뒤를 따르기로 마음먹었다.

역시 최상층에 있는 사무실답게 남자의 방에 이르기까지는 몇 개의 거창한 관문을 거쳐야 했다. 비서실, 홍보실, 그리고 경호실에 이르기까지. 내게 있어 그는 우리가 거친 사무실처럼 몇 겹이나 되는 베일에 싸인 의문의 거물이었다.

"앉아요."

남자가 소파를 권했다. 그는 권위적이면서도 우아한 말투를 가지고 있었다. 나는 이런 남자가 왜 지금까지 사교계에 모습을 드러내지 않았는지 궁금했다. 아니면 내가 잘 모르는 것뿐일까. 나도 사교계에 뻔질나게 드나드는 성격은 못 되니 말이다. 하지만 그래도 모를 리는 없었다. 언제나 소식을 물어다 주는 친구가 하나 있으니까.

"용건이 뭔가요?"

사무실에 들어가기는 했지만 손님처럼 소파에 앉아 차 대접을 받을 생각은 없었다. 나는 방어 차원에서 팔짱을 끼고 책상 뒤로 돌아가 앉는 남자를 쏘아보았다. 이 이상 그에게 자극받고 싶지 않았다. 아침부터 지쳐서 하루 내내 기진맥진한 상태로 일하고 싶지 않았다.

"성격이 급하군요."

남자가 피식 웃었다.

"난 천천히 이야기하고 싶은데."

난 아니라구. 당신이랑 있으면 마음이 불안정해진단 말이야.

"지금 출근 시간이라구요."

"30분은 더 일찍 나온 거 압니다. 게다가 이 빌딩에도 10분도 안 걸려서 도착했잖아요. 보통 15분은 걸리는 거리인데."

나는 흠칫했다.

"설마 어디선가 감시한 건 아니죠?"

의심스럽게도 남자는 내 말에 대답하지 않았다. 그저 빙긋이 웃을 뿐. 그의 미소는 불길하기보다 나를 안심시켰다.

엉뚱한 일이었다.

그래도 놀란 표정을 짓지 않으려고 노력하면서 그를 따라 웃었다. 비록 억지웃음일지라도 말이다. 하지만 입가가 당기는 것으로 보아 무척 애매하고 일견 바보처럼 보일지도 모르겠다는 생각이 들어 뒤늦게 후회가 들었다. 차라리 차갑게 보이려고 애쓰면서 노려나 볼걸.

"어서 용건이나 이야기해요."

나는 초조했다. 시간이 갈수록 편해지기는커녕 반대로 속이 울렁거렸다.

"시간이 없어요."

빤히 보이는 거짓말을 하는 것 같아 민망했지만 내가 남자에게 저항할 수 있는 방법이라곤 이것이 유일했다.

"정확히 21분 27초 남았군요. 타임워치라도 맞춰 놓을까요?"

자기 사무실이라선지 남자는 한껏 더 여유로워진 태도였다.

"16분 15초 뒤에 유가은 씨를 자기 사무실까지 모셔다 드렸으면 좋겠는데. 해 줄 수 있겠죠?"

심지어 그는 인터폰으로 비서에게 지시를 내렸다.

"이렇게까지 했으니 시간에만 맞추면 용건은 언제 이야기해도 상관없을 겁니다. 그렇죠?"

남자가 자신만만하게 물어 왔다. 나는 고개를 끄덕일 수

밖에 없었다. 결과적으로 나는 나 스스로를 꼼짝없이 16분 동안 이곳에 있어야 하는 신세로 만든 셈이었다.

"가까이 와 줄래요?"

귀를 의심했다. 남자가 피식 웃으며 다리를 꼬았다.

"내가 그쪽으로 갈 수도 있지만 그랬다가는 소파 위로 뒹굴지 않을 자신이 없어서."

소파 위로 뒹군다고? 나는 반사적으로 남자가 언급한 소파를 확인했다. 이제 보니 소파는 싱글 침대만큼이나 널찍했다.

검은색의 광택 없는 가죽을 입힌 그 소파를 보고 있다가 나는 미처 잊고 있었던 사실을 깨달았다. 이곳이 비록 사무실이긴 하지만 남자만의 지극히 개인적인 공간이기도 하다는 것을.

그러니까 그가 방금 언급한 '뒹군다' 라는 표현은 뉘앙스에서 느껴지듯 위험하고 은밀한 행위를 암시하는 것이 분명했다.

나는 흥분과 두려움으로 몸을 떨었다. 남자의 말에 불쾌해하지 않는 내가 낯설었다. 도대체 왜일까.

나는 그를 보았다. 남자는 침착하게 내 반응을 살피고 있었다. 손등으로 입가를 살짝 가린 채로. 하지만 나와 눈이 마주치자 살짝 눈웃음을 치더니 멋쩍어했다. 그렇다고 자기가 한 말을 취소하려는 건 아니었다. 활처럼 휜 눈초리에서 빛나는 날카로움은 오히려 내게 확신을 주고 싶은 듯했다.

어쨌거나 그제야 그가 조금 사람다워 보였고 굳었던 내 몸도 서서히 풀어졌다. 덕분에 나는 조금 덜 부끄러운 기분으로 남자를 관찰할 수 있었다.

그렇게 그를 보다가 마침내 깨달았다. 생각해 보면 남자는 나뿐만이 아니라 다른 여자들에게도 혼란스러운 느낌을 줬을 터였다. 너무나 당연했는데 왜 몰랐지!

그는 경계심이 들 만큼 잘생겼고 망설임이 없었다. 상큼한 신진 거물이라는 점을 둘째로 치더라도 세련된 태도로 성큼성큼 접근하는 것부터가 남달랐던 것이다. 또 어딘가 위험한 구석마저 엿보이니 뒹군다느니 하는 음험한 말에 내 몸이 후끈 달아오르는 것도 무리는 아니었다.

"얼마나 더 기다려야 되는지 말이라도 해 줄래요? 아니면 이쪽에서 먼저 움직일 테니까."

차디찬 음성으로 남자가 말을 걸어와 움찔했다. 나는 야단맞으러 가는 아이처럼 그에게 우물쭈물 다가갔다.

"고맙군요."

조금 거리를 두고 선 보람도 없이 남자가 냉큼 내 손을 잡았다. 어머. 나는 손을 빼지도 못했다. 그가 힘껏 쥐어서 이기도 했지만 무엇보다도 눈빛 때문이었다.

남자는 간절했다. 지금 이 순간, 자기 마음껏 나를 차지하고 있으면서도 뭐라 말할 수 없이 절실해 보였다. 그는 내 손을 앞뒤로 뒤집었다. 뭘 보는 거지? 손금? 나는 궁금해하면서 눈을 들었다. 눈이 마주친 순간 나도 모르게 생긋하는 미소가 지어졌다.

"커플링은 없네요. 그럴 거라 생각했지만."

남자가 안도의 한숨을 쉬었다. 그가 진심으로 좋아하는 것 같아서 내 마음이 설레고 좋았다. 하지만 그 따끈따끈한 기분은 너무나 짧았다. 남자가 내 손을 자기 입으로 가져가는 바람에 나는 다시 날카롭게 뜨거워졌다.

그는 노골적인 움직임과 뜨거운 입술로 내 손바닥을 훑고 나서, 손가락 사이를 콧날로 쓸었다. 나는 간지럽기도 하고 배 속을 깊게 찌르는 것 같기도 한 그 자극적인 느낌에 휘청거렸다. 제발 여기에서 그쳤으면. 그 기분이 너무 겁나서 마음속으로 빌고 있는데 다음 순간, 남자가 더욱 대담한 행동을 했다.

내 손바닥을 싸악 핥아 버린 것이었다!

"맛이 좋네요. 예상대로."

"뭐라구요?"

내 손에서 나는 맛을 상상해 봤단 말이야?

"자기한테서 무척 맛있는 향기가 나는 거 알아요?"

자기라고? 도대체 남자는 내 심장을 가만 놔두질 않았다. 난 그의 이름도 미처 확인 못 했는데, 마음대로 막 부르네.

"이제 슬슬 용건을 말할 때도 되지 않았나요?"

이렇게 자꾸 묻는 내가 조급하게 보일까 걱정이었다.

"오늘 저녁에 같이 밥 먹읍시다."

쉽게 알려 주지 않을 것처럼 굴더니 이번에는 단칼로 말하는 남자였다. 심지어 그는 내 손도 자유롭게 해 주었다. 나는 보이지 않는 손에 떠밀린 것처럼 뒷걸음질을 쳤다. 뭐라고 대답해야 하는 거지.

이제 남자는 무슨 말을 들어도 아쉽지 않다는 태도였다. 심지어 거절을 하더라도. 방금까지 그렇게 애처롭게 굴더니, 뭐야? 혼란스러워 머리카락을 귀 뒤로 넘기는데, 남자가 미끄러지듯 다가오더니 내 어깨를 감싸 안았다.

"배웅."

남자가 또 딱딱하게 말했다. 때문에 나는 울컥 서운해져 버렸는데 이게 그다지 좋은 반응이 아니라는 것을 깨닫고 그를 향해 눈웃음을 보냈다.

남자는 멍하게 나를 응시했다. 내가 한 방 먹인 걸까? 나름대로 뿌듯해하는 그 순간, 그가 내 이마에 쪽 하고 입술을 붙였다. 나는 그대로 꽁꽁 얼어붙었다. 스톱워치의 알람음이 들렸다. 비서가 노크와 함께 안으로 들어왔다.

"누가 먼저 잘못한 건지는 말할 필요 없겠죠? 자, 내려가는 건 내 비서에게 도움을 받는 걸로 합시다. 안 그러면 오늘 자기 출근 못 시킬 것 같아서."

또 자기라고……! 내게는 반박할 시간적 여유가 없었다. 첫 출근 날부터 지각해서는 안 되니까. 나는 엘리베이터에 올라타자마자 옷맵시를 점검하고 콤팩트를 꺼내 얼굴을 확인한 다음 사무실에 들어갔다. 진짜 '내' 사무실.

❀　　　❖　　　❀

퇴근 무렵, 문자 메시지 한 통이 도착했다. 하지만 나는 핸드폰 진동 소리를 듣고도 그것을 확인하지 못할 만큼 바빴다. 그때, 상사의 감시하에 표지 컨셉 회의실의 뒷정리를 하고 있었던 것이다.

표지 컨셉 회의실은 회의실이기도 했지만 커다란 회의용 책상 옆에 사진을 찍는 스튜디오도 함께 있어서 정신없이 어지러웠다.

"매달 나오는 패션 잡지의 판매량은 표지에서 반 이상 결정돼."

내 직속 상사인 강영유가 말했다. 그녀의 직함은 부편집장이었다.

"하루에도 몇 번씩이나 기획이 수정되거나 아예 엎어지기도 해서 이곳은 늘 정리가 잘 되어 있어야만 한다고, 어떨 땐 표지 모델을 한 연예인이 들이닥쳐서 다시 찍겠다고 깽

판을 놓는 곳이기도 해. 생각해 봐. 그런 애들이 마음껏 난리 치다가 소중한 소품이 망가지면 어떻게 될지."

고작 하루 일하긴 했지만 나는 강영유의 성격이 대체로 여장부 스타일에 호탕하지만 일에 있어서는 깐깐하다는 것을 느꼈다. 그리고 유머도 있었다.

"연예인도 중요하지만 솔직히 내겐 협찬 받는 물건이 더 까다롭게 느껴져. 걔들은 협찬사에 다시 돌려줘야 하거든. 유치원에서 원생들을 집에 데려다 주듯이 말이야."

나는 내 손에 닿는 물건 하나하나에 더욱 신경을 쓰려고 노력했다. 할 수 있는 한 원래 있던 자리를 잘 기억해 놓으려고도 애썼다.

"무리하지 않는 선에서 짬짬이 관리해 둬."

말은 그렇게 했지만 무리를 해도 강영유에게는 부족하게 느껴지리라는 것을 직감했다. 할아버지가 내게 경고한 말이 떠올랐다.

'아무리 열심히 해도 상사의 눈에는 언제나 모자라 보이는 법이란다.'

그 말이 틀릴 리 없었다. 특히 다정하게 보이는 사람일수록 더욱 경계해야 했다. 피곤한 일이지만 그게 사회생활일 테니까.

"아. 퇴근 시간이네."

강영유는 시계를 보더니 회의실을 홀쩍 나가 버렸다. 이

넓고 황량한 곳에 나를 덩그러니 놓고 나간 그녀가 황당했지만 이내 정신을 차리고 나도 따라 사무실로 들어갔다. 그때 강영유는 이미 옷을 다 입고 핸드백을 어깨에 걸친 채, 나를 스쳐 지나가고 있었다.

"안녕."

안녕? 강영유가 사라지면서 던진 말을 나는 한참 동안 곱씹었다. 퇴근해도 된다는 건지 아닌지 도통 알 수 없는 말이었다.

사무실에는 나 말고는 아무도 없었다. 그러니 강영유를 따라 퇴근해도 될 듯했다. 하지만 나는 오늘 첫 출근을 한 신입이었다. 상사가 나갔다고 냉큼 그 뒤를 따랐다가 평판이 나빠지면 어쩌지 하는 걱정이 들었다.

우물쭈물하고 있는데 사무실 조명의 반이 꺼졌다. 갑작스레 일어난 일에 나는 흠칫했다.

겁이 나지는 않았다. 나는 어둠을 그리 두려워하지도 않았고 한편으로는 그것에 익숙하기도 했으니까. 다만 왜 불이 나갔는지 알고 싶었다. 조심스럽게 핸드폰을 켰다. 강영유에게 물어보기 위함이었다. 메시지가 왔다는 걸 다시금 알아챈 것은 바로 그때였다.

나는 별안간 조명이 꺼졌을 때보다 더욱 놀랐다.

「오늘 저녁 약속 잊지 않았죠?」

남자의 메시지임이 분명했는데 내게는 번호를 알려 준 기억이 없었던 것이다. 더구나 문자는 한 통만 와 있는 게 아니었다. 그 외에도 다섯 통이 더 와 있었고 모두 걱정과 불안이 가득 담겨 있었다.

내가 답장을 하지 않아서 무척 조급했는지 그는 마침내 '사무실로 데리러 가죠' 라는 문자 메시지까지 남겼다.

여기로 온다는 거야? 어떻게? 나는 눈을 깜빡거리며 그 문자를 여러 번 읽었다. 다른 사람의 사무실에 함부로 들어올 만큼 남자는 대담한 것일까? 그건 그렇고 만약 들키기라도 한다면 나는 어떻게 되는 거지? 걱정스러운 나머지 나는 서둘러 퇴근할 채비를 했다.

내 책상은 불이 꺼진 쪽에 있었지만 이미 어둠에 익숙해진 야생의 내 눈은 아무런 영향을 받지 않았다. 하지만 보통 인간이 보기엔 이상할 게 분명하기에 되도록 빨리 움직이려고 했다.

"재킷을 걸쳐야죠. 그걸 잊어버리면 내가 곤란한데."

채비를 마치고 어깨에 가방을 메는데 남자의 목소리가 들렸다. 그는 그림자가 움직이듯 다가와 내 어깨를 손끝으로 톡톡 건드렸다. 그리고 내 뒤에서 재킷을 내밀었다.

"어깨가 드러나는 원피스를 입고 있으면서 자각이 없군요. 일요일에도 그러더니."

남자가 화난 얼굴로 주말의 만남을 상기시켰다. 그때에도 그는 내게 자신의 바람막이를 걸쳐 주었었다.

"아."

얼굴이 저절로 붉어지는 게 느껴졌다.

"미, 미안해요."

사과하면서 나는 남자의 시중을 받아 재킷에 팔을 꿰었다.

"미안하다구요?"

그는 놀리듯이 되받더니 내 앞으로 돌아 서서 옷을 단단히 여몄다. 단호한 손길에서 소유욕이 느껴졌다. 하지만 남자는 결정적인 행동을 취하지는 않았다. 단추를 잠그지 않았던 것이다. 그저 경고를 하고 싶은 모양이었다.

"그럼 나가죠. 레스토랑을 예약해 두었으니."

남자가 자연스럽게 내게 팔을 내밀었다. 속으로는 걱정스럽기 그지없었지만 나는 짐짓 아무렇지도 않게 그와 팔짱을 끼었다. 그렇게 엘리베이터에 단둘이 올라타는데 불현듯 허기가 돌았다. 배에서 꼬르륵 소리가 나는 건 아닌지 염려가 될 만큼 심각한 공복이었다.

"그 마음 알지. 나도 지금 무척 굶주려 있어서."

고개를 들어 남자를 보았다. 그는 대수롭지 않은 혼잣말에 뭘 그리 날카로운 반응을 보이냐는 듯, 무던하게 나를 응시했다.

"미안한데 입을 좀 다물어야 할 것 같은데요. 안 그러면 자기 입술로 식전주를 대신하고 싶어질 것 같아서."

남자가 지금 내 상태를 달콤하게 지적했다. 나는 그의 말도 무심코 보인 내 반응도 믿을 수가 없었다.

"젠장. 그렇게 입 벌리고 날 보지 말라니까."

나를 뚫어져라 보던 남자가 거친 말과 함께 자기 머리를 가볍게 헝클어트렸다. 그는 아침에 그랬던 것처럼 엘리베이터의 인식 패드에 카드를 가져다 대고 빨간색 버튼을 눌렀다. 그러자 엘리베이터가 멈추었다. 동시에 남자는 내 허리를 확 안아 당겼다. 우리의 거리가 종이 한 장 정도로 가까워졌다.

엘리베이터의 숫자판이 제로가 된 것처럼, 남자는 우리 사이의 거리를 아예 없애 버렸다. 나는 그의 입술이 내 입술을 비틀어 여는 것을 느끼면서 눈을 감았다.

아무런 망설임 없이 남자는 혀를 밀어 넣었다. 그리고 단호하게도 그 길고 뜨거운 혀로 내 입안을 씻어 냈다. 나는 뒤로 넘어질 것 같은 생각에 그의 목덜미를 붙들었다. 하지만 그 순간 남자는 내게서 떨어져 나갔다. 내 손이 민망해하면서 그를 놓았다.

"아침에 맛있는 냄새가 난다고 미리 얘기했었죠."

마치 내 탓이라는 듯, 남자가 짓궂게 말했다. 엘리베이터가 다시 움직였고 나는 벽 쪽으로 붙었다. 창피해서 견딜 수가 없었다. 심장은 쿵쾅쿵쾅 뛰었으며 얼굴은 뜨거웠다.

"내립시다."

남자가 다시 팔짱을 요구했다. 나는 방어적으로 가방끈을 움켜쥐고 그의 요구를 무시했다. 남자가 후후 소리 내어 웃었다.

그는 성격 급하게 내 손을 잡아챘다. 감미로운 전율이 발끝까지 퍼졌다. 단 한 번도 남자에게 이렇듯 손을 거칠게 잡아채인 적이 없는 나로서는 그를 뿌리칠 도리가 없었다.

레스토랑에 도착하고 나서도 남자는 내 손을 놓지 않았다. 심지어 테이블에 앉을 때 그는 짧게 혀를 차기까지 했다. 마주 앉아야 했기 때문에 어쩔 수 없다는 듯, 남자의 표정에는 불만이 가득 차 있었다.

그가 그렇게 노골적으로 감정을 드러냈기에 나는 지배인이 내게 자신을 소개했음에도 불구하고 이름은 물론 성씨도 기억할 수가 없었다.

"음식 준비해 줘요."

남자가 지배인에게 서빙을 부탁했다. 나는 음식을 주문할 필요가 없어 안심하면서도 전전긍긍하고 있었다. 이곳까지 온 것이 후회스러웠기 때문이다.

그와 접촉하는 시간이 길고 만남이 잦아질수록 내게 좋을 것은 단 하나도 없으리란 예감이 들었다. 특히 남자가 언뜻 언뜻 보여 주는 거침없는 소유욕이나 내게 자신을 주장하는 대담한 방식이 두려웠다. 빠져 버릴 것 같았다.

"사실은 회사에서 저녁을 먹었어요."

나는 이렇게 말을 꺼냈다. 나름대로는 애를 써서 우회적으로 이 자리를 떠나려는 것이었다.

"그러니 그쪽과 같이 식사를 할 이유가 없는 것 같네요."

내가 일어나려 하자, 남자가 내 손끝을 잡았다. 거기서 끝나는가 싶었는데 이내 깍지가 들어왔다. 더불어 그의 강렬한 시선이 나를 향해 직격타를 날렸다. 그 눈빛은 내 심장을 맞고 흘러내려 팔까지 타고 내려가 우리가 맞잡은 손에 끈끈한 접착제를 붙이고 말았다.

"다시 앉아요. 용건은 이게 다가 아니니까."

기분 탓일까. 남자의 눈동자에 빨간 불꽃이 튄 듯했다. 그리고 내 몸은 마법에라도 걸린 듯 저절로 의자에 앉았다. 엉덩이가 쿠션에 달라붙었다.

"거래를 하나 제안하고 싶어요."

전채 요리가 나오자 남자가 말했다.

"거래요?"

전혀 예상 밖의 말에 긴장이 되었다. 되물으면서 나는 내가 가진 것, 내게 있는 가치를 가늠해 보았다. 딱히 남자와 주고받을 만한 것은 없는 것 같은데…….

"뭔데요? 왜요?"

"또 성급하게 구는군요. 그런데 내가 단도직입적으로 말하는 성격이 아니라서."

"전 단도직입적인 게 좋아요. 말해 줘요."

남자는 여유롭게 발사믹 식초에 버무려진 방울토마토를 포크로 찍어 입으로 가져갔다. 나는 토마토보다 그의 입술이 더 빨갛다는 걸 알게 되었다. 남자는 그것을 끈기 있게 꼭꼭 씹어서 다 먹었다. 하지만 다른 채소에는 손대지 않았다. 곧 샐러드 포크를 내려놓고 그가 말했다.

"무엇보다 최대한 이 순간을 즐기고 싶기도 하고. 나는 자기가 무척 마음에 드는데 거래 내용을 들었다간 도망갈지도 모르거든."

내가 마음에 든다는 게 어떤 의미인지 감도 안 잡혔다.

"혹시 신체 포기 각서라도 써야 하는 건가요?"

남자가 턱을 괴고 흥미롭다는 듯 눈을 빛냈다. 어린아이 같은 호기심이었다. 나도 덩달아 그에 대해 알고 싶어질 만큼 그런 그의 모습은 귀여웠다.

"귀여운 상상력인데. 더 말해 봐요. 어디까지 귀여워질 수 있나 봅시다."

아. 마침 나도 당신이 귀엽다고 생각하던 참이었는데.

"놀리지 말아요."

"내가 지금 놀리는 것 같나 봅니다?"

"우리는, 그쪽이 제게 귀엽다고 서슴없이 말할 수 있는 사이가 아니니까요."

"그렇다면 놀려도 될 만한 사이가 됐으면 좋겠는데. 아마 그 정도야말로 내가 간절히 바라는 관계일 거야."

남자는 달변이었고 상대의 호기심을 이끌어 내는 데 탁월한 재주를 가졌다. 과연 무서운 속도로 성공한 사업가다웠다.

나는 달아나고 싶은 마음이 굴뚝같으면서도 동시에 그가 뭘 바라는지 궁금해서 견딜 수가 없었다. 게다가 그가 내게 보이는 무한한 호의와 관심, 그것은 쉴 새 없이 내 마음을 크게도 작게도 흔들어 놓았다. 나는 남자에게 딱 잘라 그럴 필요 없다고 말할 수가 없었다.

"내게 관심이 있다는 건가요?"

용기를 내어 물었다. 나는 남자를 잘 몰랐고 그가 여자에게 하는 유연한 말과 행동으로 미루어 보면 이런 일 따위는 그저 유흥거리에 불과할 수도 있었다.

두려웠다. 만약 그가 내게 몸이 후끈해지는 커피를 주거나 밥을 먹자며 퇴근길에 에스코트하러 온 것이, 단순히 호의에서 나온 행위이거나 의미 없이 한 번 건드려 본 것뿐이라면 나는 창피해서 죽고 싶어질 거였다.

"관심 이상이지. 아. 고기 굽기 정도는 어느 정도가 좋아요? 레어? 미디엄? 웰던?"

화제를 잘도 돌리는 남자였다. 이제는 나도 질 수 없었다.

"고기 먹기 전에 이름부터 알고 싶어요. 안 그러면 체할 것 같아서요."

"이름?"

남자는 눈을 크게 뜨더니 고개를 젖히고 크게 웃었다. 굉장히 기분 좋게 웃는 사람이었다. 내 어깨도 간질간질 으쓱해졌다.

"분명히 명함을 줬던 걸로 기억하는데."

"확인하지 않았어요. 다신 만나지 않을 거라고 생각했으니까요."

딱 잘라 말했다. 남자의 눈썹이 불편하다는 듯 꿈틀거렸다. 하지만 나는 겁먹지 않았다. 오히려 그를 도발한 것이 즐거웠다. 사실 남자는 시종일관 유희하는 태도로 나를 들었다 놨다 하지 않았던가. 이제야 균형이 맞는 느낌이었다.

나는 기분에 걸맞게 활짝 웃었다. 그러자 그가 내 미소에 움찔하는 것이 느껴졌다.

"나로서는 다시 만날 게 너무 뻔했는데……. 흐음. 내가 충분한 호감을 보여 주지 않았던가요?"

호감? 나는 눈을 깜빡거렸다.

"아니, 호감이라는 표현은 너무 소박하니까 이렇게 말해 보죠. 그래, 내가 가은 씨 당신을 원한다는 걸 못 느꼈던 겁니까? 처음 본 순간부터 지금까지 쭉. 이 기분이 단 한 번도 흐트러진 적 없었는데."

심장이 걷잡을 수 없이 쿵쾅쿵쾅 뛰었다. 남자는 맥 빠진 미소를 짓더니 지배인을 불러 메인디시를 가져오라고 말했다.

"나는 늘 먹던 대로, 이 아가씨 것은 베리 웰던으로."

놀랍게도 그는 내 취향을 잘도 알고 있었다. 내 턱에는 딱딱하리만큼 오래 구운 고기가 딱이었다. 하지만 보통 여자들은 그렇지 않았다. 때문에 남들 앞에서는 언제나 미디엄 웰던으로 만족해야만 했다.

"이 레스토랑만큼 내 입맛에 딱 맞게 고기를 구워 주는 곳은 없어요. 아마 자기도 좋아하게 될 거야."

의미심장하게 들리는 것은 기분 탓일까? 어쨌거나 남자의 노련한 배려는 내 식욕을 촉진시켰다. 게다가 내일은 만월이었다. 늑대인간으로 변하는 일주일간 내 몸은 고기를 아무리 먹어도 부족했다.

음식이 나오길 기다리는 동안 그가 자기 이름을 가르쳐 주었다. 성건후. 그게 그의 이름이었다. 그는 앞으로 자기 이름을 잊어버리거나 잊어버리려고 하면 안 된다고 엄격하게 강조했다. 우리 관계를 진전시키겠다는 의지를 엿볼 수 있었다.

성건후와 내 앞에 각각 접시가 놓였다. 고기는 양고기였고 내가 바라는 상태 그대로 맛있게 조리되어 있었다. 플레이팅도 아름다웠다. 새싹을 연상시키는 연둣빛의 특별한 소스에서 계절과 걸맞은 봄의 향기가 물씬 올라와 입안에 금세 침이 고였다.

나는 나이프와 포크를 집어 들고 성건후와 눈을 맞췄다. 그는 많이 먹어야 한다면서 자신의 고기에 칼을 가져다 댔다. 피가 섞인 육즙이 주르륵 흘러나왔다.

나는 성건후의 양고기가 거의 조리되지 않았음을 알게 되었다. 보온을 위한 열판이 접시 아래에 놓여 있음에도 내 눈에 고기는 차갑고 신선한 날것처럼 보였다. 그럼에도 그는 개의치 않고 붉은색이 선명한 고기 한 점을 입안에 넣고 우물우물 맛있게 씹었다. 심상치 않았다. 나는 성건후에게서 시선을 떼지 않았다.

"입맛이 없어도 먹어 줬으면 좋겠는데. 주린 배를 움켜쥐고 달아나려면 체력이 필요할 테니까. 또 자기는 먹는 얼굴도 예쁠 것 같은데 그것도 궁금하고."

성건후가 놀리듯 말하는 바람에 나는 발끈했다.

"내가 달아날 것 같아요? 왜요?"

대답은 돌아오지 않았다. 대신 내 시선을 십분 의식하던 성건후가 엄지로 입가에 묻은 핏물을 훑었다. 그가 손가락에 묻은 피를 먹기 위해 탐욕스럽게 입을 열었다. 그러자 눈이 부시도록 새하얀 이가 드러났고 유독 뾰족하고 날카로운 송곳니가 슬쩍 엿보였다. 마치 뱀파이어 같았다. ……뱀파이어? 등줄기에 식은땀이 맺혔다. 나는 반사적으로 나이프를 움켜쥐었다.

마침맞게 성건후가 시선을 보냈다. 나는 서둘러 고기로 관심을 돌렸다. 혹시 그가 뱀파이어일까? 심장이 두근거렸다. 그럴지도 모른다는 생각이 들었다. 첫 만남부터 그는 내 피를 빨았다. 게다가 오늘 아침에도 사무실에서 의미심장한 행동을 하지 않았던가!

나는 뱀파이어를 본 적이 몇 번 없을뿐더러 접촉한 일은 더더욱 없었으므로 단순히 송곳니만으로 성건후를 판단하기는 어려웠다. 하지만 그가 뱀파이어라면 나를 어쩔 줄 모르게 만드는 치명적인 매력이 설명될 것 같았다. 뱀파이어들에겐 인간을 사냥하기 위한 유혹적인 페로몬이 있다고들 하니까.

내가 나답지 않게 성건후에게 빠져들었다고 느끼고 그를 볼 때마다 몸의 힘이 풀려 버린 건, 사실은 그가 뱀파이어라서 그런 것뿐이었다. 차라리 나는 안심했다. 정말 그가 뱀파이어라면 영문도 모르고 두려움에 떨 필요가 없는걸. 그런데 뱀파이어의 페로몬이 과연 나한테도 먹힐까?

나는 딱딱하고 질긴 고기 한 점을 입에 넣으면서 생각했다. 거기까지는 아는 바가 없었다. 어려웠다. 머리에 쥐 날 것 같기도 하고. 얼른 집에 돌아가 할아버지께 여쭤 보고 싶었다.

아. 성건후와 눈이 마주쳤다. 그는 과시하듯 길고 뾰족한

송곳니를 붉은 혀로 핥아 보였다. 묘한 기분이었다. 나는 몸의 힘이 풀리는 걸 느꼈다. 언제까지고 성건후를 바라보고 있었으면 싶은 마음이었다.

페로몬이야. 나는 확신했다. 뱀파이어들은 눈빛만으로도 인간을 꼼짝 못하게 만든다고 어릴 적 동화책에서 읽은 적도 있는걸. 그보다 이러고 있을 때가 아니었다. 나는 유혹을 이겨 내려 주먹을 꽉 움켜쥐고 자리에서 일어났다.

"아직 아무것도 시작 안 했는데. 도망가려고요?"

성건후가 의미심장하게 물었다.

"도망가는 게 아니에요."

나는 재킷을 들어 팔에 걸쳤다.

"이야기를 듣기 전에 돌아가려는 것뿐이에요. 무슨 거래를 제안하시건 저는 할 생각이 없으니까요."

나는 성건후의 곁을 스쳐 지나 레스토랑을 나가려 했다. 그러나 그가 내 팔을 붙잡아 움직이지 못하게 만들었다.

"유감이네요. 나는 무슨 짓을 해서라도 하게 만들 생각인데."

성건후의 음성은 지나치게 묵직하고 차가웠다. 나는 섬뜩한 나머지 그의 손을 세차게 뿌리쳤다. 마치 따귀를 때리듯이. 허공에서 무안하게 흔들리는 성건후의 손을 보며 필요 이상으로 과민한 반응을 보였다는 생각이 들어 민망해졌다.

"미안해요. 하지만 저는……."

나는 뭐라 말해야 할지 몰라 망설였다.

"앞으로 당신과 만나고 싶은 생각 없어요."

"내가 마음에 안 들어요? 무례하게 굴었나? 이야기를 듣고 싶지도 않아?"

연거푸 따지고 드는 말에 나는 성건후가 마음에 들기 때문에 더 곤란하며 오히려 무례한 건 내 쪽이었다는 걸 깨달았다. 그리고 속마음을 입 밖에 내지는 않았으나 바보처럼 얼굴로 다 말해 버렸다.

성건후는 이런 나를 빤히 바라보다 이내 피식 웃고는 자리에서 일어났다. 그는 주머니에 양손을 찔러 넣으며 내 앞길을 가로막았다.

나는 절로 움찔해 턱을 뒤로 젖혔다. 성건후는 거대한 벽과 같아서, 그리스 신화에 나올 법한 남신처럼 위압감을 발산하고 있었다.

그는 한쪽 손을 주머니에서 빼더니 천천히 머리를 쓸어 넘겼다. 처음엔 웃고 있었던 눈은, 손이 그 자리를 쓸고 지나가자 날카롭게 쏘아보는 시선으로 바뀌었다. 돌연 책망을 듣는 기분이 들어 나는 두 손을 앞으로 모았다.

"재킷."

갑자기 성건후가 내 팔에 걸쳐져 있는 재킷을 가리켰다.

"네?"

"그걸 안 걸치고 나가면 안 되지. 남자들이 자기 맨살을 구경할 텐데."

난데없이 웬 복장 단속이람. 성건후는 재킷을 가볍게 잡아 빼더니 내 등 뒤로 다가왔다. 그냥 보내 주려는 걸까? 나는 그의 옷시중을 받으려 팔을 뒤로 뻗었다. 그런데 그때, 성건후가 내 손목을 잡아채더니 팔을 위로 들어 올렸다. 동시에 그의 손이 내 허리를 감싸 안았다.

"뭐하는 짓이에요!"

긴장감에 나는 숨을 헐떡였다. 반면 성건후는 여유롭게 내 목덜미에 코를 대고 체취를 힘껏 빨아들였다. 순간적으로 나는 딱딱하게 굳었고 그의 콧날이 귓불을 건드렸을 땐, 반대로 흐물흐물 녹아 버렸다.

"갈 땐 가더라도 시도는 할 수 있게 해 줬으면 좋겠는데."

"시도라뇨. 무슨 시도 말이에요?"

"우리 거래가 잘 성사될지 아닐지 시험해 보자는 겁니다."

등 뒤에 딱 버티고 있는 성건후의 몸이 너무나 우람해서, 나는 옴짝달싹할 수 없었다. 그는 다시금 노골적으로 코를 쿵쿵거리더니 처음 본 순간에도 나를 놀라게 했던 그 또렷한 콧날로 어깨를 거쳐 팔뚝을 쓸었다. 마치 야생 짐승이 자신의 전리품 상태를 확인하듯이.

나는 기분 나쁘지는 않았지만 묘한 긴장감이 배 속에 고여 부르르 떨었다. 솜털 하나하나가 빳빳하게 서는 느낌이었다.

성건후는 자신이 코로 쓸어 낸 길을 입술을 이용해 역주행했다. 나는 어깨와 목덜미, 귓불에 이르기까지 그의 입술이 다정하게 촉, 초옥, 하고 부딪치는 소리와 감각을 들을 수 있었다.

"아직 싫지 않죠?"

성건후가 귓가에서 속삭였다. 나는 무심코 고개를 끄덕여 버렸다. 그러자 그는 이번엔 혀를 내밀어 내 팔을 훑은 다음, 팔꿈치 안쪽을 깨물었다.

"아."

내가 작게 소리를 냈다.

"딱 이 정도만 아플 겁니다."

아플 거라고? 나는 긴장했다. 팔꿈치 안쪽의 오목한 자리에 뜨거운 숨결이 고였다. 곧 성건후가 말한 것과 같은 따끔한 아픔이 느껴졌다. 예민해진 상태였지만 그의 말대로 그냥 그 정도의 고통이었다.

이윽고 성건후가 내 팔을 쪽쪽 빨기 시작했다. 나는 그의 입가에 피가, 그것도 내 피가 묻은 것을 보았다. 하지만 놀라거나 화가 나기는커녕 편안하고 안정적인 기분이 들었다.

성건후는 미간을 찌푸린 채 필사적인 얼굴로 내 피를 맛있게 빨고 있었는데, 만면에 가득한 그 생존에 대한 갈망이 내 동물적인 본능을 자극했다.

나도 모르게 자유로운 팔을 뻗어 성건후의 머리를 감쌌다. 그리고 그의 머리카락 사이로 손가락을 밀어 넣고 관절을 구부렸다. 전율이 내 몸을 훑었다.

"음."

성건후가 움찔하더니 기분 좋은 듯 콧소리를 냈다. 나와 같은 충격을 느낀 것일까. 동시에 내 팔에서 피가 한꺼번에 울컥 빠져나갔다.

현기증이 났다. 나는 허리를 뒤로 젖히고 그의 가슴에 머리를 기댔다. 안심하라는 듯, 성건후가 내 허리를 더 단단히 잡아 주었다. 손목을 잡은 손을 팔꿈치로 옮겨 왔다. 그러고는 팔꿈치를 밀어 올려 내 팔이 직선이 되도록 만들더니 식사를 마무리하며 상처 난 자리를 혀로 싹싹 핥았다.

성건후가 입술을 떼자마자 나는 무너졌다. 완전히 쓰러지지 않기 위해서는 그의 목에 매달릴 수밖에 없었다. 성건후는 내가 자신에게 팔을 감자마자 나를 번쩍 안아 들었다. 내 몸은 너무나도 손쉽게 허공으로 떠올랐다. 마치 내 몸이 커다란 깃털이 된 것 같았다.

하지만 내겐 놀라거나 감격할 기회가 없었다. 성건후가 키스했기 때문이었다. 그는 나를 도로 의자에 앉히기 무섭게 등받이를 움켜쥐고 거칠게 입을 맞췄다.

"보통 이 정도는 아닌데."

입술을 떼어 내며 성건후가 씩 웃었다. 천진난만한 미소였다.

"자기 맛이 너무 황홀해서 키스까지 해 버렸네요. 키스 싫어하는 것 같던데."

어. 내가 키스를 싫어한다고?

정말 그렇게 생각하는 걸까? 섭섭한 마음이 심장께를 스쳐 갔다. 정작 놀라야 하는 건 뱀파이어에게 피를 줘 버린 이 상황 자체인데 엉뚱하게도 내 마음은 키스에 대한 성건후의 견해에 쏠려 있었다. 아냐. 이런 생각을 할 때가 아니야. 이내 나는 나 자신을 꾸짖으며 화급히 재킷을 걸쳤다.

"상황은 대충 알겠어요. 지금처럼 피를 달라는 게 당신 거래인 거죠?"

"이야기가 빠른데요. 뭐, 얼굴만큼이나 머릿속도 예쁠 거라고 짐작하고 있었지만."

성건후의 미소가 한 번 더 활짝 폈다. 나는 그 환한 얼굴에 시선을 빼앗기지 말자고 스스로에게 경고했다.

"하지만 시도는 실패한 것 같네요."

내 말에 성건후의 미소가 한순간에 일그러졌다. 아. 안 돼. 마음이 편치 않았다.

"이야기를 마저 들을 생각이 없는 겁니까?"

그가 딱딱하게 물었다.

"그래요."

표정을 보아하니 내 반응이 석연치 않은 듯했다. 하기야. 이런 남자에게 피를 주는 거래를 거절하는 여자는 거의 없을 거였다.

"거짓말. 도저히 못 믿겠는데."

믿을 수 없는 모양이었다. 그렇겠지. 성건후의 눈빛을 보면 둔한 나라도 이런 걸로 거절당한 적이 없다는 걸 확실히 알 수 있으니까.

그래. 거절당하는 건 물론 슬픈 일일 거야. 자존심도 상하겠지? 그 마음을 모르는 바도 아니지만 하지만 난…… 그에게 피를 줄 수 없는 처지였다. 난 보통 인간이 아니니까.

"택도 없어요."

성건후의 눈을 똑바로 바라보며 한 자 한 자 또박또박 말했다. 그는 어이없다는 듯 하, 하고 웃더니 주머니에 신경질적으로 두 손을 찔러 넣었다.

"어디 가서 소문내지 않을 테니 안심하세요. 다신 귀찮게 하지 마시고요. 그럼, 안녕."

최대한 재수 없는 여자처럼 굴면서 레스토랑을 나왔다. 그래야 성건후가 납득할 것 같아서였다. 물론 그러는 내 마음이 편한 건 아니지만 쓸데없는 기대감을 심어 주는 것만큼 우리 두 사람에게 독이 되는 일도 없으리란 생각이 들었다. 그리고 또다시 그에게 붙들려 시간을 보내다가 자정을 넘기기라도 하면 큰일이 날 거였다. 나는 절대 정체를 들키고 싶지 않았다.

도망치듯 집으로 돌아와 문을 꼭꼭 걸어 잠그고 방에 틀어박혔다. 시간은 어느덧 12시 10분 전이었다.

시간이 되었다. 늑대인간으로 변할 시간. 나는 이불을 뒤집어쓰고 침대 구석에 웅크렸다. 벌써부터 몸이 으슬으슬 떨려 왔다.

늑대인간으로 변하는 것은 언제나 불쾌한 경험이었다. 외롭기도 하고 슬프기도 했다. 누군가가 내 모습을 보면 어떡하나 하는 불안감은 언제나 나를 극한의 두려움에 가두어 놓았다.

더욱이 오늘은 뱀파이어까지 만났다. 첫 만남부터 나를 놀라게 했던 남자였고 조금씩 그에게 마음이 열리려던 참이었는데 알고 보니 나와는 절대 맞지 않는 존재였다.

성건후에게 마지막으로 보인 내 모습이 떠올랐다. 그는 분명 내가 싫어졌을 거였다. 그 생각을 하니 갑자기 눈물이 났다. 좀 더 좋은 모습을 보여 주면서 거절할 수는 없었을까.

아니, 그럴 수 없었다. 성건후가 내게 보여 준 맹목적인 욕망은 거듭 바리케이드를 쌓아도 부족했다. 그걸 탄탄히 받쳐 주는 매력 앞에서 내가 할 수 있는 일은 아무것도 없었다.

늑대인간이면서 속절없이 당했다. 팔꿈치 안쪽, 물린 자리
가 욱신거렸다. 그의 머리를 감싸 안고 머리카락을 움켜쥐었
을 때 맛본 전율이 눈물샘을 자극했다. 나는 결국 소리 내어
울고 말았다.

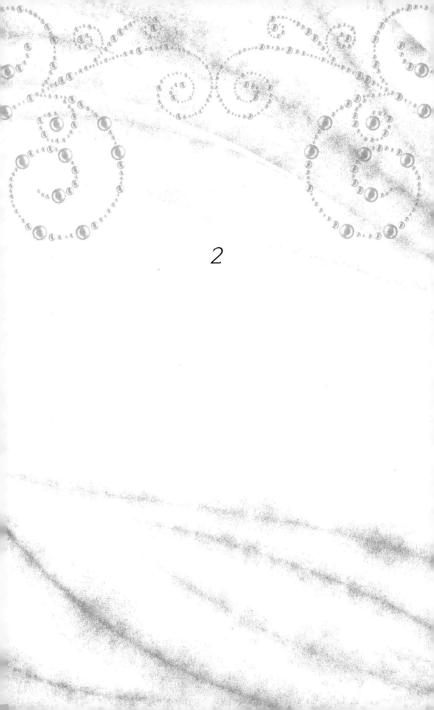

2

좀처럼 잠을 이루지 못하고 밤새 뒤척였다. 결국 새벽 5
시경에 눈을 떴을 때 나는 거울 속 내 모습에 경악했다. 은
빛 머리털이 삐쭉삐쭉 사방으로 뻗쳐 있고 움푹 팬 눈은 퉁
퉁 부어올라 있었다.

차가운 물로 눈가를 적시는데 너무나 따가웠다. 게다가
손톱은 왜 이렇게 날카로운지. 이 상태라면 내가 끔찍이도
싫어하는 무식한 힘 때문에 실수를 하거나 곤혹스런 일이
일어날지도 몰랐다.

나는 신경질적으로 머리카락을 잡아당겼다. 날이 밝으면
머리카락이나 손톱은 보통 인간으로 돌아갈 테지만 펄떡거
리는 심장이나 잔뜩 긴장한 몸의 근육은 누군가에게 들키지
않도록 커다란 옷 속에 감추어야 할 터였다.

숨을 내쉬는데 가슴이 울컥 내려앉았다. 잔뜩 부풀어 오른 젖꼭지가 얼음처럼 딱딱했다. 손을 살짝 얹기만 했을 뿐인데 고통스러울 만치 아팠다. 다리 사이도 뻐근했다. 임신하기 좋은 상태라는 것이 단지 말뿐인 것만은 아니었다.

해를 거듭할수록 변태했을 때, 내 몸에 일어나는 이런 변화가 불편했다. 이런 날에는 예쁜 치마 따위 꿈도 못 꿨다. 몸도 마음도 완전히 엉망이었다.

부모님이 걱정하던 모습이 떠올랐다. 특히 어머니가 했던 말이 나를 괴롭혔다.

'졸업도 했고 취직도 했다지만 실질적으로 넌 아직도 철부지 애야. 집을 나가면 네 손으로 라면 하나 못 끓여 먹을 거다. 사회생활은 녹록지 않으니 사기를 당하거나 쉽게 속지 않도록 주의하렴.'

어머니는 냉정한 사람이었지만 그만큼 자기 자식도 분별 있게 판단하셨다. 그때 나는 부모님의 손을 빌리지 않고 취직에 성공했다는 작은 기쁨 하나 때문에 그런 말들을 귀담아듣지 않았다. 독립한 것만으로 성숙한 어른이 되었다고 생각한 모양이었다.

역시 성건후에게 속은 것일까. 생각하면 할수록 속이 쓰렸다. 한바탕 울고 나니 머릿속의 안개가 차츰 걷혔다. 좋은 징조는 아니었다. 깨끗한 의심의 바람이 불기 시작했으니까.

그는 뱀파이어였고 내게서 피를 원하고 있었다. 태도는

유연하고 부드러웠지만 정작 성건후는 우리 사이에 일어나는 일, 일어날 일들을 '제안'이나 '거래'라는 딱딱하고 각진 말로 표현했다.

마음이 움직인 건 나뿐이었던 것일까.

아. 다시 눈물이 날 것 같아 황급히 수건을 찬물에 적셔 얼굴을 덮었다. 지난 며칠간, 어머니 말대로 나는 철부지 아이나 다름없었다.

성건후와 그의 페로몬에 에워싸여서는 처음 바다를 본 강아지처럼 팔짝팔짝 뛰어다녔다. 아무런 자각도 없이. 무심결에 나는 성건후의 거침없는 접근을 보면서 순진한 생각을 했던 모양이다. 운명이나 사랑이 내 세계에 발을 들여놓을 땐, 아마 이런 식으로 걸어 들어올 것이라고.

출근 준비 30분 전, 노트북을 켜고 메신저를 실행시켰다. 나윤이에게서 메시지가 온 게 없을까 하는 마음에서였다. 나윤이는 내 단짝인데, 유학 중이어서 메신저를 주고받으려면 언제나 새벽에 깨어 있어야 했다. 하지만 개강한 지 얼마 안되어 바쁜지 며칠째 접속한 흔적이 없었다.

하릴없이 이메일을 확인했다. 할아버지의 비서인 유남 아저씨에게서 연락이 하나 와 있었다. 그는 내 핸드폰 번호를 몰랐기 때문에 할아버지 대신 용건을 전달할 일이 있으면 종종 이메일을 이용했다. 내용인즉슨, 오늘부터 최소 일주일간 김문주가 출근과 퇴근에 동행한다는 것이었다.

유남 아저씨는 비서답게 용건만 간단히 하는 성격이라 이유는 말해 주지 않았다. 사실 할아버지의 명령에 토를 달거나 이유를 따질 수 있는 사람은 집안에 거의 없었다. 당신이 아무리 내게 잘해 주셔도 말씀에 따르지 않으면 호되게 혼이 났다. 할아버지가 가장 큰어르신인 까닭이고 또 당신만큼 카리스마를 가진 분도 없기 때문이었다. 누가 뭐래도 늑대인간 일족 중 최고의 우두머리였다.

출근 준비를 마치고 1층으로 내려가니 정말로 김문주가 나를 기다리고 있었다. 시동을 끄지 않은 그의 아우디도 쌕쌕거리며 출발할 채비를 다 마친 상태였다.

"전 걸어갈 생각인데요."

내 말에 김문주가 씽긋이 웃었다. 그는 가타부타 말도 없이 차를 지하 주차장에 두고 나왔다.

"같이 걸어가시려고요?"

김문주가 한 회사의 이사라는 점을 상기하며 내가 물었다. 그는 눈웃음을 쳐 보였다. 어머. 예상 외로 귀염성이 있었다. 선을 봤을 땐, 분위기 때문인지 마냥 어색하게만 느껴졌는데 이렇게 가로수길 한가운데에 나란히 서 있자니 그렇지도 않았다.

"할아버지 말씀 꼭 들을 필요 없어요. 제가 잘 말씀드릴게요."

나는 김문주의 어깨 너머로 카페 안쪽을 힐끗 보았다. 성건후는 보이지 않았다. 뿐만 아니라 사장님도 없었다. 평일 오전에 가게가 굳게 닫혀 있는 것을 보니 기분이 이상했다. 주말에도 문을 여는 카페인데, 왜……. 괜히 머쓱하고 언짢기도 했다.

"유 회장님이 부탁하신 것도 있지만 제 쪽에서 더 걱정이 되어서요."

김문주가 내 관심을 앗아 갔다. 나는 속을 짐작할 수 없는 그의 미소에 고개를 갸웃했다.

"왜요? 무슨 일이 생겼나요? 혹시……."

성건후가 또 불쑥 떠오르면서 몸조심하라는 할아버지의 경고도 생각났다.

"뱀파이어와 문제가 생기기라도 한 거예요?"

순간 김문주의 얼굴이 어두워졌다. 금세 밝은 낯으로 돌아오긴 했지만 귀여워 보였던 처음과 달리 이번에는 가면을 덮어쓴 것 같았다.

"주말에 본가에 가시면 유 회장님이 말씀해 주실 겁니다. 저도 아는 건 많지 않아서요."

"정말요?"

진지하게 되물은 나는 김문주의 두 눈을 응시했다. 그는 무심코 내 시선을 받았다가 이내 곤혹스러운 듯 입을 가리고 웃었다.

"왜 웃는 건데요?"

나는 발끈했다.

"절 곤란하게 하시면 안 됩니다."

김문주가 아직 웃음기가 가시지 않은 얼굴로 대답했다.

"왜 곤란하죠?"

역시 뭔가 있구나. 나는 대담하게도 김문주에게 한 발짝 성큼 다가가 추궁했다. 그러자 그는 움찔하며 뒤로 물러났다.

"지금도 곤란하게 하네요."

김문주는 자꾸 웃었다. 나는 팔짱을 끼고 그를 쏘아보았다. 김문주는 장난을 치듯 나를 따라했다.

"대답 안 해 줄 거죠?"

"이제 갑시다."

김문주는 그렇게만 말할 뿐이었다. 나는 약이 올랐다.

"할아버지가 말하지 말라고 하신 거예요? 아니면 김문주 씨의 판단인가요?"

"그렇게 느리게 걸어서 지각 안 하겠어요?"

김문주는 넘어오지 않았다. 오히려 보란 듯 성큼성큼 앞서 나가 내가 종종걸음으로 그 뒤를 쫓아가게 만들었다. 흐응, 얄미워라. 요 며칠 내가 만난 남자들이 하나같이 내게 낚싯줄을 걸어 놓기라도 했나 봐.

하지만 불쾌하지는 않았다. 김문주는 내게 거절당했음에도 매너 있게 행동했고 또한 이사라는 직함을 들어 뻐겨 대지 않았다. 편하고 좋은 아우디를 포기하면서까지 출근길을 나와 함께 했다는 게 그 증거였다.

"헤어지기 전에 질문 하나 하고 싶은데요, 혹시 며칠 사이에 뱀파이어를 만난 적이 있나요?"

로비 앞에서 김문주가 예상치 못한 질문을 던졌다.

"아니요."

스스로도 놀랄 만큼 단호히 대답한 나는 거짓말을 들키지 않으려 안면 근육을 힘껏 당겼다.

"그런 질문은 왜 하시는 거예요? 뱀파이어는 쉽게 만날 수 있는 존재도 아니잖아요?"

게다가 웬만한 뱀파이어들은 일족에서 거의 다 파악하고 있었다. 반대로 뱀파이어들도 그랬다. 개체수가 워낙에 적은 소수종족인 데다 불필요한 분쟁을 피하고 평화를 유지하기 위해서 서로를 잘 알고 지내는 것은 필수였다. 비록 친밀한 교류가 없더라도 말이다.

"누가 날 노리나요?"

나는 정말 심각했다. 성건후 때문이었다.

"뱀파이어가 늑대인간을 습격하고 또 전쟁을 벌이고 하는 그런 시대는 지났습니다."

미소와 함께 일반론으로 대처하는 김문주였지만 그런 말로는 이 남자가 내 출퇴근에 동행하는지는 설명할 수 없었다. 하지만 태도에서도 철철 흘러넘치듯 그는 철통방어에 능했다. 빤히 보이는 그럴듯한 말을 하는 것만 봐도 이미 내게 넘어가지 않으려고 마음을 굳게 먹었다는 걸 알 수 있었다.

내가 뭔가 말을 하려는데 상사에게서 문자 메시지가 왔다. 커피 심부름이었다. 나는 김문주와 헤어지고 스타벅스에서 에스프레소 더블샷을 추가한 녹차 프라프치노를 포함해 총 7잔을 주문했다.

그렇게 커피를 한 아름 끌어안고 어렵게 어렵게 사무실에 들어가니 허무하게도 먼저 출근한 사람들이 테이크아웃 잔을 하나씩 잘도 가져갔다. 고맙다는 말도 없이 말이다.

그래. 이런 게 바로 사회생활이지. 실망하지 않으려고 나 자신을 다스리면서 자리로 갔다. 책상 위에 과월호 잡지가 눈높이까지 쌓여 있었다. 이걸 어쩌라는 건지 싶어 주위를 두리번거렸다. 그런데 아무도 내게 일을 지시하지 않았다.

읽어 두라는 걸까? 나는 난처한 기분으로 잡지를 마냥 뒤적거리기만 했다. 그러다 부편집장 대리인 손희원 대리에게 눈물이 쏙 빠지게 혼이 났는데 이유인즉슨, 눈치가 없다는 거였다.

아니, 말도 안 해 줘 놓고 다짜고짜 눈치 운운할 건 뭐야?

아무튼 과월호 잡지를 인터넷으로 볼 수 있게 한 장 한 장 스캔해 놓는 것이 오늘 내 일과였다.

나는 종일 사무실 구석에 처박혀서 선 채로 일을 했다. 벌을 받는 기분이었다. 앉아서 일을 하고 싶었지만 의자에 손만 대도 손 대리가 쏘아보면서 화를 냈다. 도대체 왜 저러는 거야? 나는 의기소침해져서 말도 제대로 듣지 않는 스캐너, 컴퓨터와 씨름하다가 퇴근 무렵이 다 되어서야 내 자리로 돌아왔다.

"퇴근 시간 지나면 사무실 불 확실히 꺼 둬. 절전이야."

손 대리가 손수 사무실의 조명 반을 끄면서 말했다. 나는 어제처럼 반쯤 어두워진 사무실에 덩그러니 남았다. 정말 뭐람. 그나저나 어제도 절전 때문에 사무실을 그렇게나 어둡게 한 거였구나. 꼭 그럴 필요가 있는지 자문하면서 나는 숄더백을 집어 들었다.

그때 바닥으로 무언가가 툭 떨어졌다. 장미 한 송이였다. 투명한 포장지에 예쁜 리본을 맨 꽃송이가 무척 탐스러웠다. 그것을 집어 드는데 손가락이 따끔했다. 가시를 건드린 것도 아닌데. 하지만 그 이유는 너무나 명약관화했다. 보낸 사람이 성건후였던 것이다.

〈상처에 반창고 붙여요〉

편지 봉투 안에는 이런 메시지와 함께 헬로 키티 캐릭터가 프린트된 반창고도 들어 있었다. 뱀파이어와 헬로 키티. 낯선 조합이었지만 설렐 만큼 귀여웠다.

나는 반창고를 신기한 물건이라도 되는 듯이 이리저리 뒤집어 보고 접착면을 떼었다가 도로 붙였다가 하기도 했다. 그러는 사이 내 심장 안쪽에 도사리고 있던 고슴도치 한 마리가 몸을 둥글게 말더니 이리저리 굴러다녔다. 내 기분은 슬프기도 하고 기쁘기도 했다.

아니야. 이게 다일 거야. 메시지도 상처에 반창고를 붙이라는 게 다잖아? 그리고 성건후에게는 비서가 있어. 나는 그의 사무실에 들렀을 때 보았던 수많은 스태프들을 떠올렸다. 이건 그들 중 하나가 사장의 고객이 될 '뻔' 한 수많은 여자들을 처리하는 방식일지도 모르는 일이었다.

그럼에도 나는 장미 꽃잎에서 풍기는 은은한 향기에 아찔해졌다. 늑대인간으로 변하는 주간이라서 내 후각은 평소의 몇 백 배로 민감했던 것이다. 단 한 방울의 향수도 나를 술에 취한 것처럼 만들 수 있었다. 나는 서랍을 열고 장미를 넣었다. 잠시 망설였지만 열쇠까지 채워 버렸다.

밖으로 나오니 엘리베이터 앞에서 날 기다리고 있는 김문주를 만날 수 있었다. 나를 꽤 오래전부터 기다린 눈치였다. 물어보나 마나 그는 무척 바쁜 남자였다. 성건후만큼이나.

그도 분명 스케줄을 조정했겠지. 이 빌딩의 주인이지만 나를 만나기 위해서, 우연을 가장하기 위해서 제법 신경을 썼을 게 분명했다.

나도 몰래 그를 떠올려 버리곤 스스로에게 화가 났다. 결국 피를 마시기 위해서잖아. '거래'에 공을 들이는 건 모든 사업가들의 못 말리는 특징 아니야? 아무래도 그에 대한 생각에서 벗어나기 위해서는 특단의 조치가 필요할 것 같았다.

나는 과감하게 손을 내미는 김문주의 팔에 팔짱을 꼈다.

"모두 퇴근한 모양이더군요. 가은 씨 먼저 간 건 아닌가 싶어 사무실로 들어갈까 고민도 했습니다."

김문주가 내 손을 잡아당겨 더 안쪽까지 들어오도록 유도했다.

"전 신입인걸요."

엘리베이터를 기다리며 주변을 둘러보았다. 김문주 말대로 다들 퇴근한 모양인지 사람들을 찾아볼 수 없었다. 그래서 당연히 엘리베이터 안도 비어 있을 줄 알았다. 성건후가 타고 있을 거라고는 생각도 할 수 없는 게 당연했다.

나는 굳어 버렸다. 문이 반쯤 열렸을 때, 이미 내 모든 감각이 성건후를 감지하고 있었다. 그는 묵묵히 발끝을 응시하고 있었는데 문이 열리기 무섭게 턱을 들더니 기다리고 있었던 것처럼 나를 향해 팔을 뻗었다. 동시에 그의 등 뒤에서 엘리베이터가 관리자 전용 모드로 바뀌었다는 안내 메시지가 흘러나왔다.

"가은 씨!"

김문주가 내 이름을 불렀지만 그는 성건후의 기세에 떠밀려 따라 들어오지 못했다. 문 밖으로 버튼을 누르는 긴박한 소리가 들렸다. 그러나 굳게 닫힌 문은 절대 열리지 않았다.

"저 자식은 뭐지?"

묻는 건지 혼잣말인지, 성건후는 무척 날카로웠다.

"알 것 없잖아요."

내 말에 성건후는 이쪽을 쏘아보았다. 무서웠다. 나는 숄 더백을 끌어안았다. 눈을 마주치지 않으려고 시선을 피했다.

"나 좀 보죠."

성건후가 허리를 홱 안아 당기자 숄더백이 툭 떨어졌다. 동시에 그는 내 턱을 엄지와 검지로 잡고 위로 들어 올렸다.

"눈이 부었군."

성건후는 입술을 씰룩거렸다.

"울 정도로 화가 났다면 날 찾아와서 따귀라도 때리지 그랬어요. 그러면 자기를 설득할 기회가 한 번 더 생겼을 텐데."

빙긋이 웃는 성건후에게 나는 아무 말도 할 수 없었다. 그는 포기하지 않았던 것이다. 가슴이 벅찼다.

"얌전히 뺨을 내줄 사람인가요? 당신이?"

당돌히 내가 물었다. 성건후는 씩 웃었다. 송곳니가 반짝 빛나고 눈초리는 인두처럼 새빨갛게 달아올랐다. 그는 내 허리를 다시금 단단히 고쳐 안았다. 순식간에 엘리베이터 안이 후끈해졌다. 나는 찜통에 빠져 언제 녹을지 모를 얼음 조각이나 다름없었다.

"세 대 정도라면 뭐."

성건후가 특유의 유들유들한 말투로 응대했다.

"물론 내 얼굴값이 저렴해서 그러는 건 아니고. 단지 세

번 안에 자기를 설득할 자신이 있으니까."

"택도 없다고 말했을 텐데요."

긴장해서인지 내 반응은 내 진심보다 더 날카로웠다. 성건후는 움찔하는 듯싶다가 말했다.

"내 사무실로 가죠. 좀 더 진지하게 이야기해 봅시다."

거래하듯이?

"그 이야기는 끝났어요."

"언제? 누가 끝냈습니까?"

성건후가 딱딱하게 물었다.

"내가 그렇다고 인정하기 전엔 아니지. 그리고 나는 자기가 왜 울었는지 알고 싶어. 덕분에 나도 잠을 제대로 못 잘 것 같으니까."

그는 얄밉도록 자신만만했고 속상하게도 나를 걱정하고 있었다.

"어째서요?"

"이미 말한 것 같은데. 자기를 원한다고."

원한다니, 그게 다야?

"피를 말하는 거겠죠? 목적어를 정확히 써요!"

내가 꾸짖듯 말하며 쏘아보자, 성건후는 씨익 웃어 보였다. 가슴이 철렁 내려앉기 딱 좋은 미소였다.

"깐깐한데. 지금 날 야단치는 겁니까?"

"난 잡지사의 부편집장 어시스턴트라고요. 말을 올바르게 쓰지 않는 남자는 질색이에요."

"나와 이야기하기 싫은 이유는 그게 답니까? 좋아. 제대로 하죠. 나는 자기와 자기의 피를 원해요. 확실히 들었죠? 그러면 이제 내 사무실로 올라가도 불만 없겠습니까?"

나는 성건후의 달변에 놀라 입을 벌리고 있다가 웃음을 터트리고 말았다. 덕택에 우리 사이의 긴장된 분위기가 다소 누그러졌다. 그는 그 흐름을 타고 내 입술에 쪽 하고 키스했다.

"누가 하라고 했어요?"

내가 눈을 흘기며 쏘아붙이자 성건후는 미간을 잔뜩 좁혔다. 그러고는 내 뺨을 손끝으로 천천히 쓴 다음 보란 듯이 한 번 더.

심장이 쿵쿵 뛰었다. 정말 못된 남자이긴 해. 나는 그를 떠밀었다. 성건후는 쿵 소리를 내며 반대쪽 벽에 부딪쳤다.

아차. 힘을 너무 쓰면 안 되는데. 나는 짤막하게 비명을 지르며 성건후에게 다가갔다.

"미안해요. 다치지 않았어요? 아팠죠?"

내 힘은 누구보다 내가 더 잘 알았다. 그가 아무리 뱀파이어라고 해도 말이다. 늑대인간이란 그런 존재니까. 그때 핸드폰 벨소리가 울렸다. 나는 바닥에 떨어진 숄더백을 흘끗 보았다가 다시 성건후에게 집중했다.

"전화 안 받나?"

그가 물었다.

"그게 무슨 상관이에요, 지금."

내가 단호하게 쏘아붙였다.

"괜찮냐구요."

성건후가 걱정되었다. 엘리베이터가 흔들릴 정도로 큰 소리가 났던 것이다.

"택도 없다면서. 그래도 내가 신경 쓰여요?"

이 상황에서 거래 이야기를 들먹이네. 설마 이걸 빌미로 협박이라도 하려고?

"아프지 않은 모양이네요."

나는 성건후에게서 거리를 두었다. 그가 허리에 팔을 두르려고 한다는 걸 직감해서였다. 그걸 싫다고 말할 수는 없어도 꽤씸하게는 느껴졌다. 나는 성건후에게 보란 듯이 핸드폰을 집어 들었다. 역시 김문주였다. 그런데 내가 전화를 받으려고 하자, 성건후는 핸드폰을 빼앗아 갔다. 그리고 멋대로 발신자를 확인했다.

"아까 그 남자? 전화번호까지 줬어요?"

준 게 아니라 알고 있는 것이지만 복잡한 우리 사정을 다 말하고 싶지 않았다.

"받으라면서요? 내놔요."

성건후는 내 핸드폰을 자기 바지 뒷주머니에 찔러 넣었다.

"받으라고 말한 적은 없는데."

그가 말했다.

"안 받을 거냐고 물어본 것뿐이지. 그보다 방법 좀 가르쳐 주시죠. 저 남자, 남자친구는 아닐 게 분명한데 어떻게 나보다 먼저 자기 번호를 가져간 겁니까?"

성건후는 당장이라도 펄펄 날뛸 기세였다. 그는 예의 엘리베이터 만능 카드를 꺼냈다.

"대답 안 해요? 장소가 좀 그래서 그런가? 역시 사무실로 가서 천천히 얘기하는 게 좋겠죠."

또 밀어붙이기였다. 알 수가 없었다. 질투하는 거야? 그냥 조급한 것뿐? 아. 헷갈려.

"핸드폰 줘요."

내가 매섭게 쏘아붙이자 성건후는 잠시 움찔했다. 하지만 겁을 먹기는커녕 긴장된 공기를 바짝 조이듯 입술을 비틀었다.

"가져가. 직접. 내 왼쪽 엉덩이에 있어."

성큼 다가온 성건후가 불씨를 댕겼다. 나는 고개를 홱 치켜들고 그와의 거리를 한 번에 좁히면서 맞불을 놓았다. 그사이에도 전화벨 소리는 미친 듯이 울리는 중이었다. 김문주를 생각하면 지금 나는 뱀파이어와 신경전을 벌일 입장이 아니었다. 그가 성건후를 의심하면 유남 아저씨도 의심할 것이고, 결국 그 의심은 할아버지에게까지 번질 것이었다.

"못할 것 같아요?"

그렇게 물어봄과 동시에 나는 성건후의 엉덩이 쪽으로 팔을 뻗었다. 그의 몸이 잠깐이지만 굳는 게 느껴졌다. 하지만 성건후는 자신의 육체가 보이는 반응에 개의치 않고 되레 그러길 바란다는 태도로 씽긋 웃었는데, 그 타이밍이 바로 고매한 뱀파이어가 방심한 순간이었다.

내가 노린 것은 핸드폰이 아니라 카드였다. 나는 그의 손에서 가볍게 카드를 낚아채어 관리자 모드를 해제하고 엘리베이터에서 빠져나왔다. 문이 닫히는 순간에는 성건후의 얼굴에 흐르는 낭패감을 읽을 수 있었다.

다행히도 김문주가 나를 기다리고 있었다. 나는 그의 팔을 낚아채어 비상계단을 향해 달렸다. 몸 상태 때문에 힐을 신지 않은 게 오히려 전화위복이 되었다.

"왜 그래요? 아까 그 사람은 누구고."

나를 따라 잘도 뛰면서 김문주가 물었다. 두 눈에 호기심이 가득 들어 있었다. 말이 길어질 게 뻔해 내가 다른 화제를 들먹였다.

"차는 어디 있죠?"

"두고 왔는데. 우리 뛰어야 해요."

김문주는 이 엉뚱한 상황이 재미있는 것 같았다. 엉뚱한 상황을 재미있어 하는 엉뚱하고 재미있는 남자. 나는 그런 남자와 퇴근 후의 신사동 거리를 내달렸다. 우리는 내 오피스텔 근처 편의점 앞에서 잠시 숨을 골랐다. 그 틈을 타 김문주가 성건후의 정체를 물었다.

"집주인이에요."

불충분한 대답이긴 하지만, 김문주는 나를 추궁하지 않았다. 다만 혼잣말을 중얼거렸을 뿐이다.

"집주인을 회사 빌딩에서도 마주칠 수 있군요."

섬뜩해라. 역시 김문주도 호락호락한 남자는 아니구나. 성건후만큼이나 빈틈이 없을 것 같았다. 새로운 내 환경이 앞으로 얼마나 더 나를 조일까 생각하니 아득했다. 나도 스스로를 울창하게 만들어야 하는 것 아닐까. 이제 겨우 사회생활을 시작했는데 이게 뭐람.

"오늘 일, 할아버지에게 비밀로 해 줄 수 있어요?"

헤어지기 전, 김문주에게 부탁했다.

"글쎄요?"

그는 무던한 눈으로 나를 보더니 빙글거렸다. 이상하게도 김문주에게는 초조하거나 두려운 마음이 들지 않았다. 성건후가 뱀파이어라는 것을 들키면 안 된다는 걸 알면서도 믿는 구석이 있는 사람처럼 말이다.

"내가 원하는 걸 들어주면 나도 김문주 씨 부탁 하나 들어줄게요."

나는 오히려 팔짱을 끼고 턱을 치켜들면서 당당하게 요구했다. 황당했는지 김문주가 풋 하고 웃었지만 조금도 신경이 쓰이지 않았다. 원래는 남자들 앞에서 어색하기 그지없는 나인데 말이다.

성건후한테 전염되기라도 한 걸까? 아니면 오늘 일어난 일이 아직도 나를 자극하고 있어서? 아무튼 내 생각은 단순했다. 성건후의 정체를 들키지 말자는 것이었다. 그를 감쌀 이유가 뭔지 나 스스로도 알 수 없었지만 내 마음이 그렇게 움직였다.

"그럼 그때 나 거절한 거 다시 생각해 봐요."

김문주가 말했다.

"네?"

"약속한 겁니다."

단단히 다짐한 다음, 김문주는 전화로 누군가를 불렀다. 3분도 채 지나지 않아 그의 아우디가 나타났다. 이윽고 김문주의 비서가 나와 차 문을 열어 주었다. 나는 황당해 뺨을 붉혔다. 뭐야. 운전까지 해 주는 비서가 있으면서 나랑 같이 전력질주를 했던 거야?

"잘 자요. 자기 전에 문자 메시지 보내 줘요. 별일 없는지 알아야 하니까."

부드럽게 인사한 김문주는 조수석 차창을 올림과 동시에 떠났다. 흐음. 내가 잘한 건지 의심스러웠다. 자기 전 남자에게 문자 메시지까지 보내야 한다니. 그런 건 한 번도 해 본 적 없는데.

가만. 문자 메시지? 내 핸드폰은 성건후가 가지고 있는데 이걸 어떡해!

나는 거리 한복판에서 이러지도 저러지도 못하고 쩔쩔맸다. 다시 회사 빌딩으로 돌아가야 할까? 아니면 얌전히 집으로 들어가 밤이 웅크린 등줄기 위로 가만히 지나가길 기다려야 할까?

시간을 확인해 보니 8시였다. 이 시간에도 핸드폰 개통이 가능했었는지 생각이 나지 않았다. 여러모로 핸드폰은 필요했다. 밤중에 손 대리가 갑자기 연락을 했는데 못 받기라도 하면 꼼짝없이 근무태도 불량으로 낙인찍힐 것이었다. 부편집장님과 달리 변덕이 죽을 끓는 여자인 것 같으니까.

다행히 핸드폰 대리점 하나가 눈에 띄어 그곳으로 들어갔다. 남자 직원 하나가 있었는데 그는 퇴근 준비 중이었다. 내가 핸드폰을 잃어버려 같은 번호로 당장 새 핸드폰을 구입하고 싶다고 이야기를 하니 난처해했다. 이 시간에는 곤란하다는 거였다. 나는 한숨을 내쉬었다. 그래도 그 직원이 내일 아침 일찍 오면 출근하자마자 내 핸드폰 개통 업무를 우선으로 해 주겠다고 약속했다.

"내일 아침에 무리해서 개통한다고 해도 의미가 있을지 모르겠네요."

자신 없이 내가 말했다. 당장 오늘 저녁에 일이 벌어지면 끝이니까. 또 연락이 안 된다는 이유로 김문주가 한밤중에 소동을 벌이기라도 한다면 그것도 문제였다. 나는 힘이 빠지기도 하고 허무하기도 해서 대기 의자에 주저앉았다. 남자 직원이 따뜻한 매실차를 건네주었다.

"고마워요."

그를 향해 애써 웃어 보였다. 얼굴 근육이 당겼다.

"또 필요한 거 있으면 말씀하세요."

필요한 건 이미 이야기했는걸요. 나는 잔을 몇 모금에 나누어 비웠다. 그사이 밤거리가 불을 밝히기 시작했다. 거리가 조금씩 북적이는 기색이 보였다.

쇼윈도 너머로 성건후가 보였다. 그도 나처럼 전력 질주한 기색이 역력했다. 단정하기만 했던 그의 셔츠와 넥타이는 흐트러져 있고 숨은 헐떡거렸다. 우리는 눈이 마주쳤다. 성건후는 허탈한 미소를 짓더니 망가진 머리를 쓸어 올리며 대리점 안으로 들어왔다.

"한 방 먹었군."

어깨가 움츠러들었다.

"이거 필요하나?"

성건후가 내 핸드폰을 들어 보였다. 나는 고개를 끄덕였다.

"너무 세게 얻어맞는 바람에 가슴이 아파서 그냥은 못 주겠는데."

거래하려고? 성건후가 나와 하려는 거래는 뭘까. 역시
피를 주는 것일까. 그러기엔 핸드폰은 너무 소박한 인질인
데.

그는 막 컴퓨터를 끄려는 남자 직원에게 다가가 귀엣말을
주고받았다. 남자 직원은 당황한 표정을 지었다가 이내 반색
을 했다. 그는 진열장에서 미니 아이패드를 가져오더니 다시
컴퓨터를 켰다. 그리고 재빠르게 개통 절차를 밟은 다음 간
단한 설명과 함께 미니 아이패드를 성건후에게 되돌려 주었
다.

"일단 여기서 나가지."

성건후는 너무나도 자연스럽게 내 어깨를 감싸 안고 밖으
로 나왔다. 내가 달아날까 봐선지 으스러져라 잡고 있었다.
그가 날 데려간 곳은 우리 오피스텔의 1층 카페였다. 우리가
안으로 들어오자 사장님이 기다렸다는 듯 영업종료 팻말을
내걸고는 조명을 적당히 어둡게 조절한 다음, 열쇠를 성건후
에게 주었다.

"바리스타가 없으니까 커피는 내가 만들어야겠군. 뭐 마
실래요?"

사장님이 나가자 성건후가 넌지시 물었다. 내가 아무 말
도 하지 않자, 그는 물컵을 가져오더니 바로 내 옆에 앉았
다. 성건후는 나를 의자 구석으로 몰아넣다시피 했다. 뭐야,

정말. 이렇게 어이없는 일이 다 있네. 사장님과의 완벽한 합작 덕택에 나는 한동안 이곳에 갇혀 있어야 하는 신세가 되었다.

"비켜요."

"싫어. 자꾸 달아나려고 하잖아. 제길. 이렇게 쫓아다니게 만들다니. 빌딩에 남아 있던 사람들이 꼴사나운 모습을 다 봤다고."

거칠게 대꾸하는 성건후에게서 은은한 열기가 끼쳐 왔다. 그는 물 한 컵을 시원하게 비우고서 나를 보았다. 체력 낭비로 지쳐 있음에도 불구하고 끈덕진 눈초리는 나를 향해 올곧게 살아 있었다. 도대체 왜 날 포기하지 않는 걸까? 집요한 성격은 아닌 것 같던데.

"자기가 잡기 힘든 여자라는 건 충분히 알았어. 그러니까 이제부터는 대화를 합시다."

투덜거리면서 성건후는 자기 머리칼을 헝클어트렸다. 건강한 몸에서 배어 나온 싱싱한 체취와 페로몬이 내 코를 자극했다. 중독될 것 같은 냄새였다. 이 남자의 행동에 금지사항이라도 달아 둬야 하는 것 아냐. 관자놀이를 눌러 빈혈기를 잠재우면서 내가 생각했다.

"그럼 이제 이야기해 봐요. 뭘 두려워하는지. 내게 피를 줬을 때, 자기 몸이 반응하는 걸 난 봤어. 그런 면에서 우리는 잘 맞을 거야. 나쁜 거래는 결코 아니니까. 그러니 이유부터 알아야겠어. 내가 해결할 수 있도록.”

길게 한숨을 토해 내서 나를 놀라게 한 성건후가 허를 찌르는 말들을 늘어놓았다. 그는 정확하게 내 상태를 파악했을 뿐더러 그것을 빌미로 나를 궁지에 몰아넣는 데에 아무런 거리낌도 없었다.

“난 아무것도 두려워하지 않아요.”

거짓말을 했다. 성건후가 나를 빤히 보더니 단호히 말했다.

“거짓말.”

맞아. 거짓말이야. 한숨을 내쉬는데 성건후가 내 손을 들어 자기 입으로 가져가 살짝 깨물었다.

“아.”

그는 한동안 그대로 내 검지 관절을 물고 있었다.

“뛰느라 지쳐서. 자기 향기라도 음미하게 해 줘.”

무례하게 쏘아붙이는데도 불쾌하지 않았다. 허기라는 절박함이 성건후의 숨결을 타고 온몸에 퍼지고 있었다. 그는 내 손을 소중히 붙들고 분위기가 허락하는 한, 핥기도 하고 살짝 물기도 하고, 또 마음껏 냄새도 맡았다. 성건후는 탐욕스러웠다. 그의 갈증은 손에 잡힐 듯 눈앞에서 생생하게 움직이고 있었다.

“이제 좀 낫군.”

그래도 아쉽다는 듯 성건후는 내 손을 꽉 쥐고 자기 옆구리에 고정시켰다. 서로 다른 종족이긴 해도 나 역시 늑대인간이었다. 그의 굶주림을 내 것처럼 이해할 수 있었다. 나도 극한의 기아 체험을 해 본 바 있으니까 말이다.

"전 아무것도 두려워하지 않아요. 다만 당신이 어떤 생각을 가지고 있는지 몰라서 불쾌해요. 같이 있고 싶지 않은 건 그뿐이에요. 그러니까 놔주세요. 제가 이해심을 발휘할 동안은 괜찮지만 싫다고 말할 때는, 범죄예요. 서로 얼굴 붉히고 싶지 않잖아요?"

정신 차리자. 지금은 뱀파이어를 이해할 때가 아니었다.

"날 거부하는 쪽이 더 불편한 일이 될 텐데."

성건후가 심각한 얼굴로 중얼거렸다.

"내가 어떤 생각을 가지고 있는지는 행동을 보면 알 테고."

"나한테 호감이 있냐고 물어봤었지만 대답하지 않았잖아요."

"그 이상이야. 보면 모르나? 말도 했던 것 같은데."

마치 반항기의 고등학생처럼 쏘아붙이며 성건후는 고개를 뒤로 젖혔다. 어둠 속에서 그의 목젖이 희미한 실루엣을 빛냈다. 나는 무심코 그 우아한 곡선을 쓰다듬고 싶은 충동을 느꼈다.

"하지만 피는 빨고 싶다는 거죠."

나는 혼란스러워져서 중얼거렸다.

"당신 뱀파이어죠. 뱀파이어가 피를 빠는 건, 식사를 하기 위함이 아닌가요?"

성건후가 묵묵히 고개를 주억거렸다.

"그럼 난 먹잇감이라는 이야긴데 먹잇감에게 호감이라뇨. 앞뒤가 안 맞아요."

"왜 내 감정에 그렇게 신경을 쓰지? 자기가 내게 호감이 있기 때문에?"

아. 또 이 남자가 나를 궁지에 몰려고 하네.

"난 이 이상은 아무 말도 하고 싶지 않아요. 묵비권이니까. 포기해요."

"정말 미치게 만드는군."

"미치기도 하나 보네요. 하도 여유 있게 상황을 쥐락펴락하기에 흔들릴 줄 모르는 사람이라고 생각했는데."

"그런 사람이긴 하지만 자기 때문에."

심장이 입 밖으로 튀어나올 만큼 솔직하게 성건후가 툭 내뱉었다.

"맛있는 몸을 가지고 있는 것도 모자라 순발력까지 가지고 있어. 그래서 이쪽은 거의 속수무책이야."

내가 자신을 휘두르고 있다는 얘기를 성건후는 하고 있었다. 어쩜 좋아. 심장이 걷잡을 수 없이 빠르게 뛰었다.

"여유가 없어 보여요."

정말일까 궁금해하면서 작은 목소리로 내가 주장했다.

"제대로 봤어."

성건후는 또 인상을 썼다.

"게다가 자기 피 맛을 보는 바람에 더 미칠 지경이 되어 버렸지. 자기가 군침 돌게 달콤할 거라는 건 처음 본 순간부터 분명했지만 실제로는 그 이상이었으니까."

매우 야만적으로 성건후가 으르렁거렸다. 처음 여유 있게 나를 들었다 놨다 하던 남자는 이제 없었다. 그는 말하는 동안 또다시 참을 수 없어진 모양인지 내 손목을 들어 잘근잘근 깨물었다. 저릿한 감각이 온몸에 진동했다.

"또 빨고 싶어지는군."

시간은 점점 더 자정에 가까워져 갔고 그럼에 따라 나도 동물적인 기분이 되기 시작했다.

"안 돼요."

나는 애써 용기와 힘을 쥐어짜, 성건후를 밀어냈다. 우리 사이에는 결정적인 문제가 있었다. 그걸 상기시켜야 하는지 아닌지, 미칠 것 같았다. 도저히 모르겠다.

"어제 그 레스토랑에서 우리 둘이 했던 짓을 또 하고 싶어."

갈라진 음성으로 성건후가 속삭였다. 그의 입술이 어느새 내 귀에 딱 달라붙어 있었다. 아. 누군가가 내 흉곽을 드릴로 후벼 파는 것 같았다.

"핸드폰 돌려줘요. 나도 당신 카드 줄 테니까요. 이만 집으로 갈래요."

"그러려면 조건이 있는데."

"피를 제공하는 거래요? 그건 비겁하죠. 그리고 먹히지도 않을걸요."

성건후가 나직이 웃었다. 뭐야? 뭐가 웃긴 걸까?

"아냐. 내 조건은, 그런 게."

턱이 절로 당겨지고 뇌에 솟은 혈관 하나하나가 조여지는 것 같았다. 성건후는 속을 짐작할 수 없는 남자이니만큼 무슨 조건을 내걸건 나를 놀라게 할 게 분명했다.

"이거 받아 줘. 교환 조건이야."

성건후가 아까 핸드폰 대리점에서 개통했던 미니 아이패드를 내밀었다. 나는 살짝 놀랐다. 이게 내 거였어?

"이걸 받을 이유가 없는걸요."

내가 사양했지만 성건후는 묵묵히 미니 아이패드를 실행시키고 어플리케이션을 깔았다. 그는 아이디를 만들겠다는 빌미로 내 메일 주소와 생년월일을 알아냈다.

"내 생일은 겨울인데. 자기 생일은 여름이군?"

성건후의 혼잣말에 나는 내가 무방비했다는 사실을 뒤늦게 깨달았다.

"내 생일 기억해 두지 마요!"

"왜지? 자기 주민등록번호 조회할 일이 한 번 줄어서 나는 좋은데."

골이 띵했다. 이런 못된 남자는 엉덩이를 때려 줘야 하는 거 아냐?

"돈을 그런 데에 써요, 보통?"

성건후가 뭐 잘못됐냐는 듯이 나를 쳐다보았다. 황당하기도 하고 웃기기도 했다. 나는 목소리에 섞이는 환한 기운을 잠재우지 못하고 눈웃음을 치면서 그를 나무랐다.

"돈이 많다고 먹잇감의 뒷조사를 하면 안 되죠."

"또 날 야단치려고 하는군."

"개인정보 침해잖아요. 그리고 성건후 씨가 나한테 은근히 반말 쓰는 건 어떻고요?"

"어차피 자기는 내 거가 될 테니까. 그보다 이름 불러 주니까 좋은데. 내가 피를 빨 때에도 그렇게 해 주겠어?"

짐짓 심각하게 성건후가 중얼거렸다. 그의 관심사나 사고방식은 이상했다. 만약 이런 게 뱀파이어식이라면 큰일이었다. 내가 감당할 수 있을 것 같지 않았다. 더구나 나는 늑대인간으로 변하는 일주일간을 제외하면 보통 인간과 비슷했다. 인간들 속에서 그들과 똑같은 방식으로 성장한 여자였던 것이다.

"화제를 바꾸지 마요. 내 핸드폰부터 돌려줘야죠."

"아, 그래. 그런 이야기를 하고 있었지. 난 말이야, 자기가 다른 남자한테 먼저 번호 줘서 화났어. 더구나 내가 자기 핸드폰을 갖고 있는 중에도 그 자식이 계속 연락을 해 대더군. 그래서 이걸 산 거야. 나랑 연락할 때만 쓸 수 있도록. 잘 알았지? 이번에는 넘어가지만 이 어플리케이션 친구목록에 다른 사람이 추가되어 있으면 화낼 거야."

"이런 사람이었군요, 당신. 막무가내에 원하는 건 반드시 얻어야만 하는 남자."

성건후는 칭찬을 들은 사람처럼 뿌듯한 표정을 지었다. 어머, 귀여워……. 아니, 이게 아니라. 칭찬이 아니야. 그런 게 아니라구요. 역시 이 남자를 단념시키는 방법은 내가 늑대인간이라는 사실을 가르쳐 주는 것 말고는 없는 걸까.

"핸드폰 교환 건은 끝났고. 이제 피를 마시는 일만 남았군."

자기 멋대로 핸드폰과 함께 미니 아이패드를 내 앞에 밀어 놓은 성건후는 나를 자기 무릎 위에 앉혔다. 너무나 자연스럽게. 그는 내 목덜미에 얼굴을 묻고 다 들리도록 흐읍 하고 숨을 들이쉬었다. 팔뚝에 오소소 소름이 돋았다.

"안 돼요."

"내 목에 팔 둘러."

성건후가 건조하게 명령했다. 그리고 안 된다는 말은 듣지도 못했다는 듯, 다시금 내 목덜미에 집착을 보였다.

"정말 달콤해. 자기 냄새는 날 취하게 해."

그가 고기라도 벨 듯한 날카로운 콧날과 드라이아이스처럼 나직이 깔리는 음성으로 중얼거렸다. 몸이 놀라울 만큼 달아올랐다. 배 속이 뒤틀리며 꼬이는 느낌은 내가 늑대로 변할 때처럼 고통스러웠다. 당장이라도 손톱이 자라날 것 같았다.

"조금 핥을게. 그래도 되겠지."

이미 성건후의 음성은 쉬어 있었다. 내 냄새를 들이마시면서 헐떡거리는 것만으로 그렇게 된 것이었다. 곧 뜨겁고 부드러운 질감의 혀가 내 목덜미와 턱 선을 덧그렸다. 어떡해. 나는 이를 악물었다. 나 자신에게 화가 날 정도로 몸이 솔직하게 반응했다. 이 느낌을 절대 거부할 수가 없을 것 같았다.

"안 돼요. 우린 정말 안…… 돼요."

목덜미와 턱 선을 타고 올라온 성건후의 윗입술이 내 아랫입술을 건드렸을 때, 나는 힘으로 성건후를 밀어냈다. 웃을 일인지 울 일인지 몰라도 그는 내 힘을 당해 내지 못했다. 물론 힘 때문에 물러난 것만은 아니었다.

"한 번 더 묻겠어. 당신이 두려워하는 게 뭐지? 왜 나랑 헤어지고 나서 운 거야? 눈이 퉁퉁 부어 버릴 정도로."

울컥 눈물이 났다. 성건후는 나에 대해 알고 싶어 했다. 두려울 만큼 그의 호기심은 강했다. 만약 두렵다면 바로 그것일 터였다. 우리 사이의 문제를 깨닫고 달아나 버릴지도 몰라서.

"내가 무서워? 사냥감이 된 기분인가?"

아니었다. 이토록 내게 빈틈없이 다가오는 것은 전혀 겁나지 않았다. 어쩌면 비뚤어진 노력일 수도 있으니까. 문제는 나였다. 나는…….

"전 당신의 먹잇감이 아니에요."

"사실 난 사냥을 좋아하지."

성건후가 송곳니를 드러내며 씩 웃었다. 하지만 잠시였다. 이내 그는 일장연설을 늘어놓았다.

"하지만 내가 자기에게서 단지 피를 원하는 게 아니라는 걸 모르진 않을 텐데. 그 귀여운 머리로 떠올려 봐. 지금껏 내가 자기한테 뭘 했는지. 입이 닳고 몸이 쇠약해지도록 설명했다는 사실도. 필요 이상으로. 자기 말마따나 먹잇감이라는 말을 쓰자면, 지금 이런 일 하나하나가 내가 평소에 다른 먹잇감에게 하던 것과 전혀 달라. 아니면 비교해서 가르쳐 줘야 하나?"

또 몰아붙이기 시작이야. 이번에는 평소보다 더 속내를 많이 드러냈다. 나는 황급히 성건후의 시선을 피했다. 그의 눈동자는 뜨겁게 타오르고 있었고 음성에는 노기가 가득했다. 내가 자기를 이해해 주지 않아서 화가 난 게 틀림없었다.

"눈치를 못 챘다는 건 말이 안 돼. 설마 남자를 한 번도 안 만나 본 건 아닐 테고."

"어……."

창피한 나머지 두피까지 달아오르는 게 느껴졌다.

"마, 맞아요. 사실 난 남자를 사귀어 본 적이 한 번도 없거든요. 그래서 더 혼란스러워요."

내 팔을 거꾸로 오르던 성건후의 손이 우뚝 멈췄다. 실망한 것일까. 하지만 그건 내 착각이었다. 그는 죄책감을 느끼고 있었다. 표정에 그것이 역력했다.

"키스를 싫어한 게 아니라 아예 모르는 거였군. 젠장. 내가 대체 뭘 한 거야. 자기에 대해서는 거의 다 알고 있다고 생각했는데."

심지어 혼잣말에서도 그 마음을 알 수 있었다.

"왜지?"

갑자기 성건후는 날카롭게 물었다. 나는 차마 내가 아직도 첫사랑을 기억하고 있는 여자여서 그렇고 그것도 모자라 사랑이나 운명을 꿈꾸고 있다고 대답할 수가 없었다. 그렇다고 늑대인간이라 웬만한 남자들은 할아버지로부터 차단당했다고도 말 못 했다.

"여중, 여고, 여대를 나와서요……."

그게 변명이라도 된다는 듯이 내가 작게 속삭였다.

"그건 말이 안 되는 것 같은데."

성건후가 내 진술의 빈약함을 지적했다.

"그러면서 그 남자는 어떻게 알게 된 거고?"

아. 점점 위험한 이야기를 하게 만드네. 선본 상대라는 걸

말해야 하나? 이러다가 이야기가 점점 핵심에 다가갈까 겁이 났다.

"난 갈래요."

다시 성건후를 밀어냈다. 내 힘이 센 탓도 있겠지만 그는 남자를 사귀어 본 적 없다는 고백이 어지간히 충격이었는지 예상보다도 더 쉽게 밀려났다. 비틀거리는 성건후의 모습을 보니 속이 상했다. 나는 늑대인간인 것도 모자라 나이나 먹었지 바보처럼 순진한 여자였다.

"기다려."

그러나 테이블을 빠져나가기 무섭게 나는 성건후에게 붙들렸다.

"포기할 이유로는 충분하잖아요. 저 더 이상 창피하게 만들지 말아 주세요……."

"그게 문젠가? 나한테는 감사할 일인데."

이런 끈질긴 사람은 처음이었다. 나는 기쁘면서도 서러웠다. 또 이런 남자를 만날 수 있을지 궁금했다.

"저는 당신한테 걸맞은 먹잇감도 아니구요."

결국 내 입으로 해야 하다니. 눈물이 날 것 같았다. 나는 아랫입술을 깨물었다.

"또 먹잇감 얘기군. 쉽게 말해야 해?"

성건후가 진저리를 내더니 나를 등 뒤에서 끌어안았다.

"나는 지금 자기한테 내 여자가 되라고 하는 거야."

심장이 덜컥 내려앉았다. 성건후는 몇 번이라도 반복해 말해 줄 기세로 내 머리를 매만졌다. 귀 언저리에 있는 머리카락이 그의 손에서 부드럽게 미끄러지면서 귀걸이를 건드렸다. 나는 흔들리는 귀걸이 장식을 손끝으로 잡아 고정시켰다. 내 마음 같아서 마음에 안 들었다.

"그러니 진짜로 두려워하는 걸 말해. 그 문제부터 얼른 해치워 버리고 다시 시작하게. 이번엔 좀 더 제대로."

조급해하는 성건후가 나를 또 한 번 설레게 만들었다. 성질도 급한 걸까, 아니면 나에 한해서 그런 걸까? 그는 점점 의외의 모습을 보여 주었다. 그것도 뜻밖의 매력적인 모습들을. 점점 더 알고 싶어지는 그런 모습들을. 하지만 나는 그걸 누릴 수가 없었다. 그 생각을 하니 서럽고 화가 나서 참을 수가 없었다.

"울지 마."

성건후가 나를 돌려세우더니 입술로 내 눈물을 닦아 주었다. 방금까지만 해도 위협적이고 신경질적이었던 그가 순식간에 다정해져서는 나를 위로하니 내 슬픔은 더 크게 부풀었다.

"왜 우는 거야. 내가 너무 화를 냈나? 자기한테는 아무 문제도 없어."

"당신 뱀파이어잖아요."

나는 꾹꾹 올라오는 설움을 누르며 말했다.

"알아."

"전⋯⋯."

나는 고개를 수그렸다. 그러자 성건후가 단단한 가슴팍에 내 고개를 기대게 했다. 믿음직했다. 우리는 그의 가슴 위에서 손을 맞잡았다. 성건후의 가슴이 오르락내리락했다. 날 안정시키는 편안한 호흡이었다.

"늑대인간이에요. 그러니까 당신이랑은 못 만나요."

고백을 한 다음 나는 성건후의 가슴에 얼굴을 힘껏 묻어버렸다. 눈물이 멈추지 않았다.

"그래."

그가 나직이 말했다. 셔츠가 젖는 것도 개의치 않고 나를 꼭 끌어안았다.

"알아. 하지만 그게 무슨 상관인데."

그 순간 성건후와 나의 입장 차이 따위는 먼지가 되어 날아갔다. 내 마음은 태풍이 몰아치는 바다처럼 걷잡을 수 없이 요동쳤다.

"두려워하는 게 그건가?"

커다랗고 뜨거운 손이 내 어깨에 끈끈하게 달라붙었다.

"괜히 나까지 겁먹었군. 내가 해결할 수 없는 문제는 아니라 다행이야."

성건후는 피식 웃으면서 내 이마에 입술을 꾹 눌렀다.

"별것 아닌 듯이 말하지 마요."

내 말에 성건후는 다시금 힘없는 미소를 지었다.

"정말 별것 아니니까."

"어떻게 그래요?"

내가 그것 때문에 얼마나 많이 마음고생을 했는지 모르나?

"뭐, 조금 까다롭긴 하겠지."

고개를 들자 성건후가 미간을 찌푸리는 게 보였다. 그는 심각해 보였지만 그것은 내 상처받은 기분에 그만큼 집중한다는 이야기이기도 해서 나로서는 안심되는 기분이었다.

"하지만 고작 그런 이유로 우리 관계를 포기할 생각이 내겐 없는데."

"난 그렇게 생각하지 않아요. 뱀파이어에게 피를 내주는 늑대인간은 없으니까요."

"그게 괴롭다면 조정해 볼 수도 있겠지. 하지만 나한테는 그게 오히려 더……."

잠시 고민한 성건후가 두 손으로 내 턱을 감싸더니 키스할 것처럼 다가왔다. 그러나 그는 잠시 망설였고 이내 입맞추기를 포기했다. 어떡해. 가슴이 저렸다. 내가 순진하다는 게 신경 쓰이는 거야? 정중한 남자가 되려고? 아니면 '오히려 더'라는 말 뒤에 무슨 비밀이라도 숨어 있는 것일까?

"이것만 가르쳐 줘. 내가 자기를 포기했으면 좋겠어? 피를 주는 것도 싫고?"

당장 결정 내릴 문제가 아니라고 생각했다. 고민할 시간
이 필요하다고도. 하지만 내 입에서는 전혀 다른 말이 흘러
나왔다.

"아뇨. 그러지 않았으면 좋겠어요."

내 대답은 거기에서 그치지 않았다.

"그것 때문에 고민했어요. 속상해서 어떻게든 하고 싶은
데, 인정하기 싫은데 그게 잘 안 돼서."

나는 내 대담함에 깜짝 놀랐다. 나도 미처 몰랐던 내 본
심을 술술술 이야기하고 있었다. 필시 성건후 덕택이었다.
그가 나를 나도 모르는 짧은 사이 변화시켰다.

"고민하지 마. 그럴 필요 없어."

성건후에게서는 자신감이 넘쳤다. 그는 이마에서 뒷목에
이르기까지 내 머리를 투박하게 쓸었다.

"정 신경 쓰이면 그런 문제는 내가 대신 떠맡도록 하
지."

"사소한 일이 아니에요."

내가 항의했다. 성건후는 움찔하지도 않았다.

"알아. 그러니까 내가 고민하겠다고 하잖아."

믿음직했지만 그것은 그가 고민할 문제임과 동시에 내 문
제이기도 했다. 그리고 우리 관계가 근본적으로 불가능하다
는 걸 암시하고 있었다. 나는 불안했다.

"우리 눈물 마저 닦을까. 아직도 울고 있네."

성건후가 다정하게 제안하더니 자리에 앉았다. 그는 나를
자기 허벅지 위에 주저앉도록 했다. 설레고 낯선 그 자세를
한 채, 나는 엉거주춤 성건후의 어깨를 짚었다. 그가 뭘 하
려는 건지 몰라서 그냥 빤히 바라보았다.

"눈 감아 볼래."

조그마한 부탁에 나는 시키는 대로 했다. 그러자 성건후
가 뒷목을 가볍게 주물러 긴장을 풀어 주더니 자기 쪽으로
당겼다. 머뭇거리며 나는 상체를 수그렸다. 눈가에 성건후의
입술이 닿는 게 느껴졌다. 그는 입술을 유연하게 놀려 내 눈
물을 모두 삼켰다. 널찍한 손으로는 뺨에 흐르는 눈물을 닦
아 냈다.

"울린 죄가 있으니까 피를 빠는 건 참도록 하지."

나를 떼어 놓으며 성건후가 말했다. 그는 자신이 가진 모
든 인내심을 끌어 모으려는 듯, 주먹을 움켜쥐었다. 그 상태
로 잘도 나를 집까지 데려다 주겠다고 했다.

하지만 나는 핏줄이 도드라질 정도로 힘겨워하는 성건후
가 마음에 적이 걸렸다. 단둘이 엘리베이터에 올라탄 순간부
터는 불편하기까지 했다. 몇 번 만나지도 않았지만 그나 내
게는 엘리베이터 안에서의 남다른 추억이 존재했고 그때의
감각적인 해프닝들이 우리 사이의 긴장감을 조성했다.

그렇게 농후한 집착과 소유욕, 피에 대한 굶주림을 보여

주었으면서도 성건후는 잘도 참았다. 나를 집 앞까지 정중히 바래다준 다음 문 앞에서 두 발짝 뒤로 물러나기까지 했으니까. 나는 그의 인내력에 경의를 표하며 현관문을 열었다. 그런 다음 한 발을 집 안에 들여놓았다.

"잘 자."

성건후가 속삭인 순간, 이대로 헤어지기 아쉽다는 바람이 뒷목을 강타했다. 나는 문을 붙들고 몸을 바깥으로 반쯤 내밀었다.

"왜 안 들어가?"

성건후가 의구심을 품은 미소를 보냈다. 심장에 한 줄기의 전류가 흘러갔다. 나는 조금 망설이다가 말했다.

"아까 카페에서 커피 안 마셨잖아요."

"그런데?"

우리 집에서 마시고 갈래요?

이 말을 해야 하는데 목에 딱 걸려 나오지 않았다. 더구나 호기심으로 빛나는 성건후의 눈빛에 용기가 다 달아나 버렸다. 그냥 헤어지는 게 나을지도 몰라. 그도 애써 노력하고 있는데 그게 허사가 되는 걸 원치 않을 거야.

"아니에요. 잘 가요."

나는 다시 문을 닫았다. 그런데 성건후가 문틈으로 발을 넣어 문을 도로 열었다.

"제기랄."

그가 거친 말과 거친 숨소리를 내뱉으며 현관으로 미끄러져 들어왔다. 정신을 차리니 어느새 내 등은 문에 기대어져 있었고, 내 몸은 성건후의 두 팔 안에 완전히 가두어졌다.

"키스해도 된다고 말해."

성건후가 으르렁거렸다. 나는 놀라서 입을 벌렸다.

"어서."

말이 나오지 않았다. 나는 고개를 옆으로 돌려 볼에 닿는 현관문의 냉기를 느꼈다. 그 차가움이 나를 혼돈에서 깨워 줄 것 같았다. 당연한 말인 것 같지만 허사였다. 나는 눈을 질끈 감았다.

"말 못 하겠으면 고개만 끄덕여."

성건후는 생각도 읽을 수 있는 것 아닐까. 어떤 뱀파이어는 초능력도 쓰고 사람의 마음도 읽는 독심술을 한다던데. 하지만 그런 건 아닐 거였다. 그는 그저 나에게 집중하고 있을 뿐이었다. 그게 지금 내게 얼마나 큰 변화를 일으키고 있는지! 하지만 그걸 믿을 수 있는 사람은 아마도 몇 되지 않을 거였다. 심지어 나윤이라고 하더라도.

나는 용기를 냈다. 성건후를 응시하면서 천천히 고개를 끄덕였다. 그가 어둠 속에서도 또렷하게 확인 가능한 미소를 지었다.

방 안에는 달빛이 가득했다. 만월 이틀째였기 때문이다.

성건후는 낮보다 밤에 더 잘 어울리는 남자였다. 밤의 남자들이 모두 가지고 있는 특징인지는 모르지만 성건후는 잘생겼을 뿐만 아니라 아름답기도 했다.

성건후가 내게로 상체를 기울였다. 그의 얼굴이 육박하는 게 두려워 눈을 질끈 감았다. 성건후는 콧날로 내 콧등을 살짝 건드렸다가 잠시 멈췄다. 내가 무슨 반응을 보이길 바라는 걸까. 흉곽뼈가 아플 정도로 심장이 뛰었다.

"미안해."

그가 갑작스레 사과하더니 쪽 하고 내 입술에 입술을 눌렀다.

"……제대로 가르쳐 주지 못했어. 미처 몰라서."

그 상태에서도 성건후는 잘도 말했다. 어떻게 해야 하지 싶으면서도 나는 얌전히 기다렸다. 그가 움직일 때까지 이쪽에서 나서서 뭘 한다는 게 매우 이상한 일처럼 생각되었다.

성건후는 우리의 입술, 찰싹 달라붙은 자리가 점점 달아오를 때까지 기다렸다. 나는 조심스럽게 숨을 쉬었다. 워밍업으로 숨 쉬는 법부터 배우는 기분이었다.

곧 성건후가 내 입술을 벌렸다. 우리 사이의 공기가 고온다습해진 덕택에 나는 그가 벌리는 대로 잘 따라갈 수 있었다. 성건후의 입술은 떨어질 듯하면서도 절대 떨어지지 않았다. 그는 내 아랫입술을 입술로 물어 잡아당기기도 하고 다시 딱 붙이기도 했다.

나는 어설프게나마 성건후를 따라해 보려고 했지만 그랬다가 이가 부딪치고 말았다. 그건 정말 이상한 기분이었다. 뒷골이 띵했고 빙판에서 엉덩방아를 찧은 것 같은 얼얼한 감각을 남겼다.

놀라거나 아프진 않았을까. 성건후가 어떻게 생각할지 조마조마하고 있는데 그가 입술을 붙인 채 피식 웃어서 심장이 아예 떨어질 뻔했다. 성건후는 내 뺨을 한 손으로 감싸쥐면서 엄지를 이용해 입가를 문질렀다.

"이제 혀를 넣어도 될까."

그가 콧날로 내 코 밑을 간질였다. 나는 고개를 끄덕였다.

성건후가 혀를 밀어 넣었다. 뽀뽀를 할 때처럼 준비 단계가 있을 줄 알았는데 단번에 들어왔다. 뜨겁지만 부드러운 혀. 아이보리색 실크 손수건을 물고 있는 기분이었다. 그는 내 입안을 꽉 채웠다. 숨을 못 쉴 정도로 가득. 구겨진 달이 입안으로 빠진 것 같았다.

이윽고 성건후의 혀가 입안을 탐색하기 시작했다. 입천장을 닦아 내듯이 훑고서 내 혀에 혀를 감고, 때때로 치열을 골랐다. 간지러웠고 기분이 좋아서 나도 모르게 그의 움직임을 따라 하게 되었다.

이번에는 실수하는 법 없이 자유롭게 잘 놀았다. 심지어 성건후의 입안에서도 헤엄칠 수 있었다. 대담하게 그의 목을 끌어안고 무게를 실어 매달렸다. 성건후는 기다렸다는 듯 내 허리를 와락 안았다.

거기에서 그치지 않고 성건후는 등 뒤에서 팔을 교차시켜 나를 결박했다. 공간과 공기가 부족해 숨이 가빠졌다. 고개를 젖히고 거칠어진 숨을 토해 냈다.

성건후의 턱이 입술에 부딪쳤다. 결점 없이 깨끗한 턱이라고 생각했는데 조금 따가웠다. 오히려 나는 그 따가움이 좋았다. 성건후를 인간으로, 보통 남자로 느끼게 해 주었으니까. 하지만 그런 생각을 하는데 혀끝에 그의 송곳니가 닿았다. 순간 울컥했다.

어쩌면 나는 꿈같은 키스 속에서 꿈을 꾸고 있었던 걸까.

"맛있었어."

입술을 뗀 성건후가 중얼거렸다. 그가 섹시하게 자기 입술을 핥는 바람에 그런 생각 따위는 다 날아갔다.

"이제 커피 마실까."

말은 그렇게 하면서 성건후는 나를 감싼 채 문에 기대고 있었다. 혹시 나랑 떨어지기 싫은 건 아닐까 생각해 보았는데 확신할 수가 없었다. 그냥 장난을 치는 것일지도. 커피 마시려면 비켜야 한다고 말했음에도 비키지 않는 걸 보면 정말 그런 것 같았다. 결국 나는 낑낑대면서 겨드랑이 밑으로 빠져나와야만 했다.

성건후는 곧 내 뒤를 따라왔다. 그가 지켜보고 있는데 커피를 잘 만들 수 있을지 자신이 없었다. 하지만 나는 제법 잘 해냈고 비록 인스턴트일지언정 성건후의 취향에 딱 맞게 물 조절을 할 수 있었다.

커피를 다 마실 동안 그는 침묵을 지켰지만 나는 그게 어색하지 않았다. 그전의 우리 사이에는 긴장감만 맴돌 뿐이었으나 지금은 같은 긴장감이라도 한결 부드러웠다.

"갈 시간이 다 됐네."

담백한 성건후의 태도에 서운함을 느낄 만큼 나는 이 분위기를 즐기고 있었다. 하지만 보내 줘야 했다. 이제 곧 자정이 되고 그러면 나는 늑대인간으로 변할 텐데, 그 모습을 결코 보이고 싶지 않았던 것이다.

성건후는 주머니에 손을 찔러 넣으면서 일어났다. 그는 여전히 흐트러져 있었지만 피를 요구했을 때처럼 흥분한 상태는 아니었다. 문득 궁금해졌다. 뱀파이어들에게는 피가 얼마만큼 필요하고 또 언제까지 참을 수 있을까? 내가 알고 있는 상식은 현대 뱀파이어들은 반드시 인간의 피를 마시지 않아도 된다는 것이었다. 우리 늑대인간들이 인육을 먹지 않는 것처럼.

그때 문자 메시지가 왔다. 김문주에게서였다. 확인하지 않으려 했지만 연거푸 몇 통이나 오는 바람에 보지 않을 수 없었다. 핸드폰은 미니 아이패드와 함께 식탁에 놓여 있었는데 성건후는 그걸 쏘아보기만 할 뿐 건드리지는 않았다.

괜찮겠지? 키스할 때만큼이나 긴장해서는 조심조심 핸드 폰을 집어 들었다. 그때, 성건후가 갑자기 의자에 앉았다. 놀래라. 그는 우아한 동작으로 몸을 틀어 시선을 감추어 주 었다. 나를 배려하는 것이었다.

달빛을 등진 채 생각에 잠긴 성건후를 보면서 조심조심 메시지함을 열었다. 잘 도착했는지 묻는 내용이었다. 음. 잘 도착한 걸까. 마지막 문자 메시지에서는 전화하겠다고 쓰여 있었다. 나는 놀라서 핸드폰을 놓칠 뻔했다. 얼른 그러지 말 라고 답장을 해야 하는데, 하필이면 바로 그 순간에 전화가 왔다.

"받아, 전화."

성건후가 내 등 뒤로 다가오면서 말했다. 그는 내 어깨를 잡고 무관심한 척 늘어진 머리카락을 만지작거렸다. 나는 난 처한 기분으로 전화를 받았다. 김문주는 아무것도 모르는 밝 은 음성으로 왜 전화를 안 했는지 가볍게 따졌다.

"저, 씻느라고요."

내 거짓말에 성건후가 키득거렸다. 나는 전화기 너머로 그의 목소리가 들릴까 싶어 그를 밀어냈다. 물론 밀려날 성 건후가 아니었다. 오히려 그는 내게 더 달라붙어 귓가에 초 옥, 하고 입을 맞췄다. 섬뜩해라. 이러다 김문주가 들으면 어쩌려고? 심지어 그가 내일 아침에 만나자고 하자 내 어깨 를 힘껏 움켜쥐기까지 했다. 나도 모르게 앗, 하고 소리를 내도록.

— 왜 그래요?

김문주가 의심스럽게 물었다. 나는 아무것도 아니라고
하면서 황급히 전화를 끊고 성건후를 돌아보았다. 그는 순
식간에 내게서 떨어져 나가 현관에 서 있었다. 나는 옆구리
에 팔을 얹고 그를 노려보았다. 이 남자를 어떻게 혼내야
하지?

"지금 날 노려볼 때가 아닐 텐데. 지금 누가 혼나야 하는
지 모르나?"

구두에 발을 꿰면서 성건후가 내가 할 말을 대신 했다.

"뭐가 잘못됐나요?"

"아까 그 자식. 왜 자길 데리러 온다는 거야? 누구 마음
대로?"

소름이 오소소 돋았다. 어머. 이 사람, 무척 거칠게 말하
네.

"사정이 있었어요."

내 대답은 내가 듣기에도 마음에 들지 않았다. 그러니 성
건후는 말할 것도 없었다.

"지금 말하긴 긴 이야기예요."

"뭐 나는 라이벌 때문에 벌벌 떠는 성격은 아니니까."

"라이벌이라뇨. 그게 무슨 소리예요."

무심코 손사레를 치면서 한사코 부정했다. 성건후가 재미

있다는 듯이 눈을 빛냈다. 그는 팔짱을 끼고 나를 보다가 이내 머리를 쓸어 올렸다.

"라이벌은 자기가 정하는 게 아니야. 우리 남자들이 하는 거지. 그나마 지금은 기분이 좋으니까 일단은 라이벌이라고 불러 줬지만 조만간 그런 소리도 못 듣게 될걸."

성건후는 짐짓 여유를 보였다. 어쩌면 제대로 싸워 보고 싶은 걸지도 몰랐다. 남자답게, 내지는 수컷처럼. 내가 늑대 인간이라는 것도 아는데 김문주라고 다를까.

사실 화를 내지 않는 그가 이상했다. 하지만 성건후는 언제라도 화를 낼 수 있는 남자이긴 했다. 문제는 우리가 선을 본 사이라는 거, 그리고 헤어질 때 그와 내가 한 약속이었다. 거기까지는 모르는 눈치인데, 아마 둘 중 하나만 알게 되어도 또 불같이 변할 게 뻔했다.

"내일 점심시간에 내 사무실에서 천천히 이야기하자고. 자정도 가까워 오고 혼자 있고 싶을 테니까."

내 상태를 정확히 파악하는 성건후가 경이로웠다. 그는 분별없는 짐승처럼 굴면서도 마지막은 매너 있게 처신하는 구석이 있어 나를 놀라게 했다.

키스의 효과가 아닐까. 문단속을 하면서 생각했다. 만약 그렇다면 내게는 마법이 하나 생긴 셈이었다. 앞으로 성건후가 이성을 잃고 날뛸 때마다 대처할 수 있는 힘.

미처 몰랐던 나 스스로의 가능성을 깨닫는 것은 얼마나

즐거운 일인지. 늑대인간의 밤을 보내는 동안 나는 평소의 괴로움을 한결 덜 수 있었다. 몸은 언제나처럼 고통스럽다 해도 마음은 천사의 숨결처럼 안온했다. 거친 머리털을 빗어 넘기는 순간도 이전처럼 답답하고 아프지 않았다. 이제까지 그 누구도 부리지 못한 마법이었다.

내게, 오직 나한테만.

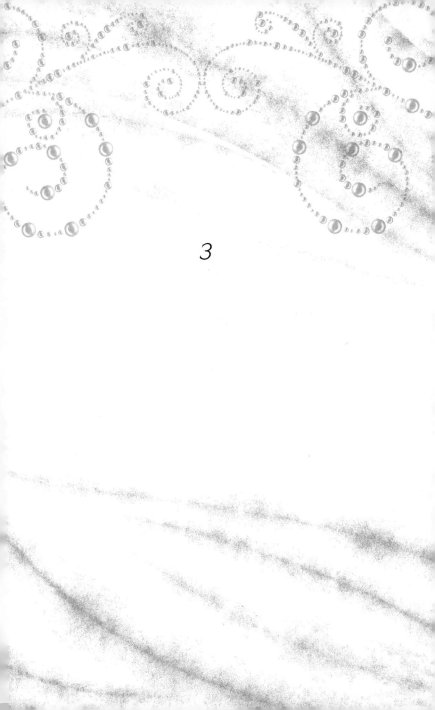

3

이튿날은 놀랍게도 빨리 찾아왔다.

나는 성건후가 얼마나 계획적인 사람이고 계산적인 사람인지 잘 알고 있었다. 그것은 그가 얌전히 돌아갔다고 해서 내 출근길이 평소와 다름없으리란 보장은 절대 없다는 뜻이었다.

나는 두렵기보다는 오히려 설레서 몸 상태가 마음에 들지 않음에도 불구하고 치마를 입었다. 허벅지를 살짝, 아주 살짝만 덮는 펜슬 스커트였다.

김문주에게서 연락을 받고 1층으로 내려가 보니, 그는 누군가와 대화를 하고 있었다. 나는 숨을 날카롭게 들이켰다. 성건후가 그에게 직접 말을 걸고 있었다! 나는 숄더백의 어깨끈을 꽉 잡고 조마조마한 마음으로 그들을 지켜보았다. 내 시선을 느꼈는지 아닌지, 애매한 시선 처리와 함께 성건후는 김문주를 데리고 카페 안으로 들어갔다.

"유가은 씨?"

누군가 나를 불러 돌아보니 카페 사장님이었다. 그는 평소처럼 하얀 셔츠에 검은 앞치마 차림이 아닌, 깔끔한 슈트를 입고 차 옆에 서 있었다.

"웬일이세요?"

"사장님께서 사무실까지 모셔다 드리라고 해서요. 이리 따라오시죠."

아하, 이렇게 나온다 이거지. 그런데 왜 카페 사장님이 성건후의 비서 노릇을 할까? 내가 궁금해하자 사장님은 장난스럽게 웃으며 원래 자신의 일이 비서 노릇이라고 밝혔다.

"그럼 카페엔 왜 계시는 건데요?"

"아. 그건 카페가 아니라 저희 사장님의 탕비실입니다."

"탕비실요?"

카페 사장님은 내게 뒷좌석의 문을 열어 주었다.

"탕비실이라구요? 강남 한복판에 있는 로스터리 카페가 실은 한 사람 전용 탕비실이란 말이죠?"

운전석에 올라타는 카페 사장님에게 내가 따지듯 물었다. 맙소사. 성건후의 스케일이라니. 아냐. 놀랄 필요도 없지? 어쩐지 세입자 서비스로 제대로 된 에스프레소 바리에이션 커피를 그냥 준다는 것 자체가 이상했었다구.

"말하자면 그렇죠. 비유적인 표현이긴 한데 아무튼 사장님 혼자서 쓰시는 겁니다. 마음이 내키면 커피를 팔기도 하지만. 저도 카페 사장이 아니라 비서이구요."

카페 사장님이 보충 설명을 했다. 아, 손님이 별로 없는 이유는 그거였구나. 나는 그저 위치 때문이라고 스치듯 생각했을 뿐인데. 오피스텔 1층에 있는 데다 대로변에 위치한 카페에 비하면 이쪽 골목은 유동 인구도 그리 많지 않으니까.

"그럼 저는 사장님을 뭐라고 불러야 하나요?"

"회사에서는 박 비서로 불리고 있습니다만."

박 비서님이구나. 잘 기억해 두기로 했다. 그나저나 또 생긴 궁금증. 도대체 성건후는 김문주를 불러서 무슨 이야길 하려는 것일까?

늑대인간과 뱀파이어 사이의 문제는 아무것도 아니라는 듯, 자신만만해했던 모습이 떠올랐다. 한순간에 나는 그에게 모든 믿음을 투자했지만 우리의 모험은 성공할 수 있을까? 나로서는 조금 갑작스럽기도 한데…….

"점심때 사무실로 모시러 가겠습니다."

회사 빌딩 앞에 내릴 때, 박 비서님이 말했다. 나는 그에게 생긋 웃어 보이고 출근 카드를 찍었다. 그러기 무섭게 강영유가 내 팔을 질질 끌고 회의실 쪽으로 데려갔다. 그러고는 안으로 들어가지는 않고 유리벽을 가리키며 안을 보라는 제스처를 했다.

나는 불투명한 회의실의 유리벽 틈으로 안을 훔쳐보았다. 가슴이 철렁 내려앉았다. 책상에 미스터 로우가 앉아 있었다. 모델 출신의 디자이너로 유명한 남자였다. 그는 영국에서는 셀러브리티로 유명한 게이였는데 한국계임을 숨기지도 않았다.

강영유가 말했다.

"네가 인터뷰 따는 거야. 면접 때 언제라도 영어 회화를 할 수 있다고 말했었지? 자다가 깨서도 영어로 전화받을 수 있다고."

비록 패션계에 큰 흥미를 가지고 있는 건 아니지만 이것은 엄청난 기회였다. 바보가 아니라도 알 거였다.

나는 흠흠, 하고 목을 가다듬었다. 강영유가 노래방에 온 거냐고 놀렸다. 굉장히 짓궂었지만 어쩐지 그녀는 그렇게 말해도 밉지가 않았다. 아무튼 나는 강영유가 준 휴대용 녹음기와 인터뷰지를 들고 회의실 안으로 들어갔다. 성건후와 키스할 때만큼은 아니지만 다른 느낌으로 심장이 쿵쿵 뛰었다.

인터뷰는 생각보다 재미있게 풀려서 점심시간이 되자 로우와 나는 서로 이름을 부를 정도로 가까워졌다. 우리는 점심시간이 가까워진 것도 모르고 대화를 나누었다.

마침 로우는 나윤이와 같은 대학 출신이었다. 나윤이는 내게 대학 생활을 꼼꼼히 알려 주었고 블로그를 통해서도 자세히 포스팅 했기 때문에 가 보지 않은 내게도 정보가 꽤 많았다.

공통 관심사가 생긴 덕택인지 로우는 점심을 함께하고 싶어 했다. 점심시간에는 성건후와 사무실에서 만나기로 선약이 되어 있는데 어떡하지? 놀랍게도 나는 그런 생각을 함과 동시에 같이 식사를 하겠다고 대답하고 있었다. 죄책감이 든 것은 그 직후였다. 하지만, 하지만 이런 기회를 저버리는 바보가 어디 있냐구…….

나는 화장실에 다녀오겠다고 하곤 여자 화장실 파우더 룸에 들어가 다급하게 미니 아이패드로 성건후를 호출했다. 그는 기다렸다는 듯 내게 응답했는데 온기라곤 전혀 느낄 수 없는 액정화면 너머에서도 나를 향한 열망을 확실히 느낄 수 있었다.

나는 내 사정을 최대한 충실하게 묘사하고 설명했다. 속으로는 간밤의 키스까지 각오하면서. 그런데 성건후는 자비라곤 없이 이렇게 말했다.

「당장 내 사무실로 올라와」

웬 명령이람. 나는 울컥 반감을 느끼면서도 성건후가 이러는 이유도 조금은 알 수 있을 것 같았다. 아무리 일이라고 해도 그가 나와의 약속을 어기고 다른 여자와 밥을 먹는다……. 과연 이해할 수 있을까? 확실히 용납이 안 될 것 같았다. 하지만 그렇다고 해서 명령을 내릴 것 같지는 않았다. 나는 성건후가 내 눈앞에 있기라도 한 것처럼 미니 아이패드의 액정화면을 향해 혀를 빼물었다.

"남을 약 올릴 땐 못생긴 얼굴이 되는군."

거울 속으로 불쑥 성건후가 나타나는 바람에 나도 모르게 꺅 하고 소리를 질렀다. 그는 내 비명 소리에도 아랑곳 않더니 아예 거울 앞에 앉아 버렸다.

"항상 예쁘진 않으니 다행이야. 나도 항상 나한테 자신 있지는 않아서. 오늘 같은 날은 특히 그렇지."

성건후가 지치지 않고 연거푸 나를 놀렸다. 그의 손은 어느새 내 뺨에 와 있다가 심지어 귓불을 간질이기까지 했다. 못된 손길. 이 남자를 혼내 줄 수 있는 날이 오기는 할까?

"어떻게 여길 들어와요. 여자 화장실인데."

"나도 빨리 도망가고 싶어. 무섭다고."

그런 것치곤 너무 뻔뻔하잖아. 나는 성건후의 팔뚝을 두 손으로 잡고 잡아당겼다. 물론 늑대인간의 힘을 쓰지는 않았다. 내숭이래도 할 말 없었다.

"그럼 나가요! 얼른."

"알아. 자기 사정이 어떤지는 잘 안다고."

성건후가 마치 자비라도 베푼다는 듯 거드름을 피우며 말했다.

"하지만 나를 내쫓으려면 뭘 해야 하는지 알잖아?"

"거래요?"

뺀질뺀질한 표정으로 고개를 끄덕이는 이 남자. 일관성이 있다고 해야 할지 아니면 순발력이 좋다고 해야 할지 모르겠다.

"뭔데요?"

내가 조급해하는 건 다른 것 때문이 아니었다. 여자 화장실에서 죽치고 있는 바보 같은 남자로 성건후를 전락시킬 생각이 없어서였다. 다시 말해 나는 그의 자존심을 지켜 주고 싶었던 것이다.

"우리 자기 피 맛을 볼까. 아주 살짝만."

성건후가 송곳니를 드러냈다. 그의 미소는 너무나 음흉했다. 나는 어이가 달아나는 허탈한 웃음소리를 내면서도 시간이 기다려 주지 않는다는 사실에 패배하고 말아, 결국엔 내 쪽에서 먼저 소매를 걷었다.

성건후는 거울을 등지고 화장대 걸터앉아 나를 뒤에서 끌어안았다. 그는 바로 일을 시작하는 대신, 한동안 나와 다정한 포옹을 나누었다. 피가 목적이 아니라는 것을 가르쳐 주는 듯이.

이윽고 귓가에 입맛 다시는 소리가 들려왔다.

"이 살 냄새가 좋아."

참을 수 없어졌는지 성건후가 나직이 속삭이더니 귓불을 살짝 빨았다. 내가 소스라치게 놀라 돌아보자 그는 씽긋 웃었다.

"기분 나빴어?"

"놀랐어요."

"싫으면 싫다고 말해. 다 자기가 결정하는 거니까."

성건후의 눈을 보니 나를 위협하려는 게 아니라는 것을 확실히 알 수 있었다. 나는 이렇듯 친밀한 몸의 교류가 백 마디 말보다 더 많은 말을 할 수 있다는 사실에 놀랐다. 하지만 시간이 없었다. 그도 그 사실을 느꼈는지 내 손을 들어 검지를 세우고 나머지 손가락은 조심스럽게 접어 입에 가져 갔다.

곧 따끔한 감각이 손끝에서부터 퍼져 나갔다. 나까지 신경이 예민해진 걸까. 피 냄새가 공중에 흩어지고 그 냄새도 선명하게 맡을 수 있었다. 프리지아처럼 향이 진한 꽃의 꽃대궁을 눈앞에서 흔드는 것 같았다. 그렇게 짙은 냄새에는 취하지 않을 수 없었다.

성건후는 송곳니를 보여 주면서 손가락을 빨았다. 혀를 굴리면서 핥았다. 그가 그렇게 혀를 섹시하게 놀리는 바람에 그의 새하얀 이에 내 피가 번지는 것까지 볼 수 있었다. 나는 짓궂은 그가 얄미워서 서둘러 손가락을 빼고 종이 타월로 닦아 냈다.

"내가 준 반창고 붙여."

성건후가 달콤하게 말했다. 나는 속으로 웃었다.

"그게 아직도 있을 것 같아요?"

"그럼 자기 사무실 책상 서랍을 반창고로 다 채워 놓을까?"

퉁명스레 반박하는 성건후가 귀여웠다. 나는 그의 등을 떠밀었다.

"알았으니까 얼른 나가요."

아직 볼일이 다 끝나지 않은 데다 화장도 마저 고치고 싶었던 것이다.

"퇴근하면 사무실로 올라갈게요."

그 말에 성건후의 기분이 한결 나아졌는지 그는 사심 없이 웃었다. 나도 모르게 시선이 바닥으로 떨어질 만큼 잘생긴 미소였다. 심지어 그에게 물린 손가락이 아프기까지 했다. 때문에 헤어지는 것이 아팠다. 실제로 몸살이 난 것처럼 쑤셨다.

육체의 고통을 딛고서 점심시간은 물론 남은 근무시간도 모두 로우와 보냈다. 인터뷰도 마저 정리해야 했고 마지막까지 그의 기분을 맞춰 주는 게 예의일 것 같아서였다.

더구나 강영유가 나더러 할 수 있는 건 다 해 보라고 했다. 내가 그녀의 마음에 든 것일까. 아니면 하루쯤은 신입에게 전권을 위임해서 한계를 시험하는 것이 그녀의 방식일까. 나는 궁금했다. 그러면서도 오늘 일이 내게 절대적인 기회가 될 것이라는 생각은 놓지 않았다.

다행히 로우는 만족해서 돌아갔다. 헤어질 때, 나는 포옹을 하게 되었는데 인사치고는 꽤 길었다고 생각되었다. 게다가 그가 강영유에게 내 칭찬을 할 게 많아서 기분이 좋다고도 덧붙인 순간 내 기분은 최고조에 달했다.

"스캔 다 떴어?"

사무실로 들어오자마자 손 대리가 날카롭게 한마디 했다. 그녀가 눈을 사납게 떴지만 나는 미소로 응했다. 그럴 수밖에 없었던 것이, 서랍을 연 순간 또 다른 장미 한 송이와 반창고가 발견되었기 때문이다. 성건후였다.

그는 카페 사장님, 아니 박 비서님이 그렇듯 이곳 내 사무실에도 비밀 요원을 붙여 놓은 걸까? 앞으로 하나하나 확인해 볼 일이었다. 재미있을 것 같았다.

"쪼개지만 말고 대답 똑바로 하지?"

충격에 나는 얼어붙었다. 쪼개지만 말고? 무슨 저런 막말이 다 있나 싶어 손 대리를 휙 돌아봤다. 그녀는 자기가 한 말실수를 철회할 생각이 없는지 방금보다 더 확실하게 눈을 부라리면서 팔짱을 꼈다.

"아니요. 다 못했어요."

나는 최대한 공손히 대답했다.

"왜?"

말을 부채처럼 들 수 있다면 손 대리는 아마 그 부채로 내 따귀를 갈겼을 것이다. 그녀의 시선을 받는 거나 가시 돋친 말투에 응하는 거나 모두 내 기분을 한순간에 돌변케 했다. 나는 화가 나고 수치스러워서 고개를 수그렸다. 강영유를 들먹여도 이 상황을 타개할 수 있을 것 같지 않았다.

"지금 하겠습니다."

"퇴근 시간 안에 다 끝낼 수 있겠어?"

맙소사. 어쩐지 손 대리가 원하는 게 뭔지 알 것 같았다.

"야근하겠습니다."

"당장 시작해."

"네."

손 대리는 한다는 것도 마음에 들지 않는지 끝까지 나를 노려보면서 사라졌다. 나는 예상치 못한 상황에 눈물이 날 것 같았지만 꾹 참았다. 이따 손 대리가 퇴근하면 바로 반창고 붙이고 성건후에게 연락해야겠다고 다짐했다.

일부러 그러는 것인지 손 대리는 퇴근 시간이 훨씬 지났는데도 자기 자리에 남아, 이따금 나를 감시하듯 노려보곤 했다. 나는 내가 할 수 있는 한 빨리 일을 했고 사무실 사람들도 쉬엄쉬엄하라고 이야기할 정도로 열심히 했다. 그런 응원의 말을 듣는 것조차 화가 날 정도로 속상한 상태였지만 막내답게 모두의 퇴근에 배웅까지 하고 돌아왔다.

"착한 척하는 거야?"

다시 스캐너 앞에 섰을 때, 손 대리가 지나가듯 물었다. 나는 본래 화를 내는 성격이 못 되는데 이번만큼은 울화가 너무 치밀어서 순간적으로 고개를 홱 쳐들고 그녀를 노려보고 말았다.

그런데 그 순간 어떻게 눈치챘는지 손 대리가 자기 파티션 안쪽으로 쏙 숨어 퇴근 준비를 시작했다. 성건후가 얄미운 것과 비교도 되지 않는 약삭빠름이었다. 심지어 그녀는 비겁하기까지 했으니까.

"나 지금 퇴근해."

이 순간 손 대리에게 인사하지 않으면 그녀가 또 어떤 반응을 보일까? 두려운 마음에 나는 마음에도 없는 미소를 지어 보냈다.

"안녕히 가세요!"

큰 소리로 인사도 했다.

"아. 저기 책상에 있던 꽃 버렸어. 서랍 속에 있는 장미도."

못마땅한 얼굴로 문을 나서던 손 대리가 잊고 있었다는 듯 톡 까붙였다.

"네?"

"쓸모없어 보여서. 쓰레기 맞지? 일할 때 쓰는 건 아니잖아."

손 대리는 그렇게 말하고 서둘러 사무실을 나가 버렸다. 나는 망연자실했다. 그녀가 문을 나서자마자 정말인가 싶어 책상으로 달려갔다. 잡지고 뭐고 안중에도 없었다. 성건후가 준 장미, 반창고……. 그것들을 정말로 다 버렸을까?

역시 버렸구나. 나는 서랍을 하나하나 다 열어 보고 나서야 그 사실을 깨달았다. 그러자 참았던 눈물이 툭 떨어졌다. 이윽고 눈물이 손등을 타고 손목까지 축축하게 적실 만큼 줄줄줄 흘렀다.

핸드폰이 진동하고 미니 아이패드가 반짝거렸다. 일을 하는 동안 눈치 보일까 봐 둘 다 숄더백 바닥에 넣어 두었었다. 쉴 새 없이 울려 댔다. 하지만 그것을 꺼내 볼 마음도 솟지 않았다.

연락을 받는 것보다 내게는 그 작은 꽃과 선물을 찾는 것이 훨씬 더 중요했다. 나를 부르는 진동 소리는 내버려 두고 쓰레기통을 열어 보았다. 없었다. 혹시나, 정말 혹시나 싶어 뒤적거렸지만 없었다.

허탈했다. 도대체 어디에 버린 걸까? 정말 잔인했다. 손대리는 나를 마음에 들어 하지 않았다. 어째서일까? 그리고 만약 그렇다고 해도 그녀는 왜 내게 이렇게까지 해야 하는 걸까?

파우치를 들고 화장실로 갔다. 성건후에게 추궁당하지 않으려면 얼굴을 울기 전 상태로 돌려놔야 했다. 그렇게 한참 동안 거울을 보며 화장을 고치고 세면대에서 손을 씻었다. 이제 좀 괜찮아졌다 싶어 물을 잠그고 종이 타월을 꺼냈다. 그리고 물기를 닦아 낸 종이 타월을 쓰레기통에 버리려는데······.

장미가 그곳에 있었다.

탐스러운 꽃봉오리부터 거꾸로 처박혀 꼴사납게 버려져 있었다.

"하."

이제 눈물을 참는 건 불가능했다. 나는 그대로 타일 벽에 기대어 주르륵 주저앉았다. 너무 행복했는데, 그건 너무나 짧았다. 잘 모르는 사람에게 이렇게까지 미움을 받아 본 기억이 없는 나였기에 이 상황이 주는 절망감에서 도무지 빠져나갈 수가 없었다.

"왜 울고 있어요?"

나는 고개를 쳐들었다. 김문주가 내 앞에 서 있었다. 그는 한 손으로는 손수건을 내밀고 또 한 손으로는 자기 손을 내밀었다. 나는 둘 중 어느 하나도 받지 않고 스스로 일어났다. 놀랍게도 김문주에게 창피한 꼴을 보이기 싫다는 자존심이 내 눈물을 수도꼭지 잠그듯 딱 잠가 버렸다.

"화장실에서 미끄러져서 엉덩방아 찧었거든요."

"그래요? 그럼 밖에서 봅시다."

김문주는 손수건을 자기 재킷 안쪽에 넣고 나갔다. 아마 날 찾다가 여자 화장실까지 들어온 모양이었다.

참 웃기는 날이네. 여자 화장실을 들락날락하는 남자들이 우리나라에 이렇게 많다니 말이야. 그나저나 도대체 몇 번째 화장을 고치는 건지. 이제는 아무리 고쳐 보려고 해도 눈물의 흔적을 감출 수가 없네. 나는 거울을 보면서 투덜거렸다. 이렇게 태연히 구시렁거리는 거 보면 나도 속이 없는 걸까. 하지만 괜히 우울한 생각을 지속해서 추태를 보이는 쪽이 더 우습잖아.

내가 밖으로 나오자 김문주는 움직이는 대신에 내 앞에 떡 버티고 서더니 팔짱을 끼고서 아래를 빤히 내려다보았다.

"정말 엉덩방아 찧어서 운 거 맞아요?"

그냥 모르는 척해 주지. 대답을 하려는데 아랫입술이 파르르 떨려서 나는 입술을 악물었다. 너무 세게 깨무는 바람에 아랫입술이 아팠고 귓불이 화끈거렸다.

"혹시 상사에게 야단맞았나?"

아, 어떡해. 정확히 의표를 찔리는 바람에 나는 정말 온 힘을 다해 눈물을 억눌러야 했다. 속상해. 정말 속상해. 결국 오른쪽 눈꼬리에서 참고 참았던 눈물 한 방울이 또로록하고 흘러 내 입술 위까지 주저앉았다.

"뭐야, 당신?"

화난 음성이 들려와 소리가 나는 쪽을 보았다. 성건후였다. 그의 표정은 어마어마했다. 목소리에서 느껴지는 것보다 훨씬 더 분노한 기색이었다.

본능이 내게 아무렇지 않은 척해야 한다고 소리쳤다. 안 그러면 난리 난다? 약 올리듯 덧붙이기까지 했다. 하지만 나는 성건후와 눈이 마주친 순간을 견디지 못했다. 설움이 한 번에 폭발했던 것이다.

내가 가슴을 들썩이면서 울먹이기 시작하자, 성건후는 다짜고짜 김문주의 멱살부터 잡았다. 그를 말려야 한다고 생각하면서도 말이 나오지 않아 난처했다. 지난 며칠간 설움이 얼마나 차곡차곡 쌓였던지……! 심지어 성건후 자체도 내 신경줄을 잔뜩 긴장시켜 놓았으니까.

"이게 무슨 무례한 짓입니까."

멱살을 잡혔으면서도 김문주는 놀랍도록 태연했다. 그가 함께 역성을 내지 않는 게 다행인지 아닌지 모르겠다.

"아침에 여기 올 필요 없다고 말했지. 그런데 당신은 내 말을 무시했어. 그것도 모자라 내 여자가 울고 있는 걸 봤으니…… 멱살 잡힐 이유로는 충분하지 않나?"

성건후가 쏘아붙였다. 예의 그 무시무시하게 몰아세우는 말투로 말이다. 섬뜩했다. 당장 주먹을 써도 이상하지 않았다. 나는 더 이상의 오해가 번지는 것을 막으려고 그의 팔뚝을 붙들었다. 성건후가 나를 응시했다. 고개를 세차게 저었다.

"아니에요."

끅끅 올라오는 울음을 삼키며 겨우 말했다. 그 말을 하는 것조차 힘겨웠다. 제발 믿어 줘요. 싸우지 말아요. 성건후가 내 마음을 알아주기를 그 어느 때보다 바랐다.

"아니라는데요."

김문주가 입가에 삐딱한 미소를 띠고 내 말을 반복했다. 성건후의 인상이 좀 더 험악해졌다. 하지만 다행히도 그는 김문주의 멱살을 잡은 손을 놓았다. 그리고 내 어깨를 잡아보란 듯이 자신의 품으로 이끌었다.

"오해가 있는 것 같으니 일단은 사과드리죠."

성건후는 그 말을 마치기 무섭게 내 이마에 쪽 하고 키스했다. 어머. 예상치 못한 소유권 주장에 심장이 쿵 울렸다. 이렇게 가슴이 아프고 속상한 와중에도.

"하지만 아침에 분명히 앞으로는 가은이를 데리러 오지 말라고 말씀 드렸을 텐데요."

김문주 앞에서 스스럼없이 내 이름을 부르는 성건후가 이상했다. 나는 심장이 간질거리는 기분을 느끼고 눈물을 그쳤다. 김문주는 그런 나를 유심히 보고는 한 걸음 뒤로 물러섰다.

"당신이 그렇게 이야기는 했지만 제가 그러겠다고는 말 안 했는데요."

성건후에게 시비를 붙이는 김문주였다. 일촉즉발의 긴장된 분위기가 사방을 바짝 얼렸다. 그 차디찬 공기에 나는 감기라도 걸릴 것 같았다.

"그리고 가은 씨에게도 확인을 해야 될 것 같았고. 당신이 진짜 남자친구인지 아닌지."

남자친구? 성건후를 올려다보았다. 누구 마음대로 남자친구라고 한 거야? 의아하면서도 한편으로는 화가 나는 대신에 볼이 달아올랐다.

"저…… 죄송한데요."

어느덧 눈물이 뚝 마른 음성으로 내가 그들 사이에 끼어들었다. 심장이 두근거렸다. 우습지만 남자들에게 이렇게 말을 거는 것 자체도 용기가 필요한 상황이었다.

"죄송한데요, 이 사람하고 이야기를 좀 하고 싶거든요. 사무실 문단속도 해야 하고."

내가 김문주를 향해 양해를 구했다. 그는 이해한다는 듯 고개를 끄덕였다.

"아가씨가 원하는 대로 해 드려야겠군요. 일단은."

내 요청을 들어준다면서도 의사 표현은 성건후에게 하는 김문주였다. 그는 자기 자신에게서 풍기는 매서운 분위기를 감출 생각이 전혀 없어 보였다. 이제까지는 그저 부드럽기만 했던 남자였으나 지금은 늑대인간다운 거친 성미가 선연히 드러났다.

역시 불쾌했구나. 늑대인간 수컷이 얼마나 두려운 존재인지 누구보다 잘 아는 나는 성건후의 품에서 움찔했다. 성건후는 나를 보호하려는 듯 어깨를 잡고 손에 깍지를 꼈다.

"이만 가 보겠습니다. ……아."

김문주는 복도를 걸어 나가려다가 걸음을 되돌려 내게 다가왔다.

"우리 사이 다시 생각해 보겠다는 약속, 잊지 않았죠?"

그러면서 내 코를 살짝 건드리는 김문주였다. 세상에. 뜬금없이 이게 무슨 소리람. 나를 곤란하게 하려는 거야? 성건후는 순간 그에게 주먹을 뻗을 뻔했다. 하지만 나와 깍지를 끼고 있었기에 그럴 수 없었다. 김문주는 얄밉도록 순식간에 복도를 걸어 나갔고 그런 그의 뒷모습을 보면서 성건후는 씩씩댔다.

"무슨 소리지? '우리 사이'라니? 어떤 사이이기에 다시 생각을 해?"

화난 건 알겠지만 나 방금까지 울고 있었는데. 나는 성건후를 흘기며 그의 품에서 빠져나왔다.

"일단 퇴근부터 하고요."

하지만 성건후가 정말 미워서 그러는 건 아니었다. 기분이 조금 나아진 김에 그를 놀려 보았던 것뿐이다. 엉뚱하게도 성건후가 나 때문에 흥분하는 것만으로 마음이 즐거워졌던 것이다.

"얼마나 연락했는지 알아? 오죽하면 박 비서를 내려보낼까도 생각했다고."

뒷정리를 하는 내 뒤에서 성건후가 투덜거렸다. 그러면서도 그는 내 품에서 잡지를 가져가 대신 옮겨 주었다. 나는 무심결에 웃었다. 이렇게 하루 동안 천국과 지옥을 자주 오가도 되는 걸까 궁금해졌다.

"혹시나 상사 눈치라도 보일까 싶어서 참았는데 이럴 것 같으면 아예 이 사무실에 한 사람 더 입사시킬까 싶군."

무슨 무서운 소릴 하는 거야. 나는 숄더백을 어깨에 메면서 성건후를 돌아보았다.

"설마 고작 신입 사원인 내게 비서를 붙이겠다는 건 아니겠죠?"

"물론 아니야. 하지만 위장 취업 정도는 가능하지."

나는 못 들은 척하기로 했다.

"방금 저 자식처럼 날파리가 꼬일 수도 있고."

"김문주 씨는 날파리가 아니에요."

"감싸 주는 거야?"

되묻는 성건후의 말투에 가시가 돋쳤나 싶었는데 이윽고 그는 나를 벽에 밀어붙였다. 나는 순식간에 그의 두 팔 안에 가두어졌다. 화난 눈동자 두 개가 나를 쏘아보았다.

"저 자식 감싸 주는 거냐고."

성건후가 다시 한 번 거칠게 확인했다. 세상에. 우느라 퉁퉁 부은 눈 밑이 따가워 왔다.

"날파리가 아니라……."

어떻게 말을 해야 해? 나는 고민하다가 이렇게 말했다.

"날파리가 아니라 늑대라구요."

"난 뱀파이어야. 내가 질 것 같아?"

남자들은 문제를 이런 식으로 엉키게 만드는구나. 좀처럼 수그러들지 않는 성건후의 기세가 나까지 덩달아 흥분시켰다.

나는 그가 바보처럼 굴지 않기를 바라면서도 이왕 이렇게 된 거 도발을 멈추고 싶지 않았다. 더구나 이렇게 자기 멋대로 여자친구라는 둥, 회사에까지 사람을 보내 감시하겠다는 둥 망상까지 펼치는 남잔데…… 본때를 보여 줘야 하는 거 아닐까?

"길고 짧은 건 대 봐야 안다잖아요. 비켜요. 문단속해야 한다고 했잖아요."

부끄러운 힘이지만 늑대인간의 근력으로 성건후를 밀어냈다. 그는 살짝 밀리는 듯하다가 마치 내가 자길 화나게 만든 늑대들의 대표라도 된다는 양, 무섭게 덤벼들었다. 나는 몇 걸음 못 가고 성건후에게 잡혔다.

그는 복도 벽에 붙어 있는 게시판 앞에 나를 세우고 등 뒤를 덮쳤다. 벽은 차가웠지만 내 등줄기를 훑는 섬뜩한 열기를 식힐 수는 없었다.

"자기는 늑대 아가씨였지. 나도 속담 몇 개 아는데. 가령 팔은 안으로 굽는다든가."

성건후가 내 뒤에서 거칠게 숨 쉴 동안, 나는 몇 달 뒤에 있을 패션 위크를 알리는 포스터에 이마를 대고 심호흡을 했다. 시시각각 나는 예민해졌다.

어두운 복도, 인적 없는 사무실 앞에서 감각을 최대한 자제하면서 달라붙어 있는 이 순간이 소름 끼치도록 섹시했다. 곧 목덜미에 입술이 느껴졌다. 성건후는 내 뒷덜미에 입술을 붙인 채 움찔거렸다.

"정말로 솔직히 이야기해 봐. 저 자식 누구야?"

착각일까. 쇳소리처럼 신경질적이고 거칠어져 쉬어 버린 목소리가 뇌에 직접 들려오는 것 같았다. 나는 허리를 살짝 뒤로 젖혔다. 성건후가 찰랑거리는 내 머리카락을 콧날로 훑었다가 정수리에 키스했다.

나는 고개를 저었다. 그가 그 상태로 큭 하고 나직하게 웃었다. 즐거운 눈치는 아니었다. 혹시 사냥 본능을 억제하려는 걸까?

"……선본 남자예요."

내가 고통스럽게 대답하자마자 성건후가 내 긴 머리칼을 말아 쥐고 살짝 당겼다. 초조했다. 그가 나를 잡아먹기라도 할 것 같았다.

"다시 생각해 보자는 게 무슨 말인지 이제 알겠네."

성건후의 하얗고 뾰족한 이가 귓가에서 딱딱 부딪쳤다.

"어쩐지 내가 하는 말에 비협조적으로 나오더라니."

"이제 정말 사무실 문 닫아야 해요. 너무 늦게까지 비워 놓았다가 들키면 혼날지도 모른다구요."

그제야 나는 성건후의 품에서 빠져나올 수 있었다. 그의 눈빛은 여전히 심상찮았지만 그걸 따지고 있을 틈이 없었다.

"차 준비시켜 놨어. 내려가자."

정말 정신없는 사람이라니까. 화가 나 있으면서도 내가 문단속하는 걸 도와주고 가방도 들어 주고 서랍도 열어 보고…… 어머, 서랍?

"반창고가 없네. 장미도."

섭섭한 말투로 성건후가 중얼거렸다.

"아까 보니까 붙인 것 같진 않던데."

어떡해. 사실을 말해 주면 서운해할지도 몰라. 게다가 정말 사람을 심겠다고 난리를 칠지도 모르고. 미안하지만 당장은 뾰족한 수가 없어 나는 못 들은 척하고 움직였다.

성건후가 내 검지에 긴 손가락을 감으면서 엘리베이터에 따라 올라탔다. 우리 사이가 순식간에 어색해진 것을 느낄 수 있었다.

"배고프지?"

박 비서님의 에스코트를 받아 세단 뒷좌석에 올라타는데 성건후가 물었다. 나는 고개를 끄덕였다. 허기지다는 표현이 딱 들어맞게 배가 고팠다.

우리는 미리 예약된 식당에 갔는데 무척 특이한 곳이었다. 그의 말에 따르면 메뉴는 고기였는데 식당은 브런치 카페의 느낌이 났다. 인테리어도 미니멀한 소품들로 가득 차 있고 식당 입구에는 캠핑카도 놓여 있었다. 나는 우리가 안으로 들어갈 줄 알았는데 도착하기 무섭게 사장님이 나와 캠핑카로 안내했다.

밤의 도시 한복판에서 캠핑카를 타고 저녁 식사를 한다고?

아늑한 캠핑카 안에는 로맨틱한 분위기가 흘렀다. 발을 들여놓기 무섭게 달콤한 아로마 향이 훅 끼쳐 왔고 파스텔 톤의 체크무늬 식탁보 위에는 촛불이 밝혀져 있었다. 벽을 따라 붙어 있는 소파는 무척 푹신했고 운전석 쪽에 자리한 바(bar)에서는 간단한 요리와 각종 술을 제조할 수 있는 환경이 갖추어져 있었다.

음악 또한 빼놓을 수 없었다. 은은히 흐르는 재즈 블루스. 보컬이 없는 그 연주곡은 코드 진행의 느낌만으로 내 혀끝에 감미로운 침이 고이게 했다.

"편하게 먹고 싶을 것 같아서."

먼저 자리를 잡으며 성건후가 말했다. 그는 내가 자기 옆에 앉도록 했는데 이번에도 나는 구석에 몰렸다.

"난 성건후 씨가 사냥하고 나서 얻은 전리품이 아니에요."

불만스럽게 내가 꿍얼거렸다. 성건후는 복수라도 하려는 건지 못 들은 척했다. 흠, 그래. 일대일이라 이거지?

식전주를 나눠 마시고 잠시 기다렸다. 곧 베이비 백 립과 맥주에 절여 구운 족발, 마지막으로 바짝 익힌 와규 스테이크가 연달아 우리의 식탁을 채웠다.

나는 혼자서도 이걸 다 먹어 치울 수 있었지만 남 앞에서
해치운 적은 한 번도 없었다. 특히 남자 앞에서는. 호감이
있는 남자 앞에서는 더더욱. 하지만 입에 침이 고인 순간,
더 이상 내숭을 떨 수 없게 되어 버렸다.

"신경 쓰지 마. 자기가 어떤 사람인지는 내가 더 잘 아니
까."

성건후가 내 앞 접시에 등갈비 한 토막을 놓으며 말했다.
그가 그렇게 말하니까 안심이 되었다. 어쨌거나 본성이 짐승
에 가까운 우리 늑대인간들은 본능적으로 식사를 할 때, 주
변 경계를 하지 않을 수 없었다. 보통 맹수들이 가장 방심할
때가 식사 시간이니까.

"많이 먹어. 보고 놀리는 사람 없으니까."

어떻게 알았지. 학창 시절 내내 인간들과 어울리면서 내
가 겪은 마음고생이 바로 그것이었다. 여자치고는 너무 많이
먹는다는 것.

늑대인간으로 변하는 시기가 아닐 때에도 보통 여자아이
들에 비해 나는 인간들의 눈에 식탐이 강한 아이로 비치곤
했다. 때문에 나는 남들 앞에서 만족스럽게 먹은 적이 거의
없었다. 늘 허기진 상태라고나 할까. 아, 이건 성건후랑 비
슷한 면이네.

고마운 남자. 나는 성건후에게 방긋 웃어 보이고는 엄지

와 검지로 갈빗대를 집어 들었다. 사실 후추와 소금으로만 간을 해서 바짝 구운 고기가 제일 좋지만 이 식당의 베이비 백 립 양념은 향기에서 느껴지는 것보다 훨씬 더 새콤달콤했다. 과일 맛이 나리라는 건 예상했지만 소스에서 생과일주스를 먹는 것과 같은 질감까지 느껴지니 생소하면서도 맛이 있었다.

나온 순서대로 고기를 맛있게 하나하나 다 해치웠지만 뭔가 허전했다. 성건후는 거의 손도 대지 않았는데……. 깨끗한 접시를 보니 민망해져서 고개를 수그렸다. 디저트는 너무 달기도 하고 눈치도 보여서 조금만 먹었다.

"맛없어?"

아. 디저트까지 다 신경 쓰는구나.

"천천히 먹고 싶어서요."

나는 그렇게 변명했다. 그리고 성건후가 다디단 디저트를 맛있게 먹는 것에 내심 놀랐다.

그가 고른 것은 아이스크림을 얹은 초코 퍼지 브라우니였는데 보통 남자라면 절대 고르지 않을 메뉴가 아닌가 하는 생각이 들었다. 게다가 뱀파이어들은 혀가 무척 민감해서 단 음식을 먹으면 위장을 버린다고 하던데…… 이 남자는 어떻게?

"신기해?"

비밀스러운 미소를 지으며 성건후가 스푼에 가득 뜬 브라우니를 입안에 쏙 밀어 넣었다. 그 바람에 입가에 하얀 바닐라 아이스크림이 묻었다. 그걸 가만 보고 있노라니 허기가 훅 올라왔다. 부족하다는 건 혹시 이거였을까? 나는 조심스럽게 그의 입가에 묻은 아이스크림을 검지로 훑어 쪽 하고 빨아 먹었다.

충동이라고는 하지만 역시 너무 대담했나. 성건후가 살짝 굳어서는 가는 눈으로 나를 응시했다. 그는 묵묵히 내 팔을 당겨 자신의 무릎 위에 앉혔다. 그리고 내 귓불을 잘근잘근 씹으며 중얼거렸다.

"피를 빨기 전에 계약서를 먼저 써야 하는데."

계약서? 그걸 왜?

머릿속으로 되묻는데 목덜미에서 따끔한 아픔이 느껴졌다.

"아……!"

나도 모르게 묘한 신음을 내뱉고 말았다. 팔꿈치 안쪽이나 손가락을 물렸을 때와는 전혀 달랐다. 전율이 전신에 퍼지는 것을 깨달은 직후에 팔다리가 마비되었다. 성건후의 송곳니가 마치 슬로 모션처럼 느릿하게 내 살 깊숙이 파고드는 것을 알 수 있었다.

성건후가 그 상태로 고개를 틀었다. 내 육체 사방에서 제멋대로 경련을 일으키던 감각이 그의 송곳니 아래에 쫓기듯 몰려갔다.

펌프질을 하는 것처럼 작은 구멍으로 피가 솟구쳐 역류했다. 성건후가 탐욕스럽게 그 피를 빨아 마셨다. 그러나 내 건강한 혈관은 그가 감당하기 어려울 만큼 많은 양의 피를 흘려보내고 있었다. 결국 뜨거운 피 한 줄기가 쇄골을 향해 흘러내렸다.

하지만 내 옷이 더러워지는 일은 없었다. 성건후가 허겁지겁 핥아 올렸기 때문이다. 그는 내 셔츠 단추를 몇 개 풀면서 혀를 길게 내밀어 가슴 위쪽과 목덜미, 턱에 이르기까지 싹싹 핥아 댔다.

몸이 뜨거워졌다. 누군가가 배 속에 작은 불똥을 툭툭 던져 넣는 것 같았다. 나는 가빠지는 숨소리를 가눌 길이 없어 느끼는 대로 반응했다. 성건후가 내게서 떨어져 주었으면 싶으면서도 그가 떨어지지 않길 바랐다.

성건후의 손길은 내 어깨와 팔꿈치, 손목을 바삐 오가고 있었다. 나는 그가 성급하면서도 노련하게 내 몸을 애무하고 있다는 걸 어렴풋이 알아차렸다. 어떡해. 눈가가 젖어 들었다.

무서웠다. 막연한 공포였다. 더욱이 성건후의 입술이 내 턱을 타고 올라와 입가 주변에서 맴돌 때, 그가 먹잇감을 눈앞에 둔 맹수처럼 입을 쩍 하고 벌릴 때에는 눈물이 흘렀다.

눈물을 멈출 수 있다면 얼마나 좋을까. 이내 등을 쓸어내리는 조심스러운 손길은 기분이 좋았지만 나는 겁이 났다.

착한 사람에게 부당하게 화를 내는 기분이었다. 성건후는 내가 울고 있다는 걸 알면서도 멈추지 않았다.

식식거리는 숨소리가 새하얀 이를 휘감으며 내 입술 새로 불어왔다. 그는 아직 나의 피 맛이 남아 있는 혀를 미끄러뜨렸다. 그리고 내 입안에 넣었다가 빼기를 몇 번 반복하며 나를 흥분시켰다.

등을 어루만지던 손이 앞으로 돌아와 허리께를 더듬자 내 입에서는 결국 울먹이는 소리가 나기 시작했다. 성건후의 손은 잠시 움찔했지만 그럼에도 개의치 않고 내 가슴 쪽으로 서서히 올라왔다.

"싫어요."

내가 나직이 중얼거렸다.

"아니, 싫을 리 없어."

성건후가 확신했다. 감각을 말하는 거라면 좋았다. 너무 좋아서 무서웠다. 하지만 이래도 되는지 모르겠다. 나는 고개를 좌우로 흔들었다. 그리고 본심을 토해 냈다.

"무서워요. 당신, 지금 너무 무섭단 말이에요."

"제기랄."

난폭한 손길로 성건후가 나를 내던지듯 밀어냈다. 소파가 부드러워 아프지는 않았지만 충격적이긴 했다. 그는 갑자기 벌떡 일어나더니 혼란스러운 듯 캠핑카 끝까지 거침없이 걸어갔다가 붙박이 냉장고를 주먹으로 쳤다. 나는 움찔했다.

"미안."

성건후는 눈을 가늘게 뜨고 도둑 키스를 하듯이 날름 사과했다. 미안하다고는 하지만 기분이 많이 상한 것 같았다. 그 순간 나는 어쩌면 우리 사이에 서로가 적대하는 종족이라는 사실보다 더 큰 문제가 있는 건 아닌가 싶어 덜컥 두려워졌다.

"내가 잘못한 거야."

내 표정을 살펴본 성건후가 방금 전보다는 다소 누그러진 음성으로 말했다.

"자제력을 발휘하지 못해서."

그가 손등으로 입술을 문지르는데 덜 마른 피가 뺨에 번졌다. 무서웠지만 동시에 아슬아슬하게 섹시했다.

"보통은 자제할 필요가 없기도 하고."

씩 웃어 보인 성건후는 특유의 밝은 태도로 돌아와 내 옆에 앉았다. 그가 비교적 쉽게 오락가락하는 남자이긴 하지만 이번에는 나를 위해서 억지로 분위기를 환기하려고 한다는 걸 느낄 수 있었다.

"제가 잘못한 것 같아요."

자신감이 사라진 나는 의기소침해 중얼거렸다.

"아냐. 그런 게 아니야. 왜 그런 생각을 해. 나한테 피를 주기 싫어서 그래?"

성건후가 물었다. 절박하게. 나는 고개를 저었다. 궁금한

게 있었다.

"하지만 피를 주는 게, 당신을 만나는 조건인가요?"

"그런 질문을 한 사람은 자기가 처음인데."

소탈하게 감탄하는 성건후였다. 그러나 이윽고 그는 심각
해졌다.

"꼭 피를 마셔야 하는지도 알고 싶어요."

그리고 나를 뺀 다른 여자들과도 그랬나요? 이렇게 덧붙
이고 싶었지만 나는 거기까진 묻지 못했다.

"적어도 자기 피를 원하는 점은 숨기지 않았던 것 같은
데."

지금까지 겪어 본 바로, 성건후는 가식을 떨거나 거짓말
을 하는 사람은 아니었다. 하지만 수수께끼처럼 말하는 건
사실이었다. 게다가 그는 자기 입으로 말한 것처럼 단도직입
적으로 말하는 성격도 아니었다. 그래서 내 머릿속을 복잡하
고 어렵게 만들었다.

"피를 빨면 늘 그렇게 되나요?"

"그렇게?"

성건후가 날카롭게 되물었다. 그의 눈빛에 어깨가 움츠러
들었다.

"방금처럼…… 절 덮칠 것처럼……."

이렇게 말하는 게 잘하는 건지 모르겠다.

"아, 제길."

성건후는 비록 험악한 표현을 쓰긴 했지만 최대한 부드럽게 나를 끌어안았다.

"피를 빠는 것과 사랑을 나누는 건 사실 별개의 문제야."

사랑을 나눈다고! 나는 뺨을 붉혔다.

"그래서 보통 피를 제공할 여자를 만날 땐 계약서에 그점을 확실히 명시해 두지. 뭐 그럴 땐 사랑을 나눈다는 표현도 쓰지 않지만. 섹스를 하거나, 하지 않거나. 둘 중 하나야. 물론 자기는 그런 여자가 아니지만."

피를 제공할 여자라는 말에 심장이 철렁 내려앉았다. 성건후는 내 마음을 알아챘는지 아닌지 모르지만 어쨌거나 말을 이었다.

"다만 언젠가 이야기했던 것처럼 자기 냄새가 나를 흥분시키는 건 사실이야. 미치도록."

"나 때문에 곤란한 거네요?"

내가 그렇게 묻자, 성건후는 그 말을 곱씹다가 다시 상쾌한 미소를 지었다.

"고전을 면치 못하고 있는 건 사실이지."

"전, 전, 이런 경험을 한 적이 없어요."

미안하다는 말은 혀 밑에 숨겼다. 성건후는 당연한 말을 왜 하냐는 듯 책망의 눈길을 보냈다.

"당연히 그래야지."

흐음. 자기 말고는 안 된다 이 말이겠지? 정말 따끔한 소유욕이 따로 없었다.

"문제는 내가 실수를 하게 되는 상황이 생겼을 때야."

신경질적으로 성건후가 중얼거렸다.

"역시 계약서를 써야 되겠어."

"싫어요."

말이 생각보다 먼저 튀어나갔다. 성건후는 나를 안고 있던 팔을 풀고 내게서 떨어져 팔짱을 꼈다. 아, 가슴이 쓰렸다. 그가 나를 멀리하지 않았으면 좋겠는데.

"계약서는 나를 위해서 쓰는 게 아니라 자기를 위해서 쓰는 거야. 만일의 상황에 대비해 자기가 자기 스스로를 보호할 수 있게 하려고."

"하지만 그러면……."

성건후에게 피를 제공했다는 이전의 여자들과 똑같은 입장이 되는 것 아냐?

"미안하지만 가은아. 나는 기본적으로 법적으로 내 행동을 구속하는 것에 익숙해. 더구나 나는 보통 인간이 아니잖아. 그게 확실하게 여자를 보호할 수 있어. 경험상으로 그래."

내 표정에서 뭔가를 읽었는지 성건후가 그렇게 덧붙였다. 하지만 나는 납득할 수가 없었다. 머리로는 이해해도 감정적으로는 힘들었다.

"당신이 계약이니 하는 것에 익숙한 건 알아요. 하지만 나는 그런 것 없이도 괜찮……."

"막상 내가 이성을 잃고 자기를 덮치기라도 하면 그런 생각 안 들걸."

나는 단절감에 몸을 떨었다. 하지만 성건후의 말도 일리가 있었던 것이, 내가 남자를 사귀어 본 적 없는 순진한 여자라는 걸 알기 전까지만 해도 그는 '소파 위에서 뒹군다'라는 말을 서슴없이 하던 짐승이 아니었던가.

"김문주에게 당신이 제 남자친구라고 말했다면서요."

"그럼 아니야?"

이 문제는 기정사실화한 모양이네. 성건후의 태도는 지구가 자전한다는 진리를 말하는 듯했다.

"대체 언제 그렇게 된 거예요?"

"언제부터인지는 정확히 말하기 어렵지만…… 굳이 말하자면 자기가 날 집 안에 들여놓은 순간부터라고 해 둘까."

성건후가 얄밉게 씩 웃었다.

"아니면 자기가 남자친구도 아닌 사람을 야밤에 방에 막 들여놓는 그런 여자였어?"

내 말문을 막히게 하는 데에 성건후는 놀라울 정도의 재능을 보였다. 나는 아랫입술을 잘근 물었다. 어려웠다. 하지만 그가 어려운 남자라고 해서 관계를 끊을 수는 없었다.

"내일 변호사를 부를 테니 계약서를 쓰자고."

"그러면 어떻게 되는 건데요?"

"자기의 피를 빠는 데에 있어서 규정을 몇 개 둘 거야. 정확히는 나를 구속하고 자기가 나를 통제할 수 있는 항목들이 되겠지."

"이해하기 어렵지만, 그게 결과적으로 날 보호하게 되나요?"

"똑똑하다니까. 그래."

성건후가 눈웃음을 쳤다. 정말…… 남의 속도 모르고 아무 때나 저런다니까.

"그럼 오늘은 이만 헤어지지. 집에 바래다줄게."

"그래요."

캠핑카를 빠져나가면서 나는 뒤를 흘끗 돌아보았다. 거의 다 녹은 바닐라 아이스크림에 흠뻑 젖은 브라우니가 유독 인상에 강하게 남았다.

막 출근해 탕비실에서 선반을 정리하고 있는데 강영유가 나타났다. 그녀는 나를 향해 사람 좋아 보이는 미소를 씩 지어 보이며 갑자기 엉덩이를 탁 쳤다.

"뭐? 기특해서 그러는데."

어머. 놀라는 나를 향해 그녀가 시원시원하게 말을 이었다.

"로우가 옷 보내 주기로 했어."

"옷이요?"

"덕택에 이번 달에 우리 잡지에서 특별 화보를 만들 수 있게 되었지."

그 이야기는…… 잘 되었다는 말이지! 나도 모르게 광대가 씰룩거리고 입술이 좌우로 벌어졌다.

"하지만 항상 좋지는 않을 거야."

강영유가 엄격하게 덧붙였다.

"이건 운이 좋은 것에 가까워. 긴장 풀지 말라구."

"아…… 네."

식은땀이 났다. 역시 데스크의 카리스마가 다르기는 다르구나. 그 때문에 나로서는 상대적으로 손 대리가 더 얄밉게 느껴졌는데, 똑같이 야단을 맞더라도 강영유가 하는 말은 납득할 수 있는 반면 그녀는 생각할수록 내 속을 끓게 만들었던 것이다. 그렇게 손 대리의 만행을 떠올리는 바람에 사무실로 돌아가는 것조차 언짢아졌다.

그래도 꾹 참고 오전 업무를 시작했다. 한데 점심시간에 운수 나쁘게도 손 대리가 나를 데리러 내려온 박 비서님과 마주쳤다. 딱히 잘못한 게 없기에 그녀는 아무 말도 하지 않았지만 눈빛을 통해 언젠가 이 일로 나를 괴롭히려고 마음을 먹었다는 걸 알 수 있었다. 어떡하지. 나는 이렇게 곤란한 상황에 처해 본 기억이 없어서 무섭기까지 했다.

"지금 사장님께서 출타 중이십니다."

엘리베이터가 거의 다 올라왔을 때 박 비서님이 말씀하셨다. 나는 의아했다. 나로서는 성건후도 없는 그의 사무실에 가야 할 이유가 없기 때문이었다.

"그래서 저와 함께 계약을 진행하셔야 될 것 같은데, 괜찮으시겠죠?"

"네?"

제각기 색으로 도시를 수놓는 네온사인만큼이나 바쁘게 화려한 부서들을 거쳐 성건후의 사무실로 들어갔다. 기분 탓인지 찬 바람이 쌩하고 불어오는 것 같았다.

나는 얼떨떨하고 춥기도 해서 양손을 교차해 어깨를 잡았다. 물론 그와 계약에 대한 이야기를 하긴 했지만 이런 분위기에서 할 거라곤 생각도 못 했던 것이다.

"이쪽으로."

전에 왔을 땐 몰랐던 다른 방으로 박 비서님이 나를 안내했다. 안으로 들어가니 다이닝 룸 같은 분위기의 방에 설레는 인상의 남자가 앉아 있었다. 순간적으로 마음의 올이 풀리게 만드는 그런 외모였다.

나는 그가 변호사일 거라고 생각했고 결국에는 그게 맞았다. 김 변호사라고 불러 달라는 그는 변호사라고 하기엔 아직 덜 빠진 젖살이며 예의 바른 눈웃음이며 모든 것이 앳되어서 나도 모르게 누나의 마음으로 심장이 땃땃해졌다.

"식사 시간이라서 도시락을 준비했는데. 드시면서 이야기 나누시죠."

나는 테이블을 보았다. 그곳에 놓여 있는 것은 말이 도시락이지 보통 도시락도 아니었다. 유명한 일식 전문점에서 정성스레 테이크아웃해 온 도시락 세트로 가이세키 요리, 특별히 주문한 두부 요리, 따로 숙성시킨 회 요리 등 직사각형의 커다란 도시락통에 정갈하게 준비되어 있었다.

눈으로 보기에도 즐겁고 맛도 있을 게 분명한 고급 도시락이었다. 그럼에도 젓가락이 좀처럼 가지 않았다. 박 비서님과 김 변호사가 친절하게 계약에 관한 설명을 해 주었지만 그것도 내 귀에는 제대로 들어오지 않았다. 나는 시종일관 뻣뻣했다.

처음 나는 그저 어리둥절할 뿐이었다. 하지만 그런 나를 폭발하게 만든 항목이 있었다.

"섹스에 관한 부분입니다. 유가은 씨께서 사장님께 피를 제공할 때, 그 행위에 섹스를 포함할지 말지 결정하는 항목이죠."

얼굴이 확 달아올랐다. 그게 대체 무슨……? 내가 묻는 듯한 눈으로 쏘아보자 김 변호사는 내가 민망해질 정도로 담담하게 설명했다.

"뱀파이어가 피를 빨 때는 응당 섹스로 이어지게 마련입니다. 헌혈하는 게 아니니까요."

김 변호사 말로는 뱀파이어들이 식사를 할 때 그들의 잇새에서 강렬한 페로몬이 나온다고 한다. 사냥감이 고통을 느끼지 않게끔, 그리고 고통 때문에 반발하는 사냥감을 자칫하다 죽이지 않도록 하기 위함이라는 것이었다. 그런데 그것이 최음제만큼 강력한 효과를 내므로 실수를 하지 않도록 언제나 사전에 합의를 봐야 하며, 언제나 여성의 의사를 우선시한다고 했다.

"사장님은 남성이지만 피를 빠는 행위에 있어서 언제나 유리한 건 아닙니다. 또 모든 먹잇감을 성적 대상으로 보는 것도 아니시구요."

성건후의 매력에 대해서 생각해 보았다. 박 비서님의 말에서 느껴지는 뉘앙스도 그렇고 오히려 여자 쪽에서 그를 더 원할지도 모르겠다는 생각이 들었다. 그토록 강렬하게 피를 빨리게 된다면 응당 그럴 거였다.

"다음은 건강관리 문제입니다. 일주일에 한 번, 의무적으로 건강검진을 받으셔야 하는데 그에 대한 부담은 저희 쪽에서……."

"성건후 씨는 항상 이런 식인가요?"

화가 난 나머지 김 변호사의 말을 자르고 톡 쏘아붙였다. 이런 거 싫은데. 나는 고개를 저었다. 눈꼬리에 눈물이 맺혔다. 피를 제공하겠다고 마음은 먹었지만 방식이 너무 충격적이었다. 아주 솔직히 말해서 내가 성건후에게 특별하지 않다는 느낌이 들었다.

"다신 여기 오지 않겠어요."

계속 이곳에 있으면서 바보가 되는 고통을 받으니 떠나기로 했다. 그런데 내 이런 반응에 두 남자가 정색을 했다.

"그러지 마십시오. 부탁드립니다. 그리고 사장님은 지금 오고 계십니다. 실은 무척 중요한 일이 생기시는 바람에……. 그리고 꼭 지금 서명하지 않으셔도 괜찮으니 너무 언짢아 마십시오. 저희에게는 설명만 드려도 된다고 하셨습니다."

"하지만."

나는 김 변호사의 다정한 미소에 어찌할 바 모르고 다시 시선을 떨어트렸다. 성건후도 없는 곳에 와서 맥 빠지고 건조한 계약 이야기나 듣겠다고 손 대리의 미움을 샀단 말이야? 너무 바보처럼 느껴졌다.

"저는 이만 가 보겠어요."

내가 자리에서 일어나자 박 비서님과 김 변호사가 나를 따라 벌떡 일어났다. 그들은 안절부절못했다. 내 안색을 살피려고 네 개의 눈동자가 당구공처럼 회전하는 걸 볼 수 있었다. 내가 화라도 내면 직장에서 잘리게 되는 걸까? 심술궂은 생각이 들었다.

"15분 남았군."

다급한 목소리와 함께 성건후가 안으로 들어왔다. 그는

안으로 거침없이 걸어 들어오더니 내 어깨를 끌어안았다. 그리고 자연스럽게 이마에 입술을 눌렀는데 박 비서님과 김 변호사가 보건 말건 간에 아무튼 대담했다.

"미안해. 갑자기 문제가 생겼어."

연달아 사과를 하면서 볼에 키스까지. 그 순간 서운함이 발끝에서부터 훅 올라와, 나는 성건후를 밀어내고 그가 나를 부르는데도 못 들은 척 밖으로 나가 버렸다.

엘리베이터를 타고 사무실로 돌아가면서 마음의 준비를 단단히 했다. 보나마나 손 대리에게 한 소리 들을 게 뻔해서였다. 다른 건 몰라도 늑대인간으로서 동물적인 직감을 가지고 있는 내가 아닌가.

사무실로 들어갈 때까지 성건후는 내게 총 스무 번의 푸시 알람을 보냈다. 어젯밤에는 그렇게 달콤했는데…… 나는 이 상황과 어제 그가 내게 보여 준 열정 사이의 갭을 어떻게 받아들여야 할지 고민했다.

어쩌면 내가 예민한 걸지도 모르지만 변호사를 대동하고 피를 제공하겠다는 계약서를 쓴다는 것 자체에 거부감이 들었다.

문제가 점점 더 어려워지고 쌓이기만 한다는 생각만으로도 스트레스를 받아 오후 업무를 제대로 할 수가 없었다. 게다가 성건후를 매정하게 뿌리치고 온 것도 마음에 걸렸다. 어쩌면 그 자리에 그가 있어서 본인이 직접 하나하나 자상하게 설명만 해 주었더라도 이렇게까지 괴롭지는 않았을 듯 했다.

종일 내 마음은 오락가락했다. 성건후는 명색이 사장님이 니까 당연히 바쁘겠지 싶다가도 아무 생각 없이 분노만 치밀어 현기증까지 일으켰다. 마치 생리 중에 빈혈을 일으키듯 책상에 앉은 채로 나는 휘청거렸다.

일부러 아이패드는 보지도 않았다. 마음이 흔들릴 것 같았다. 그런데 그런 나를 더 휘저어 놓은 사건이 있었으니…… . 심지어 그 주인공은 손 대리였다.

"그렇게 간단히 풀릴 거라고 생각했어?"

"네?"

다짜고짜 시비를 거는 말투였지만 나는 로우 이야기를 하는 것인 줄만 알고 미소로 응대했다. 그런데 아니었다.

"뱀파이어에게 피를 주는 건 쉬운 일도 아닐뿐더러 하물 며 성건후 같은 남자한테 선택받아 놓고 긴장감 전혀 없는 게 참, 웃기다고 해야 할지 한심하다고 해야 할지…… ."

손 대리가 갑자기 말을 끊더니 나를 보며 노골적인 미소를 픽 지어 보였다.

"좀 더 긴장하는 게 좋을 거야. 네가 특별해서 선택받은 건 아니니까."

"뭐라구요?"

"못 들었어?"

손 대리는 노란색 카디건을 팔에 걸쳤다.

"그 사람이 널 고른 이유는 뻔하잖아?"

뭔가 있다는 말투였다. 나는 돌연 부끄러워져 제대로 서 있을 수도 없었다.

"오늘도 야근이지? 절전해라."

손 대리는 마지막까지 내 속을 뒤집어 놓고 퇴근했다. 정말이지……. 망연자실진 나는 책상 위로 무너졌다. 야근은 무슨 야근. 엎드린 채 눈물을 꾹꾹 참느라 긴 시간을 보내고 감정이 정리됐다 싶을 때에 일어났다.

일은 건드리지도 못하고 패배감을 느끼며 고개를 들었다. 슬슬 집에 돌아가지 않으면 내일이 힘들어질 거였다.

손 대리가 그렇게 좋아하는 절전을 하고 복도로 나섰는데 성건후를 만났다. 게시판 앞에 기댄 채 나를 기다리고 있던 그는 인기척을 느끼고도 섣불리 다가오지 않았다. 사무실에서 보여 주었던 막힘없이 능숙한 태도와는 판이한 모습이었다.

나는 성건후를 외면하면서 그의 앞을 지났다. 그는 내게 말을 걸지 않았다. 정확히는 그렇게 하지 못했다고 봐야 할지도 몰랐다. 어쨌거나 성건후는 면목이 없다는 표정을 짓고 있었으니까.

그 상태로 우리가 교차한 그 순간 그와 나 사이에 눈에 보이지 않는 인력(引力)이 작용했다. 내 몸 전체가 굵직한

실에 엮인 것 같았고 그 끝을 성건후가 쥐고 있는 것 같았다. 아니, 그런 것 같은 게 아니라 정말로 그랬다. 사실상 나는 그가 걸린 마법에서 빠져나오지 못하고 있었다.

그런데도 성건후가 날 잡아 주지 않아서, 그러면서도 주문을 깨 주려고 하지 않아서 나는 비틀거릴 수밖에 없었다. 하지만 실제로는 단지 눈에 눈물이 고여 시야가 흔들린 것뿐이었다.

"내가 실수했어. 빨리 일을 해치우고 돌아올 수 있을 거라 생각했거든."

약 2, 3미터 정도 거리를 뒀을 때 성건후가 불쑥 말했다.

"아니, 잘못했다고 말하는 게 옳을지도 모르겠군."

돌아보지 마. 그대로 나가 버려! 내 머릿속에 있는 나도 모르는 낯선 목소리가 그렇게 소리쳤지만 어찌 된 일인지 내 다리는 돌덩이 같았다.

"괜찮으면 이야기를 좀 들어 주겠어?"

이야기를 듣는 정도라면…… 이라고 생각했다가 나는 고개를 붕붕 저었다. 확실히 나는 점점 더 심각한 방향으로, 절대 빠져나올 수 없는 곳으로 발을 들여놓고 있었다. 게다가 손 대리가 한 말을 떠올려 보면 이제 성건후와는 관계하지 않아야만 했다. 그가 날 선택한 이유가 내가 마음에 들어서가 아니라면 절대.

"박 비서나 김 변이 오해를 했어."

"오해요?"

아냐. 되물으면 안 되는데. 나는 입술을 잘근 씹었다. 그냥 나가 버려!

"그래."

성건후의 목소리에는 미안함과 죄책감이 잔뜩 배어 있었다.

"가은이가 나한테 특별한 여자라는 걸 미처 몰랐어. 단순히 피를 제공해 줄 사람이라고만 생각했지. 난 최대한 빨리 돌아오려고 했고 그사이 박 비서가 자기에게 식사를 대접해 주길 원했어. 괜찮은 도시락을 맛보게 해 주고 싶었거든. 그런데 오해를 한 거야. 내가 아침에 계약서를 쓸 거란 뉘앙스를 풍기는 바람에."

"왜 다시 지시를 내리지 않았는데요?"

나는 토라진 티를 내지 않으려고 노력했다.

"그 사람들은 내 고용인이야. 나를 위해 능숙하고 빠르게 일을 처리하려고 애쓰는 사람들이지. 오랫동안 그렇게 파트너로 지내 왔어. 내가 사장이 아닐 때에도, 이렇게 돈을 많이 벌기 전에도 말이야. 그래서 눈치껏 알 줄 알았지. 한데……."

한데, 뭐?

"잘 들어. 믿어 주지 않을지도 모르지만 나는 지금 박 비서가 한 말 그대로 이야기하는 거야. 그 친구 말로는 우리가

165

같이 일을 하면서 내가 특별한 여자를 만든 적이 없었대. 물론 사실이지만……. 더구나 내가 꽤 오랫동안 피를 빨지 않았고, 또 일상 업무를 내팽개치면서까지 자기를 따라다니는 걸 보고 걱정이 됐대. 한시라도 더 빨리 일을 처리해야겠다고 생각했다더군."

남자들 생각은 참 단순하구나. 그러니까 결국 이건 오해로 빚어진 사건이라는 거지. 하지만 미심쩍은 구석은 아직도 몇 개나 있었다. 나는 속는 기분이 싫었다. 기만당하기 싫었다. 나는 뒤를 돌아보며 성건후에게 화를 내듯 따져 물었다.

"피를 안 빨면 당신에게 무슨 문제가 생기는데요? 확실하게 말해 줘요. 제가 알기로 오늘날의 뱀파이어들은 꼭 피를 빨지 않아도 된다고 했어요. 그러니 그 말을 어떻게 다 믿고요? 그리고 당신에게 피를 주는 사람이 어째서 저여야 하는데요?"

"그야 가은이가 특별하니까."

성건후는 몇 번이나 나를 두고 특별한 여자라 서슴없이 말했다. 몸으로도 표현했다. 하지만 다른 그 무엇보다 그가 내 눈을 들여다보며 그렇게 확실히 말할 때에는 가슴이 내려앉았다. 귓가에 묵직한 족쇄가 맞물리는 소리가 들리는 듯했다. 이건 정말…… 미쳤어. 미친 거야. 희망고문이 따로 없잖아.

"하지만 지금은 그런 게 중요하지 않지. 계약서, 꼭 쓰지 않아도 돼. 피를 주고 싶지 않다면 그것도 좋아."

잠깐 망설이는 기색을 보이더니 마침내 성건후는 한걸음에 내게 다가왔다. 그리고 내 손을 덥석 잡아 못 견디겠다는 듯 손가락에 입술을 문질렀다.

"손가락이 차군."

그가 내 손바닥을 입술로 펴면서 중얼거렸다.

"아까 가은이가 사무실에서 나갈 때, 딱 이 정도로 차가웠어. 너무 매서워서 뒤따라갈 엄두도 나지 않더군. 그때 깨달았지. 어떤 문제나 오해가 발생했더라도 무조건 내가 잘못했다는 걸. 이치나 논리를 운운할 필요도 없다는 걸."

성건후는 내 손을 당겨 우리 사이의 거리를 좁혔다. 하지만 내가 싫다면 언제든 놓아줄 것 같았다. 평소처럼 강렬하게 날 응시하지도 않았고 몸에 힘이 들어가지도 않았으니까.

"당신은 피 때문에 나를 선택한 것뿐인지도 모르죠."

내 음성은 성건후의 묘사처럼 매서웠다. 그를 향해 심장이 뜨겁게 뛰고, 그가 좋아하는 건강한 피를 내뿜으며 약동하고 있음에도 나는 무섭게 차가워질 수 있었다. 미처 몰랐던 사실이었다.

"피는…… 굳이 말하자면 본능의 문제야. 자기 피 냄새가 날 미치게 만드는 건 확실해. 하지만 피 냄새만 그런 게 아냐. 살 냄새, 머릿결, 입술, 심지어 말투까지…… 전부 다 그런 기분이 들게 해."

성건후는 곤혹스러운 듯 머리를 쓸어 넘겼다. 그가 잠시 내게서 손을 떼자 그 자리가 고통스럽게 아렸다.

그가 다시 말을 이었다.

"난 거짓말하지 않아. 솔직히 왜 그런지 설명을 못 하겠어. 피가 먼저인지 가은이가 먼저인지 묻는다면 난 말문이 막혀 버려. 어쩌면 이런 게 뱀파이어가 가지고 있는 모순인지도 모르지. 하지만 가은이는 다른 여자들과 다르다고, 그것만큼은 확실하게 말할 수 있어. 제길……. 그런 식으로 나를 뿌리치고 간 여자도 없었지만 그렇다고 하더라도 화가 나기는커녕 종일 안절부절못하게 만들고 불안하게 만든 건 너 하나뿐이라고."

성건후가 하는 말이 진심이 아니라고 함부로 말할 수가 없었다. 그는 열정적이었고 내게 솔직한 마음을 전달하려고 기를 쓰고 있었다. 말을 할수록 점점 흥분하고 나를 설득하고 싶다는 조바심에 무심코 거친 말까지 내뱉고 말았었다.

"가은아."

내 이름을 부르는 성건후는 보는 나까지 눈물을 쏟게 할 정도로 절박했다. 나는 고개를 돌렸다. 그를 외면했다. 돌아서서 엘리베이터를 향해 걷기 시작했다. 그래선 안 된다고 생각하면서도 몸이 멋대로 움직였다.

"가은아!"

성건후가 나를 애타게 불렀다. 그때, 나는 엘리베이터가 도착하기를 기다리며 아이패드의 전원을 끄고 있었다.

나 왜 이러지. 그에게 잔혹하게 대하지 마. 오해였잖아. 스스로에게 그렇게 말하면서도 멈출 수가 없었다. 지금 이런 나는, 내가 지금까지 알고 있던 내가 아니었다. 성건후보다, 손 대리보다 내가 더 이상했다. 진심으로 나 자신이 싫었다. 나아가 자신감마저 사라졌다.

'네가 특별해서 선택받은 건 아니니까.'

손 대리는 말했었다. 어째서 몇 번이나 확고하게 반복해 주지했던 성건후의 진심 어린 말보다, 어째서 그 얄밉고 지독한 말에 더 귀를 기울이게 되는 걸까. 그가 거짓말을 하는 것 같지는 않은데 왜 나는 이렇게 못되게 구는 걸까. 사실은 내가 정말 잔인한 여자라서일까?

만약 이런 것이 내 본모습이라면 성건후와는 이대로 끝내는 것이, 그리고 그도 내게서 멀어지는 것이 당연했다. 뿐만 아니라 우리는 어차피 처음부터 불안한 관계였다.

당장은 힘들어도 잘된 걸지도, 그럴지도 모른다.

적어도 당장은 그렇게 믿어야만 했다.

밤중에 전화가 와 잠에서 깼다. 나윤이었다. 그 애는 역시나 예상대로 개강 때문에 바빠 그간 내가 보낸 메일을 엊그제야 확인했다면서 차라리 전화를 하지 왜 메일을 보낸 거냐고 다그쳤다.

대꾸할 말이 없었다. 매일 밤, 성건후 때문에 잠 못 이룰 정도로 가슴이 설레었다가 또 잠 못 이룰 정도로 가슴이 아팠다. 나로서는 그런 심정을 설명할 길이 묘연했다.

— 네가 말한 손희원이라는 여자에 대해서 알아봤어.

손 대리 이야기였다. 가슴이 뛰었다. 그녀는 아무래도 심상치 않은 존재였지만 내게는 어떤 사람인지 알아낼 만한 정보력이 없었다. 할아버지나 유남 아저씨에게 부탁한다는 건 불가능한 일이었고 김문주와는 가급적 얽히고 싶지 않았다.

— 늑대인간인지 뱀파이어인지, 심지어 인간인지도 확실하지 않아. 내가 알아낸 건 그 여자가 천애 고아라는 거야. 문제는…….

나윤이가 갑자기 음성을 낮췄다. 뭔가 할 말이 있는 모양인데도 그 애는 쉽게 이야기하지 않고 한참을 망설였다. 내가 다그치자 그 애가 충격받으면 안 된다고 경고했다.

"내가 왜 충격을 받니?"

조급한 마음에 쏘아붙였다. 그랬더니 나윤이가 허를 찌르는 말을 했다.

— 너 그 사람 좋아하잖아.

"내가 언제 그런 말을 했니?"

메일에도 그런 이야기는 쓰지 않았다. 내 마음을 감추기 위해 심지어 성건후에 대해 '이상한 남자'라고 말한 데다 나를 혼란스럽게 하는 그가 미워 다시는 만나고 싶지 않다고까지 말했다. 그런데 왜 나윤이는 내가 그를 좋아한다고 생각하는 거지? 뺨에 열이 올랐다. 올 나간 스타킹을 신은 줄도 모르고 출근한 기분이었다.

— 내 눈에는 네가 그 남자에게 푹 빠진 게 보여. 또 그 남자도 너한테 푹 빠졌어.

나는 그렇다손 치더라도 성건후가?

"말도 안 돼."

— 못 느끼겠니?

나윤이가 웃음기 어린 음성으로 물었다. 그 바람에 내 마음은 괜히 조마조마해졌다.

"하려던 이야기나 마저 해 줘."

내가 말했다.

— 응. 그런데 정말 충격받지 마. 성건후는 입양아야. 그건 알고 있니?

가슴에 찬바람이 지나갔다. 나는 아니라고 작게 대답했다.

— 그 남자에 대해 알아보는 데 힘 좀 썼어. 도무지 존재를 알아내기가 어렵더라구. 그 이유가 인간에게 입양되었기 때문인가 봐. 그래서 뱀파이어 커뮤니티에서도 잘 알려지지 않은 모양이야. 미국에서 학교를 다녔고 MBA과정 마치자

마자 국내에 들어와서 사업을 확장하기 시작했대. 그중 양아버지에게 물려받아 11년째 운영하고 있는 장학재단이 있는데 거기서 손희원을 후원해 주었던 모양이야.

"나는 손희원이 성건후에게 피를 준 여자가 아닐까 생각했는데."

— 그건 모르지.

매정하게도 나윤이는 딱 잘라 말했다. 그래. 하기야 모를 일이긴 해.

— 하지만 확실한 건 있어. 손희원은 그 장학재단에서 가장 많은 후원을 받았나 봐. 중학생 때부터 단 한 번도 장학금을 놓치지 않았을 만큼 성적이 우수했대. 그러니 한 번쯤은 성건후를 만났을 수도 있겠지. 어쨌거나 지금은 그가 이사장이니까. 그리고 서로 마음에 들어 피를 제공해 주었을지도 모르고.

머릿속에서 나쁜 시나리오가 연출되었다. 손 대리를 유혹하는 성건후, 그리고 그런 그에게 기쁘게 피를 제공하며 사랑을 받는 손 대리의 모습이 내 심장을 날카롭게 찔렀다. 눈물이 나올 것 같았다. 나는 성건후에게 제대로 피를 준 적이 없었다. 심지어 계약서도 백지화시켰고 다시는 만나지 않을 것처럼 헤어졌다. 만약 그가 실망해서 손 대리에게 간다면……

가슴이 철렁 내려앉았다.

— 뱀파이어들은 우리랑 달라서 한 달에 한 번 정도는 피를 마셔 주는 편이 좋대. 그렇지 않으면 병에 걸릴 확률이 높아진다는 거야. 인간으로 따지자면 불치병인데 일종의 혈액암 같은 건가 봐. 나도 이번 조사로 알게 됐네. 사실 우리들은 뱀파이어에게 관심이 없잖아. 어릴 때부터 어른들이 호기심을 갖지 말라고 혼내기도 했으니까.

"꼭 사람의 피를 먹어야만 하는 걸까?"

안 돼. 손 대리의 피를 먹지 마. 나는 울컥한 마음을 가라앉히려 애쓰면서 중얼거렸다.

"게다가 난 늑대인간인데 그 사람은 그걸 알면서도……."

— 살아 숨 쉬는 인간을 사냥하는 편이 죽은 인간의 피를 마시는 것보다 그들 몸에 더 이로울 거라는 건 너도 쉽게 상상할 수 있잖아.

"그럼 왜 나를?"

항상 그 질문을 하고 싶었다. 다른 사람도 아닌, 왜 나일까? 내 몸에서 나는 향기가 좋고 내 맛이 좋고……. 도대체 왜?

— 이건 내 생각인데, 어쩌면 그 남자는 널 좋아하기 때문에 다른 사람의 피를 빼는 것보다 네 피를 빼는 게 낫다고 생각하지 않았을까? 뱀파이어에게 피를 빼는 건 단순한 식사인 것만은 아니야. 굉장히 은밀한 행위잖아. 만약 다른 사람과 그런 일을 하면 네가 상처받을지도 모르고 또 그런 은

밀한 행위까지도 너와 함께 하고 싶은 거겠지.

또 뺨이 뜨거워졌다. 나윤이의 말이 맞다면 얼마나 좋을까. 나도 몰래 소원했다. 하지만 성건후는 나윤이처럼 그의 마음을 알기 쉽게 설명해 주지 않았다. 정말이지 불투명한 유리창 같은 남자였다.

"하지만 네가 그렇게 말해도 이미 늦었어. 나 그 사람한테 화냈어. 붙잡았는데 무시하고 와 버렸어. 다신 만나지 않을 생각으로. 그땐 그런 기분이었거든."

내가 꿍얼꿍얼 중얼거렸다. 갑자기 눈앞이 흐려지면서 시야가 막혀 버리고 나 자신이 바보스럽게 느껴졌다. 나윤이 해 준 말이 우리 사이의 비밀스러운 진실이라면 성건후는 분명히 상처를 받았을 텐데.

가슴이 울렁거렸다.

— 성건후도 다신 만나지 않겠대? 그 사람이 그렇게 말한 건 아니잖아.

나윤이가 내게 용기를 주려는 걸 장거리 통화로도 느낄 수 있었다.

— 그리고 지금까지 그 남자가 너한테 했던 행동들을 보면 쉽게 널 포기할 것 같지도 않은걸?

"정말 그럴까?"

정말로 성건후가 날 포기하지 않는다면 어쩌면……. 가슴이 벅찼다.

— 그래.

나윤이가 살풋이 웃었다. 그 살구꽃 웃음소리에 마음이 조금 가라앉았다.

— 이제 자야 하지 않아? 오늘 할아버지 만나러 간다고 했잖아?

끝까지 배려해 준 오래된 친구 덕에 나는 한결 가볍게 잠이 들 수 있었다.

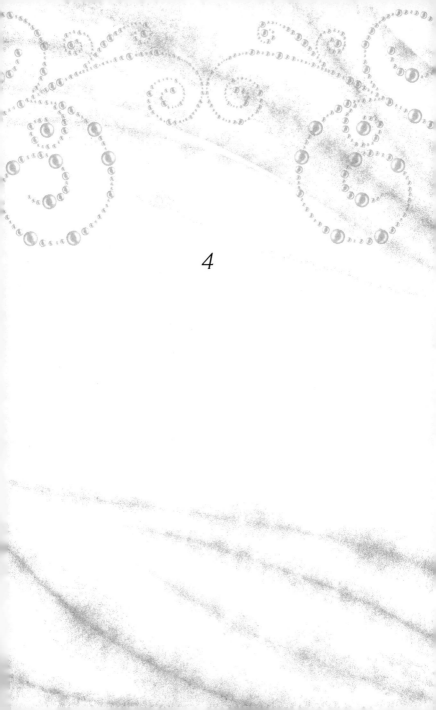

4

아침 일찍 날 데리러 온 유남 아저씨를 따라 이동하게 되었다. 벤츠 뒷좌석에는 할아버지가 이미 앉아 계셨다. 연세가 많음에도 불구하고 운동을 꾸준히 하시며 자기관리에 철저한 할아버지는 오늘도 평소처럼 세련된 슈트 차림이셨다. 또 깔끔하게 빗어 넘긴 헤어스타일에 혈색 좋은 건강한 얼굴이어서 변함없이 나를 안심시켜 주었다. 하지만 나는 그렇지 않은 모양이었다.

"얼굴이 상한 것 같구나. 집 떠나 마음고생 한 것 아니냐?"

다정한 할아버지의 말씀에 반가운 마음과 왠지 모를 서러움이 동시에 복받쳤다.

"하나하나 설명할 필요는 없다. 네 얼굴만 봐도 짐작이가니."

놀랍게도 할아버지는 말로 다 이를 수 없는 속사정을 조용히 헤아려 주시고 심지어는 손도 꼭 잡아 주셨다.

우리는 중간에 의상실에 들렀다. 늘 그랬듯 주말마다 있는 가족 모임이라고 생각해서 원피스를 입고 나왔는데 그렇지 않았다. 할아버지 말씀으로는 자선행사에 참여해야 한다는 거였다. 사업체를 몇 개나 운영하시는 할아버지였으니 많은 모임과 행사에 참석하시는 게 당연하지만 동행한 기억은 몇 없었다.

"이제 너도 슬슬 다른 늑대인간들에게 얼굴을 비쳐야 하지 않겠니."

사교계에 얼굴을 내밀라는 의미임을 나는 금세 알아차렸다. 하지만 마음의 준비도 되지 않은 데다 유일한 늑대인간 친구인 나윤이는 미국에 가 있는데 나 혼자서 어떻게? 관심도 없는걸. 내가 그 점을 설명했더니 할아버지는 심상히 대꾸하셨다.

"약혼자가 될 사람이 잘 리드해 줄 거다."

약혼자가 될 사람이라는 말에 충격을 받았다. 나는 자연스레 성건후를 떠올렸지만 할아버지가 언급한 사람은 분명 그가 아닐 거였다.

내가 뭐라 반박하기도 전에 곧 그 주인공이 나타났다. 김문주. 그 사람이 할아버지 대신 나를 에스코트해 의상실 안으로 데려가 내 몸에 딱 맞는 발렌티노 칵테일 드레스를 권해 주었다.

무척이나 고전적인 패턴의 미니 드레스이긴 하나, 약간의 반전으로서 치맛단에는 봉오리가 풍성한 봄꽃 무늬가 잔뜩 프린트되어 있었다. 계절감을 십분 느낄 수 있는 산뜻하고 아름다운 디자인이었다. 가장 마음에 들었던 것은 목덜미와 쇄골이 잘 드러나도록 각지게 파인 가슴 부분의 디테일이었다. 또 두껍고 어두운 색상의 허리띠는 드레스의 균형을 잡아 주고 허리도 강조해 주어서 여성미를 한껏 드러낼 수 있게 도와주었다.

"드레스는 회장님께서 고르셨지만 이건 제 선물입니다."

김문주가 목걸이를 선물로 주었다. 나는 할아버지를 흘끗 보았다. 당신은 매장 한쪽에 마련된 VIP룸에서 찻잔을 기울이고 계셨다.

"죄송하지만 거절할게요."

내 말에 김문주는 한쪽 눈썹을 씰룩 올렸다.

"저, 이걸 받으면 남자친구가 화낼 거예요."

성건후가 말했었다. 김문주에게 자신을 내 남자친구라 소개했다고. 그러니까 괜찮아. 하지만 역시 아직 합의되지 않은 호칭을 쓰는 건 어려웠다. 심장이 입 밖으로 튀어나올 것 같았다.

"그 남자는 뱀파이어입니다. 만나면 안 돼요."

김문주가 점잖게 경고했다.

"그런 사람과 결혼은커녕 제대로 만날 수 있겠습니까? 회
장님이 반대하실 게 뻔한데요."

"제가 결정할게요."

우리는 잠시 서로를 응시했다. 김문주는 더 이상 따지거
나 협박하지 않았다. 적어도 말로는 말이다. 그는 눈에 보이
지 않는 은근한 압박을 가하면서 기어이 내 목에 목걸이를
걸었다.

"이런 드레스를 입고서 목에 아무것도 하지 않으면 어색
해 보입니다."

그건 핑계일 뿐이라는 생각이 들었다. 실상은 나에 대한
소유권을 주장하는 것이었다. 그런데 이상하게도 그런 김문
주의 태도가 너무나 불쾌했다. 성건후에겐 마냥 설레기만 했
는데.

잠시 후에 우리는 한 호텔의 리셉션장에 들어섰다. 김문
주가 내게 팔을 내밀었지만 나는 할아버지에게 다가갔다.

"김 이사 곁에 있거라. 나는 바쁘니까."

하지만 할아버지 쪽에서 나를 밀어냈다. 그래도 김문주와
팔짱을 끼고 싶지는 않아 나는 긴 칵테일 바를 멀리 돌아가
공연히 바텐더에게 관심을 보냈다. 하지만 그것도 한계가 있
어서 결국 어느덧 내 곁에는 김문주가 있게 되었다. 할아버
지를 만난 반가움은 어딘가로 증발해 버리고 당신의 치밀한

계획에 속이 상했다.

이렇게 된 것이 오로지 김문주의 탓은 아니지만 어쩔 수 없이 나는 그의 곁에 있는 게 싫었고 그러다 보니 마음도 우울해졌다. 내 옆에 있는 사람이 성건후라면 좋겠다는 마음이 자꾸 들었다.

그를 모질게 등졌던 내 모습이 자꾸만 떠올랐다. 그러는 사이 이윽고 주최자의 인사 말씀이 이어진다는 사회자의 안내 멘트가 들려왔다. 나는 고개를 번쩍 들고 무대에 온 관심을 쏟았다. 평소라면 지루하게 생각했겠지만 오늘만큼은 그렇지 않았다.

"저희 장학재단의 성건후 이사장님이십니다. 박수로 맞아주시기 바랍니다."

귀를 의심하고 눈을 의심했다. 정말로 사회자가 지금 성건후라고 말한 거야? 맙소사. 정말이었다. 무대 위로 모습을 드러낸 것은 예의 남자답고 자신감이 넘치는 성건후였다.

그는 간략하게 자선행사의 목적에 대해 설명했다. 불우한 처지에 있는 혼혈 늑대인간 아이들을 위해 이렇듯 각계의 셀러브리티들을 대상으로 기금 마련을 하게 되었다는 것이 요지였다. 그는 나를 꼼짝 못하게 만들곤 하던 그 달변으로 리셉션장에 있는 수많은 VVIP 늑대인간들을 장악했다.

"이미 많은 분들에게 잘 알려져 있듯이 저는 인간의 손에 자란 뱀파이어입니다. 그럼에도 혼혈 늑대인간 아이들만을 위한 장학 제도를 만들었습니다. 무책임한 부모에게 버림받아 피붙이는 물론이요 변변한 동족 하나 만나지 못하고 이기적인 인간들 속에 둘러싸여 자란 아이들, 또 그렇게 힘든 처지에서 훌륭하게 자란 늑대인간 아이들 앞에서 종족 같은 것은 무의미하다는 걸 깨달았기 때문입니다."

박수가 터져 나왔다. 심지어 연설 내내 성건후를 노려보던 김문주도 느릿느릿 손뼉을 쳤다. 나는 가슴이 벅찼다. 말을 마친 성건후가 내 쪽을 흘끗 보았을 때엔 들고 있던 잔을 떨어트릴 뻔했다. 그는 좌중이 의아해할 만큼 긴 시간 동안 나를 응시했다. 사회자가 다음 순서를 안내하지 않았다면 언제까지고 그러고 있을 것만 같았다.

성건후는 무대 뒤로 사라졌지만 여운은 그대로였다. 나를 직시하던 그의 눈빛이 내 주변에 퍼져 있는 것 같았다. 그는 오직 나만을 뚫어져라 보고 있었지만 동시에 김문주의 존재를 거슬려했다. 나윤이의 말대로 나를 포기하지 않았던 것이다. 무릎에 힘이 풀려 잠시 비틀거렸다. 김문주가 나를 부축해 파우더 룸까지 데려다 주었다.

허리가 긴 소파에 걸터앉아 심호흡을 했다. 할아버지는 원래부터 성건후의 존재를 알고 있었을까? 그렇다면 그를 어떻게 생각할까? 가장 먼저 떠오른 생각이 그거였다.

미처 몰랐지만 성건후는 존경할 만한 사고방식을 가지고 있었다. 다른 그 무엇보다 그 점에 감명받은 나는, 할아버지

도 보이는 그대로 그가 좋은 사람임을 알아주었으면 좋겠다
고 진심으로 바랐다. 김문주가 마지못해 박수를 친 걸 보면
희망이 있었다. 덕택에 할아버지가 분명 이해해 주실 거란
믿음이 생겼다.

용기가 났다. 지금이라면 성건후를 다시 만나 그의 이야
기를 들어 볼 수 있을 것 같았다. 그런 마음으로 클러치백을
열었다가 낭패를 보았다. 성건후와 헤어진 이후 아이패드를
단 한 번도 꺼내지 않았던 것이었다. 그것은 아마 숄더백 안
에 고이 잠들어 있으리라. 바보같이.

내게는 한 번쯤 확인해 볼 용기도 없었던 거다. 그럼 전
화를 해 볼까, 생각했다가 이내 안 된다는 것을 알았다. 그
의 연락처는 오직 아이패드에만 들어 있었다.

지금까지 얼마나 정신이 없었는지 알 수 있는 대목이었
다. 나와 성건후는 서로가 지나치게 빨랐던 것이다. 조금 더
천천히, 많은 대화를 나누어야 한다는 생각이 들었다. 하지
만 그게 가능할까? 그를 떠올리면 심장박동부터가 이미 거
침없어지는데. 말문이 막혀 버리는데. 가만, 말문이 막힌다
고?

생각해 보면 성건후도 그런 말을 한 적이 있었다. 말문이
막히고 안절부절못한다고 했었다. 어쩌면 그는 정말 나를 좋
아하는 걸까. 어떡하지. 정말 그런 거라면…… 우리 마음이
똑같다면…….

그때 문 쪽에서 부스럭거리는 소리가 나, 나는 나쁜 짓을 하다 들킨 사람처럼 놀랐다. 하지만 그보다 더 놀라운 일은 인기척의 주인공이 성건후라는 사실이었다.

"달아나지 마."

움찔하는 내게 성건후가 고통스럽다는 얼굴로 경고했다. 그런 다음 검지를 세워 자기 입술에 가져갔다. 그러고서 느릿느릿 내게 접근했다. 하지만 예전처럼 거침없이 한 번에 거리를 확 좁히는 게 아니라 조심스럽게 눈치를 보았다. 그 사실이 나를 너무 고통스럽게 했다. 역시 그는 상처를 받은 거였다.

"잠깐 나가자."

"나간다구요? 어디로요? 여긴 또 어떻게……."

"내 차에."

간단히 대답한 성건후가 인상을 팍 찌푸렸다.

"가은이가 나랑 이야기하고 싶지 않은 건 알지만 목걸이에 대해서 한마디 해야겠어. 반드시."

나도 모르게 웃음이 나오려고 했다. 그렇게 헤어져 놓고 질투부터 하다니. 이렇게 곤란한 일이 또 있을까. 엉뚱한 이 남자 때문에 도무지 쉴 틈이 없단 말이야.

"빨리 나가야 돼. 박 비서 오래 못 버틴다고."

박 비서님께 김문주의 시선을 끌라고 한 모양이었다. 한데 그게 먹힌단 말이야?

"손잡아도 돼?"

성건후가 불쑥 물었다. 그 순간 누군가가 심장에 꿀밤을 안긴 듯한 기분이 들었다. 이 남자가 저런 질문을 다 하다니. 농담이 아닐까 하는 생각이 스쳤지만 그는 진짜로 머뭇거리고 있었다.

"대답해 줘, 얼른. 내가 가은이한테 그래도 되는지. 전처럼."

성건후가 재촉하는데 '전처럼'이라는 표현에 울컥하고 말았다. 나는 두 손을 모아 그의 손목을 움켜쥐었다. 차마 눈을 들여다볼 용기는 나지 않았다. 그저 미안할 뿐이었다.

내가 실수라도 한 것일까. 바쁘다던 성건후가 말없이 나를 쏘아보았다.

"왜요?"

내가 묻자 그는 와락 나를 안고 팔에 힘을 주었다. 숨이 막혔다. 가슴이 벅차고 눈물이 나서 견딜 수가 없었다. 조심스럽게 그의 등에 손을 두르자 굳어 있던 근육들이 움찔했다. 긴장하고 있었던 건가요. 궁금했지만 어쩐지 대답을 듣지 않아도 알 것 같았다.

성건후의 손은 뜨거웠다. 그에게 붙잡힌 손목으로부터 온몸으로 아릿아릿한 감각이 퍼져 나갔다. 우리는 호텔 복도를 내달렸다. 아찔한 높이의 스틸레토 힐을 신고 있었음에도 발이 조금도 아프지 않았다. 행사장을 피해, 행여나 마주칠지 모를 관계자들을 피해 그의 차를 찾아가는 길은 미로 같았지만 이상하게도 두렵거나 힘들지 않았다.

호텔 뒤편 야외 주차장에 주차되어 있는 리무진이 성건후의 차였다. 우리는 안락한 차 안으로 들어갔다. TV부터 미니 바까지 갖춰진 뒷좌석은 작은 방이나 다름없었고 뒷칸은 운전석과 완벽하게 분리되어 있어 프라이버시를 보장받을 수 있었다.

"이리 와."

문을 닫자마자 그가 나를 끌어당겨 안았다. 넓고 단단한 품이었다.

성건후는 내 귓가에 입술을 대고 숨을 크게 들이마셨다. 냄새로 나를 확인하려는 듯이. 그는 콧날로 머리카락을 쓸면서 목덜미와 어깨에 차례로 입을 맞추었다.

"아직도 화났어? 용서해 줘."

아. 그건 내가 할 이야기인데. 성건후를 마주 보기가 안타까운 나머지 눈을 감았다. 그러자 입술이 다가왔다. 그 입술이 내 입술을 뒤덮기 직전, 우리 사이에 강렬한 정전기가 튀었다. 아랫입술이 파르르 떨린 것은 그 때문이었다.

우리 둘, 가운데의 벌어진 입술 새로 뜨거운 호흡이 들락날락했다. 성건후는 자기 입술로 내 입술을 물었다 놓으면서 갈급하게 입 맞췄다. 이러면 안 되는데. 할 말이 많은데. 나는 우리가 잠시 이별했다는 사실이 괴롭고 힘들어서, 내 입술에 아직도 그가 닿는지 확인하고 싶어서 그를 멈추게 하지 못했다.

"이 목걸인 안 돼. 보나 마나 그 자식이 줬겠지."

입술을 떼면서 성건후가 목걸이에 손가락을 걸더니 확 잡아 뜯었다. 순식간의 일이었지만 피부가 눌려 잠깐 아팠다. 그는 손에 목걸이를 쥔 채 내 목덜미를 감싸 쥐고 입술을 눌렀다. 다시금 거칠게 들이마시는 그의 숨소리. 어머. 놀랐지만 어쩐지 통쾌하기도 하고 그로 인해 나 자신이 이런 접촉을 간절히 기다렸음을 깨달았다.

"기다려요."

성건후를 밀어내며 내가 말했다. 벌어진 그의 입술 아래로 새하얗고 튼튼한 송곳니가 보였다. 붉은 혀가 그것을 맛있게 핥았다. 숨 막히는 광경이었지만 거기에 정신을 팔 때가 아니었다.

"우리 할 이야기가 많잖아요."

"그래. 그랬지."

성건후가 가까스로 진정하면서 머리를 쓸어 올렸다.

"하지만 지금 시간이 없어. 다시 행사장으로 가 봐야 돼. 내가 보낸 메시지는 받았어?"

나는 고개를 저었다. 미처 확인하지 못했다. 사실 볼 용기도 나지 않았다.

"못 봤을 거라 생각했어. 안 그랬으면 저 자식과 오지 않왔겠지."

"날 초대했던 거예요?"

"그래."

성건후가 초조하게 시간을 확인했다.

"내가 어떤 사람인지 보여 주려고. 어디까지 할 수 있는 지 보라고."

나는 그가 스무고개 하듯 던졌던 말들을 하나하나 떠올렸 다. 우리 사이의 문제는 자기가 고민하겠다고 자신만만해하 던 건 허세가 아니었다.

"혹시 우리 다퉜던 날 급한 일이 생겼다고 한 건, 이것 때문이었던 거예요? 하지만 왜요?"

"말했잖아. 난 단도직입적으로 말하는 사람이 아니라고. 그나저나 김문주가 박수 치는 건 봤는데, 할아버님은 좋아하 시던가?"

가슴이 철렁했다. 성건후는 정말이지 작은 것 하나 놓치 지 않았다. 하지만 나도 언제까지나 그의 마법에 속수무책으 로 당하기만 할 수는 없었다. 묻고 싶은 게 많았다.

"내게는 더 근본적인 궁금증이 있어요. 왜 뱀파이어인 당 신이 늑대인간을 위해 이런 걸 하는데요?"

"안 그러면 가은이가 날 오해할 테니까. 나한테는 흠이 많거든."

성건후가 조급하게 내뱉었다. 그러고 나서 날카로운 눈으로 나를 흘끗 보더니 뭔가 미진했다는 듯 덧붙였다.

"그렇다고 내가 가지고 있는 하자 때문에 포기할 생각 따위 전혀 없으니."

"솔직하게 말해 주면 오해하지 않아요."

내가 성건후의 말을 가로챘다. 이제 더 이상 그와 갈등하기를 원치 않았다. 그토록 심장 얼얼한 고통은 사양하고 싶었다.

"잊어버렸어. 솔직한 말 같은 건. 가은이 앞에선 백지가 되어 버린다고 이미 설명했잖아."

성건후가 딱 잘라 말했다. 무심코 눈이 번쩍 뜨일 만큼 냉담했다.

"대신에 솔직한 표현은 있을지 모르지."

짓궂게도 그는 음험한 미소를 내비쳤다. 그의 못된 웃음은 내 목덜미 부근에서 메아리쳤다. 하지만 그 속에는 알맹이가 없었다. 정말이지 속상했다.

"나도 그래요. 나도 당신 때문에……."

답답한 마음에 성건후의 가슴을 톡 때렸다. 하지만 내 행동은 그저 그의 심장에 대고 노크하는 정도에 그쳤을 뿐이었다. 성건후는 내 손을 부드럽게 들어 올려 손가락 관절에 입 맞췄다.

"알아. 궁금한 게 있으면 물어봐. 대답할 수 있는지 보자."

묘하게 논점을 흐리는 듯한 이 느낌은 뭘까. 기분 탓이라면 좋겠는데……. 대답할 수 없는 질문은 대답해 주지 않겠다는 뜻인 거야? 제발 날 불안하게 하지 마요. 나는 속으로 부탁했다.

"방금 말한 흠이라는 건 뭐예요?"

"흐음."

성건후는 어깨를 으쓱하더니 딴청을 피웠다. 내 목덜미에 관심을 쏟기 시작한 것이었다. 키스 때문에 민감해진 자리였다.

"선물이 있어."

그는 내 속도 모르고 내 긴 머리카락을 어깨 너머로 넘겼다.

"이야기에 집중해요."

그때, 성건후의 핸드폰이 울렸다. 박 비서님이었다. 그의 목소리를 들을 수 있을 만큼 우리는 가까이 붙어 있었던 것이다.

— 이제 슬슬 행사장으로 돌아오셔야 할 것 같습니다, 사장님. 후원자분들께 인사를 드려야 하니까요. 파트너분도 기다리고 계십니다.

"미안한데 30분 정도 미룰 수 있나."

— 사장님.

엄격한 박 비서님이었다. 그러자 성건후가 나를 향해 '봤지?' 라며 입 모양으로 말한 다음 어깨를 으쓱했다.

— 15분 정도라면 어떻게든 시간을 벌어 보죠.

"좋아."

바로 전화를 끊은 성건후는 김문주가 사 준 목걸이와 함께 핸드폰을 주머니에 넣더니 재킷 안쪽을 뒤적거렸다. 그가 꺼낸 것은 여러 겹의 줄로 된 목걸이였다. 줄은 대여섯 개 정도 되는 것으로 굵기는 얇았지만 크고 작은 보석들이 저마다의 불규칙한 빛을 내며 반짝거렸다.

성건후는 내 목에 직접 목걸이를 걸어 주고서 무척 흡족해했다. 마찬가지로 나도 행복했다. 거울을 볼 수 없어도 목걸이가 얼마나 내게 잘 어울리는지, 그의 표정으로 짐작할 수 있었다.

"예뻐."

"고마워요."

성건후가 두 손으로 허리를 감싸 쥐더니 나를 자기 무릎 위에 가볍게 앉혔다. 그러고는 목걸이 선물이 나를 얼마나 더 예쁘게 만들었는지 직접 확인했다. 굵직하지만 동시에 섬세한 손가락으로 목덜미를 어루만지고 턱 주변을 입술로 쓸었다. 목걸이를 비롯해 그걸 걸고 있는 내게도 자신의 손때를 묻히고 싶은 것 같았다.

"우리 조금만 더 이야기하고 헤어져요."

나도 언제까지나 성건후의 손길에 몸을 내맡기고 싶었다.

하지만 시간이 촉박했다.

"당신에 대해 알아봤어요. 당신과 뱀파이어에 대해서. 우선 미안해요. 제가 모르는 게 많았거든요."

직접 물어보지 못한 부족해도 한참 부족한 용기에 대해 사과했다. 또, 비록 말로 표현하지는 못했지만 성건후를 슬며시 일별함으로써 그의 페로몬 속에서 허우적거릴 수밖에 없었던 상황과 그 원인 제공자에 대해 책망도 했다. 하지만 성건후의 반응은 의외였다.

"난 좋은데. 나에 대해 슬슬 알고 싶어졌다니까 기쁘고."

정말. 성건후를 향해 마주 웃어 주긴 했지만 그에게는 아직도 미심쩍은 구석이 있었다. 나는 단도직입적으로 물었다.

"손희원이라는 여자 알아요?"

목소리가 흔들렸다. 감정을 감추고 싶었지만 손 대리가 내 소중한 선물들을 버린 일이 떠올랐다.

"모르겠는데."

성건후의 대답은 너무 빨랐다.

"거짓말하지 않는다고 했잖아요. 그런데 어떻게 그렇게 빨리 대답할 수 있어요. 생각도 하지 않고서요."

단호히 쏘아붙였다. 만약 성건후가 내게서 손 대리의 존재를 감추려고 이러는 거라면 참지 않을 생각이었다.

"당신에게 피를 제공해 줬던 여자 중 하나라서 그런 거예요?"

"솔직히 말해 난 계약이 끝난 여자 이름을 일일이 기억하지 않아. 오히려 깨끗이 잊으려고 하는 편이지. 때때로 이름 같은 건 확인하지 않은 채 피만 제공받기도 했고."

성건후는 이번에는 조금 시간을 두고 대답했다.

"그런데 지금 질투하는 거야?"

"대답하지 않을 거예요. 좀 더 제대로 생각할 때까지는요."

기습에 뺨이 붉어졌다. 비록 성건후가 거짓말을 하는 것 같지는 않았지만 확실히 해 두고 싶었다. 겨우 이렇게 가까워졌는데. 그가 거짓말을 하는 것만큼은 생각도 하기 싫었다.

"왜 그 여자 이름을 모른다는 거예요."

"가은이가 나보다 더 잘 아는 것 같은데 차라리 속 시원하게 알려 주지 그래? 그 여자가 누군데. 우리 자기를 괴롭히기라도 했나?"

괴롭혔냐는 말에 몸이 떨렸다. 성건후는 내 반응에 관심을 기울였다.

"내가 직접 혼내 줘야 하는 여자인가?"

"성건후 씨 장학재단에서 후원해 줬다고 하던데요. 가장 우수한 학생이었다고 들었어요."

눈자위에 물기가 어룽어룽했다. 나는 진지하게 성건후의 눈을 들여다보았다. 그는 난처한 표정이었다.

"오해하는 거 싫어요. 차라리 가슴이 아프더라도 솔직한 이야기를 듣는 게 좋다구요."

"그건 나도 마찬가지야."

성건후는 잠시 기다려 보라며 박 비서님께 전화를 했다. 아예 스피커폰으로 통화 모드를 바꾼 그는 손 대리에 대해 단도직입적으로 물었고, 그 말에 박 비서님은 황당해했다.

— 손희원 양은 아까 말씀드렸던 파트너분입니다. 쿼터 혼혈인 늑대인간 아가씨 말입니다. 저희 장학재단의 가장 훌륭한 학생이라고 말씀드렸잖습니까. 사장님과 함께 후원자분들에게 인사를 하기로 했고요. 앞으로 5분 남았습니다. 서둘러 주십시오.

"몰랐단 말이에요?"

"가은이가 연락을 받지 않아서 이렇게 된 거잖아. 원래 오늘 내 파트너는 너였어야 했는데."

전화를 끊자마자 내가 물었지만 성건후는 오히려 적반하장으로 나왔다. 어쩜 이렇게 엉뚱할 수가.

"하지만 장학재단의 이사장이 바로 당신이잖아요."

"가은아. 난 그렇게 따뜻한 남자가 아니야. 피를 제공한 여자는 물론 후원한 학생들도 일일이 기억하지도 않아. 그러고 싶지도 않고. 장학재단에는 내 뜻과 좋은 의미가 반영되면 그만이지 개인적인 관계를 맺을 이유는 없어. 불필요하니까. 괜한 오해를 살 생각도 없고. 늘 말하지만 이렇게 뒤를 쫓아다니면서까지 일일이 신경 쓰고 배려하는 건 가은이 너 하나뿐이야."

손 대리라는 무거운 짐이 순식간에 날아가 버렸다. 성건후가 자기 입으로 냉정한 사람임을 고백했음에도 불구하고 거리감을 조금도 느낄 수가 없었다.

"그래서 그 여자와 무슨 일이 있었는데?"

부드럽게 물어 오는 성건후였지만 언짢은 기색이 역력했다. 때문에 사실대로 이야기할 수가 없었다. 손 대리가 내게 못된 짓을 했다손 치더라도 이런 자리에서 그녀를 난처하게 만들고 싶지는 않았다.

"공교롭게도 그 여자가 제 직장 상사인데 제 정체는 물론이고 성건후 씨도 잘 알고 있는 눈치여서요."

성건후의 눈빛이 범상치 않았다. 하지만 나로서는 이 정도가 최선이었다.

"만약 그녀가 순수한 혈통의 늑대인간이었다면 동족임을 첫눈에 알아봤을 텐데……."

난처한 나머지 말끝을 흐리는데 박 비서님이 차창을 똑똑 두드렸다. 시간이 다 된 모양이었다. 문을 열고 나가니 박 비서님뿐만 아니라 손 대리도 있었다.

손 대리는 회사에서보다 훨씬 우아한 모습이었다. 스타일은 나와 똑같은 칵테일 드레스였지만 그녀의 드레스는 길이가 길어 여성스러웠다. 또한 실크 소재의 옷감은 잘록한 허리 부분부터 발목까지 기품 있게 휘감으며 몸매를 온전히 드러냈다. 같은 옷이라도 사랑스러운 쪽에 가까운 내 미니 드레스와 무척이나 대조적이었다.

"안녕하세요. 이사장님 저는 손……."

"인사는 생략하죠. 통성명은 안 했지만 피차 이름은 알고 있으니까 그걸로."

성건후는 손 대리의 인사를 무시했다. 지켜보는 내 마음이 조마조마할 정도로 그는 태연스러웠다. 손 대리의 얼굴은 수치심으로 붉어졌다.

"그리고 오늘은 여기 박 비서와 동행하시는 게 좋겠습니다."

자기 입으로 이야기했듯 성건후는 정말로 따뜻한 사람이 아니었다. 손 대리를 주시하는 동시에 보란 듯이 내 어깨를 감싸 안을 만큼 나쁜 남자였다. 그는 나를 데리고 유유히 리셉션장으로 이동했다.

"성건후 씨 파트너는 저 여자잖아요. 그런 식으로 대했으니 자존심이 상했을 텐데."

내가 지적했지만 성건후는 웃지도 않았다. 나는 가던 길을 멈추었다.

"다시 돌아가요. 돌아가서……."

"일을 바로잡는 것뿐이야."

성건후가 한 말이라곤 그게 다였다. 변명도 없었고 나를 설득하려고도 하지 않았다. 나는 그의 말에 내포된 이중적인 의미를 알아챘다. 바로잡는다는 말 속에는 당장의 문제뿐만 아니라 나와 손 대리 사이의 문제도 포함되어 있었던 것이다.

"아직도 여기 계셨습니까?"

리셉션장 입구에서 김문주와 마주쳤을 때에도 성건후는 손 대리 앞에서처럼 다정함을 한껏 과시하고는 목걸이도 돌려주었다. 하지만 김문주는 손 대리처럼 호락호락하지 않아서 성건후를 불러 세워 신경전을 벌였다.

"가은 양은 제 파트너라 직접 모시고 가야 되겠는데요."

"상황이 바뀐 것 같습니다. 저리 좀 비키시죠."

그야말로 일촉즉발이었다. 더구나 성건후의 빈정거리는 솜씨도 분위기를 험악하게 만드는 데 한몫했다.

"내가 가은이를 데려가는 건 괜찮겠지."

세상에. 할아버지……!

할아버지가 나타나셨다. 우리가 너무 소란을 피워서인지 아니면 짐작하고 나오신 것인지는 모르지만 당신께서 그렇게 말씀하시는데 반박할 수 있는 남자는 아무도 없었다.

나는 떨어지기 싫다는 신호를 미친 듯이 발산하는 성건후에게서 몇 발짝 물러섰다. 언제 거칠게 돌변할지 모를 뱀파이어가 바로 그였다. 하지만 할아버지 앞에서 잘 보여야 한다는 계산이 끝나자 김문주보다 더 살갑게 우리를 리셉션장

안까지 경호했다.

"이래 봐야 택도 없다네."

대뜸 할아버지께서 말씀하셨다. 성건후가 할아버지께 드리려고 언더록 위스키를 가져온 순간이었다. 잔 속에는 잔의 직경에 완벽하게 일치하는, 나아가 아름답기까지 한 구 모양의 얼음이 들어 있었는데 할아버지의 단호한 말씀 한 마디에 그 얼음이 달그락달그락 흔들렸다.

나는 성건후의 심리를 헤아려 보았다. 분명 당혹스럽고 부끄럽기도 할 거였다. '택도 없다'니. 심지어 나도 그에게 그런 말을 했던 적이 있었다.

"어르신. 저는 가은이를……."

"이유는 자네가 더 잘 알겠지."

할아버지는 아무 말도 듣고 싶지 않다는 듯이, 성건후를 등지고 다른 사람에게 말을 걸었다. 성건후의 얼굴에 순간 낭패의 빛이 어렸지만 그는 굴하지 않았다.

할아버지가 말을 건 사람에게 자신을 소개하고, 허리가 꺾일 정도로 깍듯이 인사하며 오히려 할아버지보다 더 살갑게 굴었다. 언뜻 사업 이야기를 곁들여 가며, 할아버지만 원한다면 어떤 회사와 거래를 해도 자신이 훌륭한 중개인이되어 줄 수 있음을 피력했다.

그것은 순수한, 정말로 우리 두 사람을 위한 노력이었다. 섣불리 내 이름을 언급하지 않는 것만 봐도 알 수 있었다.

성건후의 마음이 조급하고 어리석다면 할아버지가 뭐라 하건 자꾸 우리 이야기를 하려고 했을 텐데, 그는 철저하게 할아버지의 관심사에만 집중했다. 그렇게 리셉션장을 한 바퀴 돌았다.

이제껏 나는 한 번도 성건후가 쉽게 굴욕을 받아들일 수 있는 남자라고 생각하지 않았다. 할아버지의 시험과 심술이 우리의 앞날을 보장해 주는 게 아님에도 눈치 보지 않고 당당하게 시험대에 오르는 그가 내게는 낯설었다. 당연히 치밀한 계획하에 우리 사이를 허락하지 않으면 안 될 덫을 놓지 않을까 예상했고 심지어 또 어떻게 나를 놀라게 만들까 막연히 기대도 했다.

하지만 나는 그런 자신을 반성하지 않으면 안 됐다. 성건후는 필요할 땐 얼마든지 성실할 수 있는 사람이었던 것이다.

"이야기만이라도 들어 주십시오, 어르신."

성건후가 좋은 테이블을 직접 맡아 놓고 안내까지 하자, 할아버지는 마지못해 자리에 앉으셨다. 나도 가만히 있을 수가 없어 당신 입안에 말린 대추야자에 작게 자른 브리 치즈를 얹어 넣어드렸다. 할아버지는 그것을 오랜 시간 동안 공을 들여 천천히 씹으신 다음 위스키를 한 모금 했다. 나는 기뻤다. 성건후가 특별히 만들어 온 온더락이었으니까.

"내 말 먼저 듣지."

무슨 말씀을 하시려는 걸까. 가슴이 뛰었다. 테이블 밑으로 성건후가 내 손을 슬며시 잡았다. 펄쩍 뛸 뻔했지만 꾹 참았다.

"지금 가은이가 세 들어 사는 집이 자네 건물이라지?"

"네, 어르신."

"나는 무척 민주적인 사람이라 가은이를 강제로 이사시키고 싶은 마음이 없다네. 그러니 계속 내게 잘 보이고 싶다면 일단 가은이가 본가로 돌아오도록 설득해 주겠나?"

"할아버지!"

너무하시잖아요, 라고 속으로 덧붙이면서 눈빛으로 반기를 들었다. 그 순간 성건후가 엄지로 내 손바닥을 쿡 찔렀다. 나를 진정시켜 주려고. 고마웠다.

"가은이에게 거짓말하지 말게."

할아버지의 눈빛이 달라졌다. 아까까지는 싱글싱글 웃으며 성건후를 시험하고자 하는 짓궂음이 있었다. 그러나 이제는 심각하고, 진지했다.

"거짓말하지 않습니다."

"숨기지 말고 다 털어놓도록. 그 전에 날 먼저 만나려고 하지 않았으면 좋겠네."

"무슨 이야기인지는 압니다만 어르신, 드릴 말씀이 있습니다. 오해십니다."

오해라니, 뭐가 오해라는 걸까? 숨기지 말고 털어놔야 한

다니. 혹시 그가 내 피를 빨고 싶어 해서 그러는 거라면 나는 괜찮은데.

"가은아."

"네?"

피 생각을 해서일까. 괜히 찔리는 바람에 내 얼굴은 빨갛게 달아오르고 말았다.

"김 군에게 가서 10분 뒤에 돌아가자고 전해라. 그리고 자네, 뱀파이어군. 5분 정도라면 이야기를 들어 볼 수도 있겠어."

"할아버지, 전……."

내가 망설일 때 성건후가 손을 놓아주었기 때문에 움직일 수 있었다. 자리를 피하는 쪽이 어쩌면 그에게 도움이 될지도 모른다는 생각이 들었다. 과연 내가 자리에서 일어나자 성건후와 할아버지는 개인실로 향했다.

헤어지기 전에 눈이라도 마주칠 수 있을까 했는데 그 바람에 그러지도 못했다. 할아버지 눈치를 보느라 나 역시 조심했던 것이다.

집에 돌아가는 길은 답답하기 그지없었다. 헤어질 때 성건후가 나타나길 바랐지만 그는 행사장 밖으로 나오지 않았다. 무슨 이야기를 나눴는지 할아버지가 가르쳐 주실 리도 없으니 내가 할 수 있는 일이라곤 차가 막히지 않길 비는 것뿐이었다.

오늘 1층 카페가 영업 중이었다. 박 비서님은 성건후와 있어야 할 텐데 어떻게 된 일일까. 궁금해서 안을 들여다보았다. 손 대리가 있었다. 그녀의 만면에 불쾌함이 퍼져 있었다. 성건후의 지시를 받았겠지 싶으면서도 심장이 철렁했다.

손 대리는 오만하고 불편한 기색을 감추지 않고 박 비서님에게 커피 시중을 받았다. 그러다 나와 눈이 마주쳤는데, 세상에, 물컵을 들더니 벌떡 일어나 밖으로 나오는 것이었다.

기세에 떠밀려 주춤거리다 그만 물세례를 맞고 말았다. 생각할 틈도 없이 나는 반사적으로 그녀의 뺨에 손을 둘렀다. 고개가 돌아간 채, 손 대리가 입술을 달싹거렸다. 움직이는 모양으로 봐서 욕을 하는 것 같았다.

어떡해. 나는 젖은 머리카락을 귀 뒤로 넘기면서 아무래도 일을 저지른 모양이라고 생각했다. 막 손 대리 뒤를 따라 나오던 박 비서님이 보였다. 이런 상황은 예상치 못한 것이었는지 그는 문 앞에서 굳어 버렸다.

"못 배운 거 티 내니?"

신경질적으로 물컵을 내던진 손 대리가 물었다.

"네?"

나는 사과를 해야 할지 어떡해야 할지 고민하면서 바닥을 구르는 물컵을 보았다. 휴. 다행이구나. 아크릴이라 깨지지 않았어.

"그 사람 오늘 내 파트너였어. 그런데 뒤에서 몰래 살금 살금 따라와서 가로채 가? 그게 무슨 막돼먹은 짓이야?"

말하다가 화가 치밀었는지 손 대리는 내 뺨을 겨냥해 손을 들어 올렸다. 이래도 될까 생각하면서도 나는 그녀의 손목을 턱 잡았다. 늑대인간의 근력이 빛을 발하는 순간이었다. 그런데 비록 쿼터라손 치터라도 늑대인간인 점은 손 대리도 마찬가지여서 우리는 그 상태로 힘 씨름을 해야 했다.

결국 내가 먼저 슬며시 팔에 힘을 뺐다. 손 대리는 그대로 나를 떠밀었고 아뿔싸 하는 사이 치맛자락이 야외 테라스의 발코니 끄트머리에 걸려 찢어졌다.

그녀는 내 뒤통수를 연이어 후려쳤다. 치마에 신경 쓰는 사이 벌어진 일이었다. 손 대리는 거기서 그치지 않기로 했는지 다시 따귀를 노렸지만 그 아슬아슬한 순간에 박 비서님이 나를 보호했다.

"네가 뭘 잘 모르는 모양인데 그 사람이 왜 너한테 접근했는지 알려 줄까?"

"관심 없어요. 손 대리님보다 내가 더 잘 아니까."

속이 부글부글 끓었지만 나도 모르게 힘을 쓴 것도 있고, 흥분하고 싶지도 않아서 나는 침착하게 쏘아붙였다. 할아버지 앞에서 성실한 모습을 보여 주었던 성건후를 생각하니 나도 바보같이 굴 수 없겠다 싶었다.

"정 궁금해지면 제가 직접 물어볼게요. 그러니까 그 사람이라고 하지 말아 주실래요? 어디다 대고요."

손 대리의 입이 어이없다는 듯 벌어졌다. 하지만 그것도 잠시, 그녀는 지기 싫다는 듯 씩씩거리며 이렇게 말했다.

"정신 차려. 그 사람 너 좋아서 그러는 거 아냐. 네가 늑대인간이라서 그런 거지."

"손희원 양!"

박 비서님이 경고하듯 손 대리의 이름을 불렀지만 그녀는 이미 흥분할 대로 흥분한 상태였다. 박 비서님의 말을 귀담아들을 수 있는 상황이 아니었다.

"그 사람은……."

"정신은 대리님이 차리셔야 할 것 같은데요. 대리님은 '그 사람' 운운할 입장이 아니에요. 내 남자니까."

손 대리의 말을 과감히 잘랐다. 하지만 앞으로의 직장 생활도 과히 힘들어지리라는 예감이 들었다.

난 어쩌려고 이러는 걸까. 그래도 성건후를 놓고 싸우는 싸움이라면 지고 싶은 생각이 조금도 들지 않았다. 오히려 기를 쓰고 이기고 싶었다. 이런 내 겁나는 마음을 그에게 들키면 흉이 될까 봐 무섭기도 했지만 그런 기분도 잠시였다.

"그 사람은 늑대인간의 피밖에 못 마시는 뱀파이어야! 그

래서 접근한 거라고. 당연히 원래부터 널 알고 있었지. 먹잇
감이니까. 그게 아니었음 넌 눈에 띄지도 않았어. 생각해
봐. 네가 늑대인간이라는 걸 알고도 놀라지 않았을걸? 네 피
맛을 보고 계약서를 쓰자고 했었지? 그게 그 사람 방식이
야."

손 대리가 한 말 한 자 한 자가 유리 파편처럼 박혔다. 이
어 성건후에게서 넌지시 풍기던 암시적인 말과 행동이 떠올
랐다. 늑대인간임을 밝혔을 때에도 그게 뭐 어때서라고 하며
보이던 시큰둥한 반응도.

"손희원 양!"

박 비서님이 황급히 손 대리의 말을 잘랐다.

"귀담아듣지 마십시오. 사장님께서 제대로 설명해 주실
겁니다."

충성심 때문에 그렇게 말한 것이겠지만 박 비서님의 이야
기는 손 대리가 한 말의 신빙성을 더해 주는 결과만 낳고 말
았다.

나는 그에게서 떨어졌다. 그리고 물컵을 집어 되돌려 주
었다. 그런 다음 두 사람에게 꾸벅 인사했다. 왜 인사했는지
는 나도 알 수 없었다. 나, 제정신이 아니구나. 그런 생각만
했을 뿐, 비틀거리는 걸음을 겨우 가누고 엘리베이터에 올라
타는 게 고작이었다.

벨소리에 잠에서 깼다. 시간은 밤 열한 시였고 나는 아직도 드레스 차림이었다. 소파에 아무렇게나 널브러져 울다가 잠이 들어 버린 거였다. 스탠드 하나에만 불을 밝히고 현관으로 나갔다. 그렇게 생각 없이 문을 여는데 성건후가 나타났다. 그는 묵묵히 나를 응시다가 던지듯 툭 물었다.

"가은이, 울었어?"

성건후는 내 어깨를 지그시 잡더니 상체를 수그려 내 이마에 입술을 눌렀다. 그러고는 나를 번쩍 안아 들었다. 자세가 바뀌자 그의 입술 위치도 바뀌었다. 자연스럽게 내 뺨에 입술을 나긋이 대고서, 성건후는 집 안으로 들어가 나를 소파에 앉혔다.

"누가 가은이를 울렸지? 고자질해 봐."

내 앞에 한쪽 무릎을 꿇으며 성건후가 물었다. 다 알고 있을 게 뻔하면서도 심각한 그를 보니 마음이 울컥했다. 나는 그냥 고개를 저었다.

내가 그를 믿지 않아서, 전처럼 불안해서 이러는 건 아니었다. 손 대리가 그토록 제멋대로 떠들게 내버려 둘 수밖에 없었던 그 상황이 분했다. 내가 모르는 사실을 그녀가 알고 있다는 게 화가 났다.

"당신이 나한테 해 줘야 할 이야기를 손 대리가 하는 이

유가 뭐죠? 당신, 왜 내가 그렇게 되도록 가만히 놔뒀어
요?"

내가 쏘아붙이자 성건후는 흠칫 굳었다가 미간을 찌푸리
며 한숨을 내쉬었다. 쓸쓸해 보이면서도 면목 없어 하는 얼
굴이었다.

"기회를 잡지 못한 것뿐이야. 내 마음을 확실히 정하기
전까지는 서로를 위해서 기다려야겠다고 생각했으니까. 그
러다 오해하는 것도 싫고."

"오해하더라도 당신이 풀어 줄 거라고 생각했는데요. 항
상 날 쫓아왔잖아요."

성건후는 두 팔을 힘없이 늘어뜨렸다. 풀 죽은 그 때문에
마음이 쓰렸다.

"만약 당신이 계속 뭔가를 감춘 채 쫓아오기로 마음먹었
다면 저는 달아날 수밖에 없어요. 무서우니까요. 불안하고
요. 제 말 무슨 이야긴지 알죠."

눈물이 나려고 했다. 나는 신경질적으로 치맛자락의 찢어
진 부분을 잡아 뜯었다.

"그러지 마."

성건후가 핑계 삼아 내 손을 잡았다. 나는 그의 손을 홱
뿌리쳤다.

"늑대인간이라서 날 선택했나요? 처음부터 날 알고 있었
어요? 당신이 그런 느낌을 줬다는 건 알아요. 하지만 호감이

라고 생각했어요. 만약 그게 아니라면…… 창피해서 죽고
싶어질 거예요."

"처음부터 가은이를 알고 있었냐고?"

갑자기 성건후가 피식 웃었다. 어딘가 허탈해 보이는 미
소였다.

"그래. 맞아. 난 가은이를 알고 있었지. 처음부터가 아니
라 오래전부터. 그런데 그게 그렇게 화낼 일인가?"

그럼 화낼 일이 아니란 말이야? 하지만 성건후는 의미심
장하게 말을 끝내 버리고는 오랜 시간 동안 침묵을 지켰다.

내가 말했다.

"그럼 이것만이라도 확실히 대답해 줘요. 계약서는요? 그
건 왜 쓰려고 했어요? 그 안에 있는 딱딱한 말들 때문에 너
무 아팠단 말이에요. 다른 여자들과 똑같은 취급을 받는 것
같아서. 마음으로 다가갈 수 없어서. 그게 얼마나 쓰린 건지
알아요?"

"섹스에 대한 합의사항 때문이었지. 피를 빨다가 가은이
를 갖게 될까 봐. 이미 암시했던 것 같은데."

순간 얼굴이 달아올랐다. 성건후는 침착하게 말을 이었다.

"또 피를 빠는 것과 내가 가은이에게 갖는 감정은 별개니
까. 그러니까 더 중요하다는 거야. 이 두 가지가 전혀 다르
니까! 굶주림과 사랑이 다른 만큼."

스치듯 지나간 사랑이라는 말에 가슴이 철렁 내려앉았다.

"그, 그런 걸 정해 두고 한다는 것 자체가 제겐 이해되지 않아요. 그리고 난 이미 당신에게 피를 줬잖아요. 괜찮았으면서."

"뭘 모르는군, 이 순진한 아가씨가."

성건후의 음성이 갑작스레 낮고 묵직해졌다.

"그때 내가 얼마나 참았는지."

그는 날카로운 눈으로 나를 쏘아보았다. 흐읍. 나는 숨을 들이마셨다. 누군가가 허리띠를 힘껏 졸라맨 것 같았다.

"진짜 피를 빠는 게 어떤 건지 알면 가은이 스스로 계약서를 찾게 될 텐데."

나직이 중얼거리는 말에 소름이 돋았다.

"정말 혼나 보고 싶어?"

정신없이 치맛자락을 쥐어뜯는 내 손등을 찰싹 때리더니 성건후가 쏘아붙였다. 만약 그에게 혼이 난다면, 그 이유가 뭘까. 치맛자락 때문일까, 아니면 참지 못하게끔 내가 그를 부추겼기 때문일까?

"우리한테 시간이 없었다는 건 가은이도 알고 있지. 정신 없이 빠져들었으니까."

성건후가 느릿느릿 일어나며 말했다. 그는 선 채로 나를 내려다보며 넥타이 매듭에 손가락을 넣고 아래로 내렸다. 영문은 알 수 없었지만 심장이 무섭게 뛰었다.

느슨해진 넥타이가 내 머리 위에서 시계추처럼 흔들렸다.

그것이 콧날에 닿는가 싶었을 때, 성건후가 나를 일으켜 세웠다.

"그러니까 다시 시작하는 마음으로, 하나하나 가르쳐 주는 데에 불만 없겠지."

"네?"

"침실이 어디야."

가슴이 철렁했다. 성건후는 집 안을 쓱 둘러보더니 내 손목을 잡고 침대가 있는 방으로 들어갔다. 그리고 나를 침대에 걸터앉게 했다.

"드레스는 불편할 텐데."

넥타이를 잡아 빼며 성건후가 무심히 말했다. 그 무심함은 둔탁하지 않고 섬세해서 자칫하면 베일 것 같았다.

"전 괜찮아요."

내가 긴장한 채 대꾸하자, 성건후는 예의 날렵한 무심함으로 피식 웃었다.

"가은이가 아니라 내가 불편해."

오싹했다. 여름의 잡초 같은 소름이 온몸에 무성히 돋아났다.

"목걸이 풀어."

성건후의 긴 손가락이 내 목덜미 부근을 가리켰다. 마치 어느 부위를 물지 가늠해 보는 것만 같았다. 나는 떨리는 손을 주체하지 못하고 또 치맛자락만 움켜쥐었다.

"목걸이 풀라고, 유가은. 그 맛있어 보이는 목덜미, 나한테 보여 줘. 네가 직접."

결국 나는 해내지 못했다. 그사이 성건후가 내 앞에 느릿느릿 무릎을 꿇었다. 그는 내 두 손을 가져가 손바닥을 보이게 한 다음 한쪽씩 정성껏 키스했다. 그리고 그것을 가슴에 가져가 자기 심장이 얼마나 빠르게 뛰는지 가르쳐 주었다.

"언제나, 언젠가 사랑하는 사람의 피를 빨 수 있다면 좋겠다고 생각했어."

나직이, 성건후는 말했다.

"많은 뱀파이어들이 그런 존재와 평생 함께하고 싶다는 꿈을 꾸지. 대개는 실패하게 마련이고 나도 얼마 전까지 그랬었어."

다시 성건후가 자리에서 일어났다. 그리고 내 옆에 앉았다. 그의 손이 내 목덜미 부근에서 맴돌다가 이윽고 목걸이를 풀었다. 뒷덜미에서 어깨, 쇄골을 따라 목걸이가 스르륵하고 풀렸다.

"내가 무슨 말을 하고 싶은지 알겠어?"

"네."

나는 입술을 깨물었다. 성건후는 정말 아는지 알고 싶다는 듯, 두 눈 가득 호기심을 담고서 내 얼굴을 살폈다.

"알아요."

당신이 날 보면서 그런 표정을 짓는데 어떻게 모를 수가 있어요.

"그래. 내가 가은이 피를 빠는 건 그래서야. 확실히 이야 기했지. 이 이유는 어떤 일로도 변하지 않아."

"네."

아. 왜 눈물이 날 것 같을까.

"뱀파이어니 늑대인간이니, 그걸로는 더 이상 문제없는 거야, 우리."

"네……."

성건후의 손이 어깨로 내려왔다. 내 둥근 어깨는 그의 손에 딱 맞았다. 조금 망설이던 나는 천천히 성건후를 향해 고개를 눕혔다. 곧 입술에 입술이 살포시 덮이는 부드러운 감촉을 느낄 수 있었다. 그 상태로 나는 그의 품에 안겨 침대로 쓰러졌다.

입술이 떨어지자 성건후가 나를 돌려 눕혔다. 그는 콧날로 뒷목을 더듬어 나를 긴장시켰다. 이어 쪽쪽 하고 입을 맞추는 소리가 들렸다. 그런데 나는 아무 느낌도 받지 못했다. 감각이 마비된 것인지 아니면 너무 떨려 이러는 것인지……. 그러다가 곧 그 이유를 깨닫게 되었다.

내 몸이 늑대인간으로 변하기 시작했던 것이다.

성건후의 손이 턱을 어루만졌다. 그는 엄지로 턱 안쪽 우묵한 부분을 밀어 올려 내 고개가 뒤로 젖혀지게 만들었다.

저절로 한숨이 흘러나왔다.

그는 내 한숨 소리를 더듬겠다는 듯 턱을 매만지던 손가락으로 입술을 덧그렸다. 그 순간 온몸에 힘이 빠져나가 버렸다. 떨어져야 한다고 생각하면서도 나는 움직이지 않았다. 그럴 수가 없었다.

"역시 이 옷 불편하잖아."

속삭이면서 성건후가 등에 달린 지퍼를 반쯤 내렸다. 나는 얼어붙었다. 그는 소매를 조금만 내려 어깨가 드러나도록 했다. 두 손으로 허리를 잡고서 송곳니로 드러난 둔덕을 쿡쿡 찔렀다.

나도 모르게 그 뾰족한 감각에 집중했다. 내 상태를 알아챘는지 성건후는 이따금 살을 깨물었다 놓았다 하면서 조마조마하게 만들었다. 장난을 치는 것일까. 나는 그의 손등을 주먹으로 두들겼다.

"싫어요. 안 할래."

무섭게 성건후는 대답을 하지 않았다. 대신 지퍼 사이로 입술을 옮겼다. 오소소 하고 소름이 내달렸다. 그의 입술과 혀가 느릿느릿 척추 주변을 탐색해 갈 때, 나는 시트를 움켜쥐었다. 어느새 뾰족하게 자라난 손톱이 그 틈으로 파고들었다.

어떡해. 어떡해……. 내 모습을 보고 성건후가 실망할까 봐 두려운 마음에 몸을 잔뜩 웅크렸다. 그러자 그는 이를 세워 도드라진 척추뼈를 긁어내리고는 다시 쪽쪽 입을 맞추며 위로 올라왔다. 나는 한 번 더 싫다고 웅얼거렸다.

뜨거운 숨결이 내 뒷목에서 오랫동안 머물렀다. 성건후가 아무 행동도 취하지 않아서 나는 어쩔 줄 몰랐다. 이윽고 그의 손이 내 허리 위쪽, 가슴 가까이로 올라왔다. 고개도 함께 움직여 귓가를 스쳐 갔다.

"늑대 머리칼이군."

내 정수리에 고개를 묻은 성건후는 내 거칠기 짝이 없는 머리칼을 손으로 빗어 내렸다.

"건드리지 말아요."

나도 모르게 날카롭게 반응했다. 방이 어두워 다행이라고 생각하면서.

"보름달이 뜨는 밤에 늑대인간이 어떻게 변하는지는 나도 알아. 그래도 이상하다고 생각해 본 적 없어."

늑대인간에 대해 잘 아는 남자라는 점이 나를 안심시켰다. 하지만 나는 괜히 심술을 부렸다.

"보이지도 않으면서."

"난 야행성이라 밤에 더 잘 보는데. 그보다 늑대인간이 된 모습 때문에 싫다고 그러는 거면 그러지 마. 더 예뻐 보여서 안 먹혀."

아. 그러면 불을 끈 건 아무 효과도 없는 걸까. 성건후에게 나를 감출 방도가 없다고 생각하니 어째선지 몸이 후끈

달아올랐다.

매번 더욱더 뜨거워지는 반응이 스스로도 두려웠다. 하지만 오늘은 조금 달랐다. 그 열기가 증발한 자리를 충만한 신뢰감이 차지했기 때문이다. 나는 조심스럽게 손의 힘을 풀었다. 시트가 매트리스 위로 가볍게 떨어졌다.

성건후가 다시 고개를 밑으로 내렸다. 그의 입술은 금세 내 귀에 딱 달라붙었다. 관자놀이에서 고동치는 맥박이 그에게 전달되고 있었다. 아랫배가 아플 정도로 조였다.

성건후는 거듭 뽀뽀만 하다 내가 못 견디고 입술을 깨무는 순간, 머뭇거리는 기색 없이 혀를 넣었다. 너무 놀라서 아랫입술을 질끈 씹었다. 잇새로 숨소리와 신음이 훅 하고 샜다.

그런 반응을 기다렸다는 듯 성건후가 손바닥으로 내 뺨을 받치더니 입술을 문질러 가며 내 귀를 거칠게 탐했다. 동시에 다른 손을 이용해 가슴 근처와 복부 아래쪽을 거듭 훑었다.

"아. 아."

소리를 막을 길이 없었다. 그가 내 몸에 무슨 짓을 저지를지 짐작도 할 수 없었다. 이러다 우리, 섹스까지 하게 되는 걸까? 이런 호기심이 너무나 자연스러웠고 이상하지 않았다. 이 남자가 날 어떻게 만들까? 이대로 피를 빨린다면……?

기대감과 염려가 마구 뒤섞여 지독히도 혼란스러웠다. 이전에 피를 빨렸을 때에도 그랬지만 지금도 내 마음은 외줄을 타듯 너무나 아슬아슬했다. 미리 경고를 받았던 것처럼 계약서를 썼어야 했는지도 몰랐다.

"먹고 싶어."

성건후가 귓가에서 중얼거렸다. 그럼 참지 말아요. 나도 모르게 속으로 대꾸하고는 움찔했다. 몸과 생각이 따로 움직였다. 그나마 말로 하지 않아서 얼마나 다행인지 몰랐다.

이윽고 목덜미에 따끔한 고통이 느껴졌다. 그러나 아픔은 거기서 그치지 않았다. 성건후가 긴 송곳니를 한계까지 밀어 넣었던 것이다.

뻐근하다 싶은 묵직한 고통이 밀려왔다. 밀쳐 내고 싶을 만큼 힘들었다. 그때 그가 두 팔로 내 허리를 완전히 감쌌다. 달아나지 못하도록 가진 힘을 오롯이 다 써서 가두고 송곳니를 뽑았다가 다시 박아 넣었다.

"아!"

흠칫 몸이 떨렸다.

향수병이 깨진 듯 강렬한 체취가 코끝을 찌르고 상처 부위에서 피가 솟구쳤다. 땀 냄새? 아니 그보다 더 진하고 달큰한, 짜릿한 여운이 남는 향기…… 이를 박은 채 성건후가 턱을 움직였다. 그 순간 사시나무처럼 몸이 떨리고 온몸에 찌릿한 충격이 퍼졌다.

"아. 아아……."

저항할 수도, 소리를 억누를 수도 없었다.

그대로 또 한 번 콰직, 하고 들어오는 날카로운 성건후의 무기. 눈앞이 아찔해져 오면서 시야가 핏빛으로 물드는 듯한 착각이 들었다.

"후우. 아파?"

잠시 이를 뽑아내고 아직도 피가 흐르는 구멍을 핥아 올리며 그가 물었다. 숨결도 핏빛이었다. 모르겠다. 아픔인지 아닌지 알 수가 없어서 고개를 저었다.

"아프면 미안하니까. 멈출 수도 없는데."

나직이 못된 말을 내뱉은 성건후는 다시 또 피를 빨았다. 이번에는 아픈 송곳니를 안쪽에 숨기고 오직 입술만 이용해 달라붙었다. 그는 꿀꺽꿀꺽하고 탐욕스럽게 피를 마셨다. 그 소리와 움직임은 지독하게 육감적이었다.

환희에 차서 입술을 핥는 성건후의 모습이 바로 눈앞에 그려졌다. 실제로도 그가 보고 싶었다. 나는 그가 잠시 입술을 뗀 사이, 몸을 돌렸다. 역시나 피로 번들거리는 입가가 눈에 들어왔다.

충동을 억누르지 못하고 그 섹시한 입술에 흐르는 피를 내 입술로 닦았다. 성건후는 은색으로 반짝반짝 빛나는 내 머리칼을 두 손으로 움켜쥐고 마구 흐트러뜨렸다.

그가 그렇게 열 오른 머릿속을 자극해서 나는 더 흥분하고 말았다. 끝을 모르는 허기에 사로잡혔다. 늑대인간이 되어 예민해진 후각 때문에 코가 절로 찡긋거렸다. 자극적인 성건후의 체취 탓인지 슬쩍 훑겨본 천장이 이마 바로 위에서 빙빙 돌았다.

나는 눈을 반쯤 감은 채, 성건후가 다가오는 것을 보았다. 키스하려나 봐. 정말로 그가 키스했다. 입을 맞추는 내내 허리와 옆구리, 등에 다정한 손길이 쏟아졌다.

그러다 어느 순간 도톰한 손바닥이 가슴을 스쳤다. 놀라서 일순 숨을 삼켰다. 동시에 다리 사이로 탄탄한 허벅지가 파고들었다. 치마폭에 가로막혀 깊은 곳까지 미치지는 않았지만 그것만으로도 내 안에서는 폭발적인 반응이 일어났다.

배 속이 타들어 가는 듯 뜨거웠다. 후들거리는 무릎으로 성건후의 다리를 문질렀다. 비켜 달라고 나직이 중얼거렸지만 내 입에서 나는 소리 같지 않았다. 차라리 신음에 가까웠다. 무위한 저항에 부딪쳐 거짓말 같은 거부가 입안에서 메아리쳤다.

"괜찮아."

성건후가 말했다. 입술로 내 말들을 가로막고 다시 빨아 마시는 그가 무척 낯설었다.

"무서워요."

저번에도 이 말을 했던 것 같다. 나는 왜 성건후를 도

발했을까. 그는 뱀파이어인데. 더구나 나는 그의 먹잇감이
고⋯⋯.

"가은이가 싫어하는 짓은 안 해."

말문이 막힐 만큼 성건후의 약속은 달콤했다. 그래도 정
말일까, 생각하는데 그가 다시 목덜미로 입술을 옮겨 상처
주변을 핥아 주었다.

나는 조심조심 성건후의 머리를 감싸 안고 내 쪽으로 눌
렀다. 그의 이가 쇄골에 부딪치면서 가볍게 충격을 주었다.
그게 기분 좋아 나는 팔에 한껏 힘을 주었다. 성건후가 내
가슴께에 진한 한숨을 토해 냈다.

"가은아."

나도 모르게 귀가 쫑긋 섰다.

"미치겠군."

쉬어서 잔뜩 갈라진 음성이었다. 성건후는 내 머리칼을
이마에서부터 쓸어 넘긴 다음, 콧등에 입을 맞추고서는 나를
뜨겁게 주시했다.

무심코 내가 눈을 몇 번 깜빡이자 그가 이를 드러냈다.
섬뜩하지만 하얗게 빛나는 송곳니는 처음부터 끝까지 매혹
적이었다.

성건후는 또 먹고 싶다면서 심각하게 고민하더니 내 목덜
미를 핥았다. 편안한 기분이었다. 나는 마음을 놓고 팔에 힘
을 풀었다. 그런데 그때, 그가 갑작스럽게 가슴을 힘껏 움켜

쥐고 무릎으로 치마를 걷어 올리며 다리 사이에 허벅지를 밀어 넣었다.

나는 충격에 얼얼했고 그 놀람이 가시기도 전에 격렬한 입맞춤을 당했다. 말도 안 돼. 지난번에 내가 무섭다고 했을 때, 성건후는 아무 짓도 하지 않았다. 하지만 지금은 달랐다. 그는 내 입술을 덮쳤고 혀를 이용해 입안을 파헤쳤다.

나는 그의 팔뚝을 움켜쥐었다. 남자답게 단단한 근육이 만져졌다. 손이 덜덜 떨렸다. 마음과 달리 몸이 얼어붙었다. 하지만 달콤한 타액이 목 뒤로 넘어오자 떨림은 멎었다. 굳었던 몸도 풀어졌다. 성건후가 나에게서 떨어졌을 땐 어느 정도 진정되어 숨소리도 평온을 유지했다.

"이게 피를 빤다는 거야."

나를 향해 빙긋이 웃는 성건후는 나무랄 데 없는 잘생기고 세련된 남자의 외모를 하고 있었다. 어떤 여자도 상처 주지 않을 것 같은 결점 없는 인상이었다. 하지만 그의 진짜 모습은 뱀파이어였다. 그리고 나는, 그가 말한 것처럼 '진짜로' 피를 빠는 행위 때문에 절벽에서 나가떨어진 듯한 충격을 받고 말았다.

"무서웠어?"

머쓱한 듯 성건후가 나를 품에 안았다. 그제야 내가 얼마나 긴장하고 있었는지 깨닫고 눈물을 부슬부슬 떨어트렸다.

그는 내 눈물을 잘 닦아 주고서 드레스 지퍼를 다시 잠갔다. 부스스 뻗친 머리를 할 수 있는 데까지 가라앉혀 주었다. 나는 얼떨떨해져서는 그 손길에 머리를 맡겼다. 이상하게도 전혀 창피하지 않았다.

"할아버지랑 무슨 이야기 했어요?"

성건후가 내 귓불을 어루만지며 한가하게 즐기고 있을 때, 문득 내가 물었다.

"당연한 이야기일지도 모르지만 할아버님께서 나를 무척 언짢게 여기시더군. 그래서 어쩔 수 없이 옛 기억을 더듬어야만 했지."

"옛 기억이요?"

"그래. 난……."

성건후가 나를 꼭 끌어안더니 잠시 심호흡을 했다. 그가 망설이는 것이 느껴졌다.

나는 그러지 않았으면 싶었다. 하자가 많다던 자기고백은 너무나 가슴 아픈 것이었다. 내게 있어 그가 그런 고백을 한 건 그가 날 신경 쓰고 있다는 것을 보여 주는 것에 다름 아니었다.

"못 믿을지도 모르지만 중학생이 될 때까지 난 내가 뱀파이어라는 사실을 몰랐어."

"어떻게요?"

"일단 인간 부모님 손에서 자란 데다 부모님이 내 존재를 감출 수 있는 데까지 감추려고 하셨기 때문이지. 무엇보다 나는 인간에게서 피를 얻고 싶은 욕구를 전혀 느끼지 않았어. 하지만 2차 성징이 나타나면서부터 뭔가 잘못되어 간다는 느낌을 받았지. 피를 마시고 싶어서 매일을 버텨 내기가 힘들었지만 그 대상이 인간은 아니었어."

"어떻게 해야 할지 아무도 가르쳐 주지 않았어요? 피를 마시지 않고 그 나이까지 어떻게 살아남았어요?"

괴로워하는 성건후를 보자 나도 모르게 발끈했다.

"피를 아예 안 마신 건 아니었어. 항상 '보약'이라는 이름의 빨간 탕약을 먹었거든. 그게 피라는 건 나중에 알았지. 그러다 늑대인간을 만나게 된 거야."

"어디서요?"

"여름방학 때 호주에 있는 친구네 별장에 놀러 간 적이 있는데 그 근처에서. 노숙자 남자였어. 내가 서핑 보드를 들고 해변에 나갈 때마다 마주쳤어. 언제나 나는 그 노숙자에게서 눈길을 뗄 수가 없었지. 친구는 이상하게 생각했지만 눈치 볼 겨를이 없었어. 물론 그렇다고 그에게 티 나게 접근하진 않았어. 푸드 트럭에서 음식을 사 주거나 하면서 서서히 친해졌지. 자기 말로는 인근 공원에서 산다고 하더군."

"찾아갔어요?"

성건후가 고개를 끄덕였다.

"뭘 해야 할지 왜 이러는지 전혀 모른 채로 한밤중에 공원으로 나갔어. 바람은 스산했고 해변이 가까이 있어서 파도소리가 계속 들렸지. 낮에 보는 해변은 강렬한 햇볕이 부서지는 건전한 곳이었지만 그 시간에는 그렇지 않았지. 말도 안 되게 불길했어. 무슨 일이 벌어져도, 설령 그게 살인이라고 해도 자연스러울 것 같았지."

나는 성건후의 손을 가만히 잡아 보았다. 그가 살며시 깍지를 꼈다.

"그 늑대인간, 기다리고 있던 것처럼 내게 알은척을 하더군. 심지어 내가 목에 이를 박았을 때에도 당황하지 않았어. 나는 저항이 없는 그에게서 엄청난 양의 피를 빨아 마셨지. 아무것도 몰랐으니까. 본능이 시키는 대로 해 버린 거야."

갑자기 맞잡은 손이 떨려 왔다. 성건후의 눈빛이 흔들리고 있었다.

"그런데, 어느 순간 그 늑대인간의 맥이 뛰질 않더라고."

나도 모르게 자세를 고쳐 앉았다. 마주 본 성건후의 얼굴은 잔뜩 구겨져 있었다. 고통스러운 기억이 그를 잠식하고 있었다. 나는 그가 쉽게 말을 꺼내지 않았던 까닭을 드디어 깨달았다. 과거의 트라우마와 마주해야만 하기 때문이었다.

"정신이 번쩍 들면서 내가 무슨 짓을 했지? 라고 자책했지. 정말 큰 충격을 받았어."

내가 할 수 있는 일은 성건후를 살며시 끌어안는 것뿐이었다.

"고마워."

내 어깨에 기대면서 그가 나직이 중얼거렸다. 울컥했다. 이 정도로 마음이 나아진다면 오히려 내 쪽이 고맙다고 해야 할 것 같은데…….

"바로 앰뷸런스를 불러서 다행히 죽지는 않았지만 그 늑대인간, 오래도록 침대에 누워 있었어. 나는 하루도 빼놓지 않고 그를 찾아갔을 뿐만 아니라 미국으로 옮겨 와 입원시켰지. 늑대인간을 돕기 시작한 건 그때부터야."

"죄책감 때문에요?"

"아니."

성건후가 쿡 하고 웃었다. 어딘가 비밀스러웠다.

"그런데 부모님은 왜 숨기셨던 걸까요?"

"부모님께 입양을 주선했던 사람이 그렇게 해 달라고 부탁했기 때문이야. 어르신, 가은이 할아버지께서 말이지."

"할아버지요?"

갑작스러운 충격에 입이 떡 벌어졌다.

"할아버지가요?"

내가 거듭 묻자 성건후는 턱을 주억거렸다.

226

"오늘은 여기까지. 너무 힘들다, 가은아."

그럴 만도 하지만 나로서는 궁금증을 억누르기가 힘들었다. 그렇다고 성건후를 들들 볶을 수도 없었다. 괴로운 고백을 이렇게 많이 해 주었는데.

"더 얘기해 줬으면 해서 그렇게 보는 거야, 아니면 헤어지기 싫어서 그러는 거야?"

내 표정을 찬찬히 살펴본 성건후가 짓궂게 물었다. 방금까진 기진맥진해 있던 그였지만 그럼에도 후련해진 모양이었다.

그는 깍지 낀 손을 들어 손가락 하나하나에 키스한 다음 일어섰다. 아, 이제 떠나려나 봐. 아쉬워. 하지만 차마 내 옆에 있어 달라는 말이 나오지 않았다. 아직까지도 피를 빨 때의 여운이 남아 있었고 내 몸은 그다음에 일어날 일을 감당할 준비가 되어 있지 않았다.

현관에서 배웅을 하려는데, 성건후가 신발장 옆에 있는 트렁크를 가리키더니 돌연 물었다.

"저렇게 낡았는데 안 버려?"

예상치 못한 관심이었다. 나는 붉어지는 뺨을 감추려 고개를 숙였다. 질투심이 강한 성건후의 성격이 기억 속을 벼락처럼 파고들었다. 첫사랑 남자아이. 그 비밀을 알면 화를 낼지도 몰랐다.

"언젠가는 버리려구요."

"괜찮다면 내가 바꿔 주고 싶은데."

"네? 안 돼요!"

너무 유난한 반응이었다. 성건후가 호기심을 드러낼 정도로. 그는 내게 얼굴을 바짝 들이밀면서 왜냐고 따지기 시작했다.

"아, 아끼는 물건이라서요. 부모님이 사 주신 거거든요. 초등학교 입학 기념으로."

숨기지 말고 뭐든지 다 이야기하라고 한 건 나였는데. 어떡해…….

"그래?"

성건후는 내가 한 말을 잠시 곱씹었다. 그러더니 트렁크를 향해 팔을 뻗었다.

"저번에도 생각했지만 이 트렁크 너무 문제가 많아. 말이 나온 김에 내가 가지고 가지."

"나, 나중에. 나중에요. 내가 버릴게요."

성건후가 키득 웃었다. 뭐야, 왜 웃는 거야.

"정말 버릴 거야?"

"그럼요."

사실 버릴 생각 조금도 없는데. 자꾸 거짓말을 하는 것 같아서 죄책감이 들었다.

"언제?"

왜 이렇게 꼬치꼬치 따져 묻는 거야. 사람 곤란하게. 아니면 혹시 내가 속이는 걸 간파하고 있는 걸까?

"잘 자. 내 꿈꾸고. 가급적 오래된 걸로."

성건후는 돌아갔다. 새벽 두 시를 넘어가는 시간. 그의 인내력이 경이롭고 고마웠다.

나는 가급적 오래된 꿈이 뭘까 생각하면서 잠을 청했다. 늑대인간이 되었음에도 나는 괴롭지 않았다. 처음이었다. 외려 내게는 그의 외로움이 더욱 슬프게 다가왔다.

성건후가 떠나고 나서도 나는 한동안 울적함에 휩싸여 있었다. 그의 외로움이 성큼 다가와서는 내 가슴 한구석에 쪼그리고 주저앉아 버렸던 것이다.

정말 제멋대로였다. 처음에는 소유욕이나 흡혈 같은 치명적인 덫을 쳐 놓고 휘두르더니만, 이제 기어이 자리 하나를 만들어 차지해 버리다니.

잠이 오지 않아 레이디그레이 홍차를 한 잔 만들어 창가에 앉았다. 보름달은 이제 그 크기가 조금 줄었지만 강렬한 달빛은 죽지 않았다.

네모난 창문으로 쏟아지는 노란 달빛. 곧 동이 트면 사라지겠지. 나도 다음 주부터는 다시 평범한 인간으로 돌아갈 테고.

하지만 성건후는 365일 24시간 내내 뱀파이어였다. 나와는 다르게 굶주림과 그 굶주림이 빚어낸 악몽에 항상 시달

리겠지. 그가 감정을 억제하던 모습이 떠올랐다. 그렇게나 자신만만한 평소 모습과 다르게 '힘들다.' 라고 솔직히 고백하기도 했다.

공교롭게도 그런 남자들이 여자 앞에서 솔직해지기 얼마나 어려운지 잘 알고 있는 나였다. 그건 할아버지를 보면 쉽게 알 수 있는 일이었다.

살면서 나는 할아버지에게서 완벽한 모습 외의 어떤 것도 본 적이 없었다. 당신은 사업가인 동시에 우리들의 동족, 순혈 늑대인간들의 대부였으므로 스스로에게 조금의 흔들림도 허락하지 않았다.

성건후라고 크게 다를까. 인간과 뱀파이어 사이의 불균형 속에서 갈등하면서 동시에 늑대인간에 대한 죄책감까지 가지고 있는 그였다. 그런 감정을 느낄 필요가 전혀 없을 만큼 훌륭한 남자이면서도…….

그때, 아이패드에서 푸시 알람이 들려왔다.

「자고 있는 거 맞지?」

걱정이 가득 담겨 있는 성건후의 메시지였다. 나는 그를 걱정시키기 싫어 서둘러 잠자리에 들었다. 생각보다는 빨리 잠이 들었다. 오래된 꿈을 꾸라던 말 때문일까. 혼곤한 잠에 빠짐과 동시에 정말로 나는 어렴풋한 풍경 속으로 발을 들여놓게 되었다.

분수대 너머, 쪼그리고 앉아 울고 있는 여자아이가 보인다. 특별한 날인지 미니 드레스를 입고 있는 대여섯 살짜리 아이. 속살을 드러내기 시작한 연둣빛 클로버와 대조되는 새하얀 치맛자락이 괜히 서럽다.

여자아이는 하릴없이 제 머리카락을 잡아 뜯고 있었는데, 머리털이 못마땅한 모양이다. 푸석푸석한 은빛의 머리칼은 늑대인간의 털로 보인다.

머리칼 새로 돋아난 손톱도 그렇다. 뾰족한 손톱은 아직 작지만 여린 살갗 정도는 벨 수 있을 것 같이 탐스럽고 날카롭다.

여자아이가 안쓰러운 나는 가까이 다가가 머리를 쓰다듬어 줄까 한다. 하지만 인기척을 느낀다. 서둘러 근처 나무 뒤로 숨는다.

그 아이에게로 다가오는 남자아이가 보인다. 열댓 살 정도 되었을까. 목에 나비 리본을 맨 남자아이는 우는 여자아이를 보면서 쭈뼛거리더니 이내 달아나 버린다.

자신의 부석부석한 꼴을 보고 달아난 것 같아 여자아이는 더 서럽다. 서러우니 목청이 더 높아진다. 분수대 주변을 둘러싼 동백나무, 가지 위에 앉아 있던 새들이 후드득 날아간다. 덤불이 부스럭거린다.

"왜 이렇게 시끄러워? 누구야?"

낮은 관목을 헤치고 또 다른 남자아이가 나타난다. 이번에는 미니 넥타이를 맨 아이다. 그 남자아이, 늑대인간 여자아이를 보고도 놀라지 않는다. 외려 제 쪽에서 먼저 성큼성큼 다가와 여자아이 옆에 털썩 앉는다.

탐스럽게 붉어진 동백꽃이 툭, 떨어진다. 제법 대범하게 다가오긴 했지만 미니 넥타이의 남자아이 역시 우는 여자아이를 보는 것은 처음인 모양이다. 발끝으로 동백꽃을 건드리다가 조심스레 묻는다.

"너 왜 울고 있니? 오늘은 네 생일이잖아."

생일이라는 말에 여자아이의 울음소리가 더 높아진다. 남자아이, 미간을 찌푸리고 귀를 틀어막는다. 그래도 여자아이의 울음이 잦아들 기미가 보이지 않아 방법을 바꾼다.

여자아이의 입을 제 손으로 막는다. 손이 작아 소리는 다 새어 나오고 만다. 남자아이, 손을 떼고 여자아이의 얼굴을 이리 보고, 저리 본다.

"울지 마."

여자아이, 고개를 가로젓는다. 미니 넥타이의 남자아이는 심통이 난다. 거듭 울지 말라고 달래 보지만 속상한 마음을 달랠 길이 없다.

"도대체 왜 그러지? 이 머리카락 때문인가."

남자아이가 은빛 머리털을 하나 집어 손바닥 위에 올려놓는다.

"예쁜데. 반짝반짝 빛나잖아."

"나는 싫어."

여자아이가 설움을 못 이기고 파들파들 떨면서 쏘아붙인
다.

"원래 내 머리카락은 검은색이란 말이야. 까맣고 길어서
사랑스럽고 예쁘다고, 할아버지가 말했단 말이야."

"난 이게 더 좋은데."

은빛 늑대의 털을 소중하게 들여다보는 남자아이. 구김살
없이 솔직하다. 하지만 여자아이에겐 그런 남자아이의 반응
이 밉다.

"이런 머리카락이라도 너, 예쁜 것 같은데."

"아냐. 아니라니까!"

다시 큰 소리로 울음을 터트려 버리는 여자아이. 마침 나
비넥타이의 남자아이가 나타난다. 그 아이는 트렁크를 하나
끌고 오더니 여자아이 앞에서 멈춘다.

"울지 마. 선물 가져왔어."

여자아이는 눈물을 그치지만 순간이다. 이내 딸꾹질로 바
뀌어 버리는 울음. 이제 딸꾹, 딸꾹 하면서 소리 없이 눈물
을 흘리는 여자아이에게 미니 넥타이의 남자아이가 또다시
거짓 없이 솔직한 감상을 말한다.

"와. 이런 울보는 처음 봐."

"그게 무슨 소리야!"

나비넥타이의 남자아이가 미니 넥타이의 남자아이의 머리

를 쥐어박는다. 발로 찬다. 미니 넥타이의 남자아이, 결코
지지 않는다. 마침내 두 사내아이가 뒤엉킨다.

여자아이는 딸꾹딸꾹하면서 두 눈을 동그랗게 뜨고 그 싸
움을 지켜본다. 너무 놀라서 울음이 쏙 들어가 버린다. 그렇
게 싸움이 잦아들고 승자와 패자가 결정된다. 이긴 것은 미
니 넥타이의 남자아이다.

"너 가만두지 않을 거야. 사생아 주제에!"

씩씩거리며 나비넥타이의 남자아이가 쏘아붙인다. 코에서
피가 흐르고 있다. 당장 할아버님께 이르겠다면서 내달린다.
그 뒤를 쫓는 미니넥타이의 남자아이. 얼굴이 새빨개진다.

사생아? 여자아이가 고개를 갸웃한다. 난생 처음 듣는 말
에 호기심이 잔뜩 난다.

"사생아가 딸꾹, 뭐야? 네 이름이니? 딸꾹."

남은 남자아이가 여자아이를 홱 쏘아본다. 움찔하는 여자
아이, 두 손으로 치맛자락을 꼭 쥔다. 떨리는 손. 딸꾹딸꾹
하면서 달싹거리는 입술. 치맛자락이 나풀나풀 흔들린다. 남
자아이가 여자아이에게 다가가더니 치맛자락을 움켜쥐고 있
는 손을 홱 잡아끈다.

"알고 싶어?"

"으…… 딸꾹, 응."

"알려 줄 수도 있지만 일단 하나 알아 둬. 난 사생아가
아니야. 난 내가 사생아가 아니라고 생각해. 하지만 어른들

이 하는 말로는 사생아란 이런 거래."

미니 넥타이의 남자아이, 여자아이의 손가락을 꽉 깨문다. 여자아이, 너무 놀라 소리도 지르지 못하고 자기 손가락을 물고 있는 남자아이를 빤히 본다. 그러다 햇빛에 반짝 부서지는 송곳니를 발견한다.

손가락에서 피가 솟구친다. 놀란 나머지 한동안 딸꾹딸꾹만 한다. 그러다 피가 한 방울 떨어지자 그때부터 겁이 난다. 소리를 지른다. 마구 울어 댄다.

할아버지가 달려와 여자아이에게서 남자아이를 떼어 놓는다. 놀란 늑대인간 어른의 손길에 너무나 가볍게 나가떨어지는 미니 넥타이의 남자아이. 동백나무에 와락 안긴다. 남자아이와 함께 우수수 떨어지는 핏빛 꽃송이들. 이어 달려온 어른들이 꽃송이를 짓밟으며 남자아이의 마음도 함께 짓밟는다.

"누가 밖에서 몰래 낳아 온 애 아니랄까 봐, 제 어미 닮아 천박하기 짝이 없네!"

"당장 쫓아내야 합니다. 어르신. 우리 가문에 있어서는 안 될 아이입니다."

"도둑질해 받은 씨가 확실하구만. 쯧쯧."

"인간도 아니고 하필이면 왜 더러운 뱀파이어의 피가 섞였담?"

"추방하는 것 말고는 방법이 없지 뭐."

"저런 아이를 데리고 살 뱀파이어가 있겠어? 뱀파이어들도 더럽게 여길걸."

"흥. 겨 묻은 개가 똥 묻은 개 나무라는 격이지 뭐."

남자아이는 할아버지의 품에 안기는 여자아이를 본다. 갑작스러운 상황에 여자아이도 놀라긴 마찬가지. 동그란 눈이 이내 미안함으로 흔들린다.

"하, 할아버지. 할아버지, 있잖…… 딸꾹, 있잖아요."

여자아이가 뭔가 말을 하려고 하지만 할아버지, 여자아이가 걱정되어 정신이 없다. 여자아이, 할아버지에게 미니 넥타이 남자아이에게, 자기 손가락에 구멍을 낸 남자아이에게 데려가 달라고 조른다.

"오늘 일은 잊어버려라. 가은아."

엄하면서도 부드러운 할아버지의 목소리는 마치 마법의 주문을 거는 것 같다.

"저 혼혈 아이도 자라면서 이 일을 잊도록 당부에 당부를 해 둬야겠군. 적어도 뱀파이어로서 자각하지 못하게 해야 돼. 우리 가은이에게 위협이 될지도 모르니까."

똑같이 마법 같은 리듬과 높낮이로 혼잣말을 이어 나가는 할아버지. 여자아이는 할아버지의 말을 듣고 남자아이에게 달려가 엄하게 꾸짖는 유남 아저씨를 물끄러미 본다.

"감히 가은 아가씨를 위협하고 수치를 주다니! 명심해라. 오늘 일은 없었던 일이다. 순혈 늑대인간에게 찢겨 죽기 싫다면 오늘 일을 절대 머릿속에 남겨 둬서는 안 돼."

여자아이, 무슨 말인지 하나도 알아듣지 못하지만 유남 아저씨의 엄한 표정과 무시무시한 목소리가 천둥소리 같다고 생각한다.

무섭다. 충격에 물든 남자아이의 얼굴이 아이의 마음에 멍울진다. 못 참고 여자아이, 할아버지의 품에 얼굴을 묻는다. 딸꾹질이 울음에 섞여 잦아든다.

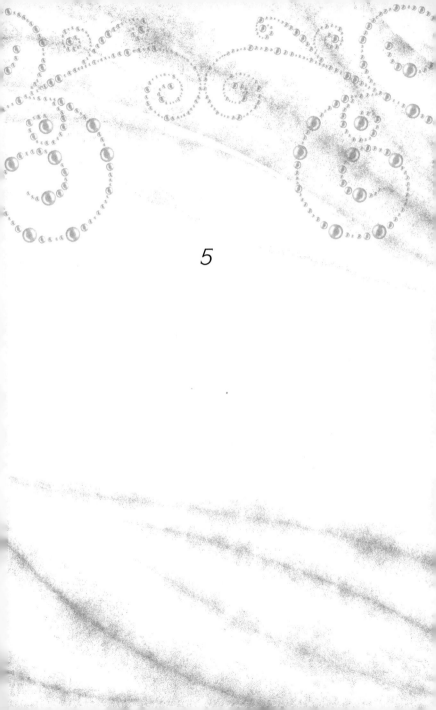

5

벨소리에 잠에서 깼다. 시간을 보니 아침 7시였다. 오늘은 일요일인데 어쩐 일일까? 머리가 아파 인상을 잔뜩 찌푸렸다. 꿈속에서 보았던 장면들이 뒤통수를 저릿저릿하게 주물러 댔다.

조금 더 자고 싶었지만 발신자의 이름을 확인하는 순간 잠이 확 달아났다. 손희원 대리. 맙소사. 두통이 더 심해졌다. 무시하고 싶었지만 직감에 성건후 때문은 아닐 것 같았다. 아마도 일 문제일 듯해 마지못해 전화를 받았다.

— 너 미쳤니?

다짜고짜 욕이었다. 꿈속 잔상 때문에 기분이 단박에 불쾌해졌다. 나는 뭔가 말을 하려고 입을 열었지만 손 대리에게 선수를 빼앗겼다.

— 로우가 방금 화보집 취소하고 싶다고 회사로 메일 보낸 거 몰라?

"네?"

이게 무슨 소리야.

— 변명 필요 없고, 앞으로 로우는 내가 맡을 거야. 끼어들 생각은 꿈도 꾸지 마. 괜히 나댔다가 더한 실수 하기 싫으면.

다짜고짜 욕을 했듯 전화도 다짜고짜 끊는 손 대리였다.

하……. 이게 어떻게 된 일이지. 상황을 파악할 수가 없었다. 그렇게 기분 좋게 헤어졌는데 로우는 왜 갑작스레 취소를 한 걸까? 게다가 그 메일을 왜 강영유도 아닌, 손 대리가 먼저 발견해 이 사달이 난 거지? 수습을 하더라도 당연히 내가 해야 마땅한데 손 대리는 왜 내 기회를 빼앗아 가는 거야?

서둘러 강영유에게 전화를 걸었다.

— 이야기 들었어.

강영유는 평소 성격답게 단도직입적으로 말했다.

— 로우가 변덕을 부린 모양이야. 내가 긴장 풀지 말라고 했지? 이 바닥에서 이런 일은 종종 있어. 이런 때에는 무조건 어르고 달래고 비위 맞추는 것 말고는 방법이 없지.

"그런 일이라면 저도 할 수 있어요, 편집장님. 제가 하겠습니다."

내가 말했다. 이대로 손 대리에게 마무리를 시킬 수는 없었다.

— 아냐. 뭐가 기분 나빠서 그렇게 된 건지는 모르지만 질질 끌 필요 없어. 로우로서는 널 보고 싶지 않아 하는 것 같기도 하고. 그러니 일단은 손 대리에게 넘기는 걸로 마무리 짓는 게 좋겠어. 그럼 월요일에 보자.

강영유는 전화를 끊었다. 나는 너무나 허탈하고 괴로워서 한동안 망연자실해 있었다. 내가 할 수 있는 일이 아무것도 없다니. 이렇게 무력하다니.

도대체 얼마나 변덕이 심한 남자이기에 나를 이토록 우스운 꼴로 만드는 걸까? 혹시 일부러 그런 걸까? 손 대리랑 짠 건 아닐까? 머릿속에 온갖 말도 안 되는 생각들이 지나갔다.

절대 이대로 가만히 앉아 있을 수는 없었다. 죽이 되건 밥이 되건 일단 회사에 나가야겠다. 뭐가 잘못됐는지 알아보고 로우가 마음을 돌리도록, 해 볼 수 있는 데까지는 하고 싶었다. 그래야 마뜩했다. 서둘러 준비를 마치고 오피스텔을 나섰다.

로비에는 커피 향이 꽉 차 있었다. 1층 카페에서 솔솔 풍겨 오는 커피 냄새는 내 발걸음을 멈추게 하기 충분했다. 급할수록 돌아가라고 했다는 말을 떠올리며 나는 커피숍, 아니 성건후의 탕비실로 들어갔다. 어머. 심장이 두근 뛰었다. 카운터 너머에 서 있는 사람은 박 비서님이 아니라 성건후였기 때문이다.

"생각보다 일찍 일어났네."

성건후가 나를 보더니 미소로 투덜거렸다.

"지금 막 커피 만들어서 배달 가려고 했는데."

마음의 짐이 잠시 사르르 녹아내렸다. 나는 카운터 안쪽으로 들어갔다.

"응? 뭐야?"

성건후가 호기심 가득한 눈으로 나를 보면서 두 팔을 벌렸다. 나는 말없이 그의 품에 와락 안겼다.

"잘 잤어?"

성건후가 그렇게 물으면서 내 볼에 키스했다. 나는 그의 입술에 쪽 키스하고 떨어졌다. 성건후가 조금 놀란 듯 나를 물끄러미 보다가 격정적으로 입을 맞춰 왔다. 우리는 서로의 머리를 움켜쥐었다가 이내 손가락을 세웠다.

키스가 깊어짐에 따라 손끝으로 두피를 자극하면서 상대방에 대한 애착을 과시했다. 하지만 이 정도로는 내 기분을 드러내기에 여의치 않은 것 같아 발끝을 세우고 그에게 더 바짝 달라붙었다. 그 순간 짜릿함이 발목부터 시작해 정수리까지 저릿저릿 퍼졌다.

"꿈을 잘 꿨나 본데."

입술을 떼면서 성건후가 중얼거렸다.

"네. 아마도요."

무심코 대답한 순간 나는 얼어붙었다. 미니 넥타이의 남자아이, 내 손가락을 깨물어 피를 냈던 남자아이가 자신보다 몇 배는 더 큰 어른들에게 모질게 당하던 모습이 뇌리를 스쳤기 때문이다. 또 할아버지가 했던 말 역시 귀 언저리를 맴돌았다.

'저 혼혈 아이도 자라면서 이 일을 잊도록 당부에 당부를 해 둬야겠군. 적어도 뱀파이어로서 자각하지 못하게 해야 돼. 우리 가은이에게 위협이 될지도 모르니까.'

"이것 봐."

그득그득 쌓인 생두 포대 옆에서 성건후가 무언가를 꺼내 왔다. 24인치짜리 명품 캐리어였다. 나는 가볍게 놀랐다. 언젠가 쇼윈도에서 보고 점찍어 둔 디자인이었던 것이다.

"트렁크네요?"

"그래. 처음 가은이를 본 날 바로 준비해 둔 거야. 그 빌어먹을 물건이 멋대로 열리는 걸 보고서 말이지. 내가 사 준 선물이니까 내가 바꿔도 되겠지."

성건후가 내게 커피를 권하며 자신만만하게 말했다. 뭐라구? 나는 얼어붙었다. 그의 안색을 살폈다.

"아직도 기억 못 해 낸 거야? 자기 여섯 살 생일 때, 그 트렁크를 사 준 게 나잖아. 아직까지 가지고 있었으면서 정작 나인 건 까먹었군?"

그 순간 깨달았다. 성건후는 잘못 알고 있는 거였다. 내 피를 빤 아이가 아니라 트렁크를 준 아이를, 자신이라고 믿고 있었다. 그날의 일이 그에게 있어 엄청나게 고통스러웠다는 단적인 증거였다. 유남 아저씨의 협박하며…… 어린 아이가 감당하기에는 무서운 트라우마였던 것이다.

"흠. 서운한데. 아직도 영문을 모르겠다는 표정을 짓고 있으니. 나로서는 지금까지 제법 힌트를 줬는데 말이야. 뭐 상관없지. 새 선물만 기쁘게 받아 준다면야."

내 뺨을 감싸면서 성건후가 즐겁게 속삭였다. 어떡하지. 정작 내 마음속은 복잡하기 그지없었다. 그리고 복잡한 심경을 꿰뚫으며 울컥 치솟는 격한 감정. 목이 메었다.

"혹시 처음부터 나……."

쉽게 말이 나오지 않았다. 동시에 내 몸을 휘감으며 소중하기 그지없다는 듯, 행복하게 어루만지는 성건후의 손길이 너무나 아이러니하게 다가와 미칠 정도로 슬퍼졌다.

"처음엔 실망했어. 가은이가 알아봐 주지 않았으니까. 또 한 번 반할 거라고도 생각 안 했고. 다만 처음 본 순간 가은이의 피 냄새에 너무 끌렸던 건 사실이야. 물론 처음부터 가은이가 날 알아봐 줬다면 좀 더 다르게 접근했을지도 모르지만. 나로서는 그냥 그 정도로 끝내고 싶은 마음이었어. 계약서로 충분한 관계."

"아뇨."

내가 할 수 있는 말은 그게 다였다.

"하지만 이젠 그게 안 될 것 같군. 미안해. 가은이가 계약서를 쓰자고 해도, 이젠 못 해. 그럴 생각도 없고."

맙소사. 미안한 건 난데…… 내 처지인데.

"키스해도 돼?"

성건후가 다정하게 물었다. 나는 행복감과 괴로움을 함께 느끼며 고개를 끄덕였다.

"왜 울어. 울지 마. 미안해하지 마. 내가 나빴으니까."

아뇨. 그렇지 않아요. 절대. 당신은 나쁘지 않아요. 나쁜 건, 도대체 나쁘다는 건 뭘까요? 사생아로 태어난 당신? 할아버지? 유남 아저씨? 아니면 우리의 만남 자체?

나는 내 입술을 덮는 성건후의 입술을 느끼며 속으로 물었다.

답이 나오지 않았다.

우리는 회사 빌딩까지 함께 걷기로 했다. 성건후와 함께 주말의 가로수길을 걷는 건 특별한 일처럼 느껴졌다. 행인은 많지 않았지만 그 몇 안 되는 여자들이 모두 그를 힐끔거렸다. 놀랍지도 않았다. 오늘 성건후는 안타깝다는 점을 빼면 무척 멋졌으니까.

한데 잠시 올려다본 그의 표정이 언짢은 듯 굳어 있었다. 왜지?

모퉁이를 돌아설 때 성건후는 내 팔꿈치를 움켜쥐더니 입을 맞췄다. 충돌 사고처럼 기습적이었다.

"뭐예요?"

놀란 내가 물었다.

"자길 쳐다보는 남자들이 너무 많아서."

나는 홀린 듯 웃는 그를 보았다. 씩 웃을 때 송곳니가 드러나니 그렇게 매력적일 수 없었다.

"질투가 많네요?"

보안 출입구를 지나면서 내가 묻자 성건후는 진지하게 턱을 주억거렸다.

"태워 버릴 수도 있을 것 같아."

누굴? 나는 키득거렸다.

성건후는 내 손을 꽉 잡고 로비를 가로질렀다. 보안 업체 직원들이 그를 알아보고 깍듯이 인사했다. 성건후는 그 인사를 받는 둥 마는 둥 하면서 직접 나를 사무실로 인도했는데 그렇게 주말의 빈 사무실에 함께 들어가는 것은 가로수 데이트보다 더욱 특별하게 느껴졌다.

"일 방해할 거죠?"

컴퓨터에 전원을 넣으며 내가 묻자 성건후가 태연하게 고개를 끄덕였다. 그러면서 내 옆 책상에 걸터앉았는데 공교롭게도 손 대리 자리였다. 나는 피식 웃었다. 하지만 동시에 아침부터 면박을 당한 일이 생각나 조금 의기소침해졌다. 성건후는 이런 내 기분에도 민감하게 반응해서는 초조하게 책상을 두드리던 손을 내 입술로 가져와 키스했다.

"무슨 일이야?"

부드럽게 묻고 있지만 성건후의 눈은 심각했다.

"일이 밀려서요."

"그래? 가은이가 주말까지 일을 미뤘을 것 같지 않은데."

"음."

나는 찡그린 미소를 지은 채 어깨를 으쓱했다. 성건후의 날카로운 눈. 그의 시선을 피해 회사 메일 계정을 확인했다. 로우의 메일을 확인해 보니 상당히 격앙된 말투로 남자 모델과 콘셉트가 마음에 들지 않는다고 쓰여 있었다.

이게 문제였구나. 로우의 변덕을 이해할 수는 없지만 해결책이 하나 떠올랐다. 그의 맘에 쏙 들 만한 콘셉트와 남자 모델을 찾는 것. 간단했다.

성건후는 매너 있게도 메일을 훔쳐보거나 하지는 않았지만 내 등 뒤에서 머리카락을 매만지거나 정수리에 키스하는 등 애정 표현을 해 왔다. 별것 아닌 가벼운 몸짓이었지만 내게는 뜨거운 공을 안긴 것만큼이나 뜨거웠다. 때문에 내 뺨은 금세 달아올랐다.

성건후의 숨결도 조금 가빠진 것 같았다. 그는 뒤에서 내 목을 감싸 안고 어깨를 주무르며 목덜미에 입을 맞췄다. 혀를 내밀어 살짝 핥더니 천천히 위로 올라와 귓불 뒤쪽을 어루만지듯 빨았다.

의자를 돌려 성건후를 마주 보았다. 그때 문밖에서 덜컹하는 소리가 났다. 깜짝 놀랐지만 그는 아무렇지도 않게 나를 가볍게 안아 들어 책상 위에 앉혔다.

"소리가 난 것 같아요."

나는 성건후의 어깨를 두들겼다.

"괜찮을 것 같은데."

나직이 반박한 그가 내 입술을 덮었다. 짜릿한 감각이 전신으로 퍼져 나갔다.

"문제가 뭐지?"

입술을 뗀 성건후가 물었다. 어머. 아직도 포기하지 않았네?

"해결 방법을 찾는 중이에요."

"나한테 부탁해도 돼."

"네? 하지만 뭔 줄 알고요."

성건후가 경고하듯 내 허리를 힘껏 붙들었다. 나는 꺅 소리를 내며 무릎을 조였다.

"뭐든 간에, 가은이한테 내 능력을 보여 주고 싶은데."

정말 위험한 남자라니까. 얄미울 정도로 자극적인 그를 흘겨보았는데 나는 그 벌로 또 한 번의 키스를 당했다. 이번에는 숨이 막힐 정도로 강렬하고, 피를 빨릴 때처럼 자극적이었다.

나는 성건후의 목에 팔을 둘렀다. 그러자 그가 내 무릎을 열고 그 사이로 몸을 밀어 넣었다. 어깨가 부딪쳤을 뿐인데, 그곳에서부터 시작해 발끝까지 전기가 퍼졌다.

그 무시무시한 전력을 감당하기 힘들어 눈을 감는데 반쯤 접힌 시야로 인영이 하나 들어왔다. 손 대리였다. 그녀는 나를 매섭게 쏘아보았는데 잔뜩 달아오른 얼굴이 부글부글 끓고 있었다.

성건후에게 그 사실을 알리려고 입술을 뗐는데 그는 키스로 입을 막았다. 그 상태로 나를 번쩍 안아 들어 자세를 바꿨다. 그러면 나는 손 대리에게 등을 보이게 된 셈인데 가슴이 두근거렸다. 아직도 그녀가 우리를 지켜보고 있을까?

"잠깐만."

내게서 떨어진 성건후가 문 쪽으로 성큼성큼 나갔다. 뭘까? 심장이 미친 듯이 쿵쾅거렸다. 그가 문을 홱 열어젖히자 그 뒤에 숨어 있던 손 대리가 꺅 하고 소리를 지르며 모습을 드러냈다. 그녀는 이제 부끄러움 때문에 어쩔 줄 몰라 하고 있었다.

"왜 훔쳐보는 겁니까? 당신 누군데?"

조금 요란하게 한쪽 팔을 문에 대며 성건후가 단도직입적으로 물었다. 손 대리는 입만 벙긋거릴 뿐, 아무 말도 못 했다. 그러다 더듬더듬 입을 열었다.

"누구냐뇨. 어떻게 모른 척을……."

"기억 안 나는데. 앞으로도 알 필요 없을 것 같고."

성건후가 딱 잘라 말했다. 손 대리는 어물거리다가 어이없다는 듯 힐로 대리석 바닥을 힘껏 걷어찼다. 나도 모르게 웃음이 났다. 그 모습이 그렇게 유치하고 또 한심해 보일 수 없었다. 그녀는 내가 무심코 웃은 걸 보고 부르르 떨면서 몸을 홱 돌렸다. 그런데 그때 성건후가 손 대리를 불러 세웠다.

"내 여자한테 히스테리 부리지 말아요. 천성이 심술궂은 건 알 만하지만. 그러다 다칠지도 모릅니다."

"네?"

손 대리의 입가에 삐딱한 미소가 스쳤다. '이건 여자들 일이에요.' 라고 말하는 듯했다.

"못 알아들은 척하지 말고요. 그러면 얼굴 못생겨 보여요."

그 순간 손 대리의 눈자위가 새빨갛게 달아올랐다. 그럼에도 성건후는 개의치 않고 마치 노래 부르듯 감미롭게 읊조렸다.

"어떻게 그런 경우 없는 말을 하시죠?"

뒤늦게 품위를 지키려는 손 대리였지만 쉽지 않았다. 그녀는 평소의 성격을 고스란히 드러내며 성건후에게 우스운 항의를 했다.

"나는 비뚤어지고 비상식적인 뱀파이어거든."

성건후는 심상하게 대꾸했다.

"늑대인간은 내 먹잇감이고."

하지만 뒤이어 덧붙인 말은 내가 듣기에도 어깨가 오싹 달아오를 만큼 음산했다.

"실망이에요. 성건후 씨. 파트너를 중간에 바꾸질 않나. 여자를 대놓고 민망하게 만드는 게 형편없네요."

"그렇게 해서 내게 관심을 끊어만 준다면 고마워해 드리지. 당신이 우리 가은이한테 한 실수에도 불구하고 말이야. 또 나야 어차피 많은 여자에게 관심받길 바라는 건 아니니까. 우리가 앞으로 말 섞을 일이 없다는 걸 염두에 둔다면 더욱 그렇고."

성건후의 연타에 손 대리는 더 이상 말대꾸를 하지 못했다. 그녀는 발을 구르며 사무실을 떠났다. 다시 내게 돌아온 그는 아무 일도 없었다는 듯한 얼굴을 했다. 생색내지 않았고 내 눈치를 보지도 않았다. 성가신 파리 한 마리를 쫓은 다음에도 이렇듯 우아할 것 같은 이 남자는 심지어 손수 책상 의자를 뒤로 빼 주더니 내가 편히 앉을 수 있게 배려하기까지 했다.

"이제 일해도 돼. 안심하고."

자신만만한 성건후에게 믿음이 갔다. 나는 로우와 관련된 기사를 찾아보기로 마음먹었다. 게이라고 했지. 어쩌면 그의 취향에 맞는 남자 배우나 모델을 찾아 새로운 콘셉트를 제안하는 게 도움이 될지도 몰랐다. 얼마나 시간이 흘렀을까 정신없이 자료를 수집하고 분류하던 차에 텀블러 하나가 조심스레 내 옆에 놓였다. 따뜻한 김이 모락모락 나는, 레몬이 들어간 홍차였다.

"저…… 고마워요. 심심하죠?"

내가 조심스럽게 묻자, 성건후는 소탈하게 웃었다.

"가은이 보고 있는 것만 해도 즐거워. 하지만 앞으로 30분 안에 끝내야 할 거야. 이제 슬슬 진짜 데이트를 하고 싶으니까."

'진짜'라는 말을 은근히 강조하는 걸 보면 역시 지루하긴 지루했나 봐. 나는 서둘러 포털 사이트 마지막 페이지에 뜬 기사를 클릭했다. 로우의 인터뷰 기사였다. 제법 오래된 것이었는데 찬찬히 읽어 내려가던 나는 쓸 만한 정보와 놀라운 사실을 알게 되었다. 하나는 로우가 선호하는 남성 모델이고 또 하나는 성건후가 그의 오래된 지인이란 것.

새삼 성건후가 VVIP라는 사실이 다가왔다. 오늘 그의 옷차림은 롤업 팬츠에 작은 무늬가 규칙적으로 박힌 흰색 폴로 셔츠였다. 신발은 산뜻한 컨버스 슈즈를 신어 스타일을 한없이 가볍게 만들었음에도 거물의 분위기는 좀처럼 지울 수 없었다.

그는 교활한 구석이 있는 신중한 뱀파이어였다. 동시에 독특하지만 나름의 너그러움이 있었다. 친구도 그에 걸맞은 사람이리라는 생각이 들었다.

"그래. 그걸 표현하면 어떨까?"

나도 모르게 혼잣말을 하는데 성건후가 고개를 돌렸다. 그는 창가에 서서 바깥 풍경을 감상하고 있었다. 뺨이 붉어졌다. 생각을 입 밖에 낼 게 뭐람.

"좋은 생각이 났어?"

고개를 끄덕였다. 나는 생각한 바를 실행시키고 싶어 조바심이 났다. 내가 하려는 것은 새로운 화보 콘셉트였다. 마음 같아서는 당장 로우에게 메일을 쓰고 프레젠테이션 자료를 보내고 싶었다. 하지만 성건후가 내내 기다려 주었다는 사실이 마음에 걸렸다. 무척이나 지루했을 텐데.

"당장 해야 하는 일이겠지?"

성건후가 다가와 다 안다는 듯 물었다. 나는 입술을 잘근잘근 씹었다.

"얼마나 급한 일이야, 내가 도와줄 건 없어?"

"자료를 수집해서 디자이너 로우에게 메일을 보내야 해요."

"무슨 문제야? 혹시 그 녀석, 또 변덕을 부린 거 아냐?"

역시 기사의 내용이 사실인 모양이었다. 성건후가 자연스럽게 로우에 대해 이야기하자 나는 확신했다. 하기야 그가 패션 업계의 소식에 무관심할 리도 없었다. 나는 든든한 아군을 얻은 기분으로 사정을 설명했다.

"그렇다면 지금 자료 수집해."

성건후가 스마트폰을 꺼내면서 말했다.

"하지만 직접 만나서 이야기하는 게 더 효과가 있겠지?"

"네?"

직접 만나서 이야기한다고? 속으로 되묻는데 성건후가 박 비서님과 통화를 했다. 그는 우선 로우가 지금 어디에 있는지를 확인했다.

로우는 스케줄차 중국 북경에 있었다. 다음 주부터 런웨이가 있었던 것이다. 이번 런웨이는 서태후가 죽을 때까지 거주했다는 이화원에서 치러지는 매우 화려한 행사로, 중국 정부의 지원을 받아 더욱 특별하다고 대서특필된 바 있었다.

"전용기 준비해 줘. 로우와 약속 잡아 놓고."

성건후가 전화를 끊으면서 박 비서님께 마지막으로 한 말이었다. 그는 내게 말했다.

"꼭 지금 전부 정리할 필요는 없어. 천천히 준비해도 돼. 나머지는 비행기 안에서 해. 공항으로 가자."

"지금 중국으로 떠난다고요? 당신 전용기를 타고요?"

생각도 하지 못한 일이었다. 하지만 확실한 기회였다. 가슴이 뛰었다.

"잘됐잖아? 지금까지는 전용기를 쓸 일이 없어서 그냥 가지고만 있었거든."

성건후가 비밀스런 일을 꾸미는 아이처럼 짓궂게 눈웃음

을 쳤다.

정말이지 숨 막히게 재미있는 남자였다.

❖ ❖ ❖

전용기 내부는 크지 않았으나 쾌적했다. 일반 좌석이 6
개, VIP룸이 한 개 있었고 VIP룸에는 싱글침대와 샤워 시
설까지 완비되어 있어 실질적으로 전용기는 하늘을 나는 방
이나 다름없었다.

성건후와 나는 숙련된 승무원의 안내를 받아 VIP룸의 푹
신한 좌석에 자리를 잡았다. 그는 승무원에게 부르기 전까지
는 올 필요 없다고 말했다. 승무원이 나가자 이윽고 이륙을
알리는 안내 방송이 나왔고 조명의 조도가 낮아졌다.

아른아른한 어둠 속에서 성건후가 내 손을 잡았다. 그럼
과 동시에 그는 안전벨트를 풀고 나를 품으로 끌어당겼다.
나는 성건후의 허벅지 위에 걸터앉아 분위기가 이끄는 대로
그와 자유롭게 키스했다. 우리의 숨소리는 한데 섞여 금세
거칠어졌다. 나는 성건후의 이마에 이마를 맞대고 길게 날숨
을 뱉었다.

"서울에서 북경까지 2시간도 채 되지 않아요. 나, 그 시
간도 아껴야 돼요."

"알아."

성건후가 쉰 음성으로 대꾸하면서 나를 놓아주었다. 그러면서 의자 옆에 붙어 있는 접이식 테이블을 끌어당겼다.

"노트북 가져와. 여기서 해."

한시도 떨어져 있기 싫다는 거지? 나는 어쩔 수 없이 노트북을 가져와 테이블 위에 얹어 놓고 작업을 시작했다. 성건후는 기꺼이 자신의 허벅지를 의자 대신으로 내어 주었다. 인터넷은 사용할 수 없었지만 오프라인 상태에서 자료 정리를 할 수 있게 만반의 준비를 갖춰 놓고 온 상태였으므로 일은 수월했다.

성건후는 내가 미리 짜 둔 초안대로 콘셉트를 설명하고 사진들을 붙여넣기 하는 내내 내 목덜미에 얼굴을 묻고 있었다. 안쓰러워. 꼭 풀 죽은 강아지 같구나. 어떻게든 보답해 주어야지 마음먹으면서 자료를 일단락시켰을 때, 착륙 안내 방송이 나왔다.

박 비서님은 한국에 있으면서도 중국에 있는 로우와의 만남을 위해 완벽한 식당을 준비해 놓았다. 중국 황제의 비밀스러운 후원처럼 고색창연한 식당 입구에 들어설 때, 한눈에도 나는 이곳이 품격 있는 레스토랑임을 알 수 있었다. 우리는 커다란 연못 위에 세워진 누각으로 안내를 받았다.

잠시 기다리자 로우가 도착했다. 성건후는 로우에게 점잖게 인사하더니 그를 직접 자리로 인도했다. 비록 친구이지만 이 자리는 엄밀히 비즈니스 때문에 마련되었음을 잊지 않았던 것이다.

"제발 한 번만 더 기회를 주세요, 로우 씨."

나는 성건후의 현명한 배려에 감사하면서 최대한 진심이 전달되게끔 로우에게 간청했다.

"손희원 씨가 이미 새로운 남자 모델을 내세웠어요. 난 그 모델이 좋고."

로우는 다소 쌀쌀맞았다. 비록 그가 떠올리기만 해도 가슴이 따끔거리는 손 대리의 이름을 언급했지만 나는 서운하지 않았고 오히려 자신감에 차 있었다. 내 옆에는 성건후가 앉아 있었다. 언제라도 내 편이 되어 줄 남자가.

"제가 준비한 새 콘셉트를 보시면 마음이 달라지실 거예요."

내가 제안한 콘셉트는 'CEO를 테마로 한, 당장이라도 직장인 남성이 입고 회사에 출근할 수 있는 디자이너 슈트'였다.

"다소 밋밋하고 지루한 테마이지만 그것이 오히려 이번 화보의 강점이 될 거예요. 디자이너 로우 씨의 톡톡 튀는 개성을 드러낼 수만 있다면 올해 가장 주목을 받는 화보가 될 게 틀림없으니까요. 샤넬이 실용적이고 단순하지만 우아한 디자인의 투피스를 내놓아 각광을 받은 것처럼요."

평소 할아버지를 보고 배운 대로 나는 성급하게 굴지 않고 콘셉트의 내용을 식사 중간중간 피력했다. 음식이 맛있어서인지 아니면 내 이야기를 납득한 건지는 몰라도 로우의 표정이 조금씩 풀어졌다. 게다가 후식이 나왔을 때, 성건후가 화보 촬영 때, 소품과 장소 제공등에 대해서는 걱정 말라. 지원을 아끼지 않겠다."고 약속을 한 것이 결정적으로 로우의 마음을 풀어 주었다.

"아직 시도해 보지 않은 콘셉트이니까, 지원만 제대로 해 준다면 해 볼 만할지도 모르겠군요. 정 그렇다면 유가은 씨에게 맡기도록 할게요."

안도의 한숨이 나왔다. 유명 디자이너라서일까. 로우의 변덕은 정말 죽을 끓였다.

헤어지기 전 성건후에게 우리가 무슨 사이냐고 물었고, 그는 여자친구라고 담담히 대꾸했다. 하지만 그러면서 날 바라보는 눈빛은 강렬하기 짝이 없었다.

성건후와 단둘만 있을 때엔 이런 눈빛에 강렬한 자극을 받는 나였지만 로우가 보고 있으니 어쩐지 수줍었다. 간질간질한 뿌듯함이 가슴을 꽉 채웠다.

다시 전용기로 돌아왔을 때, 시간은 어느덧 밤이 되어 있었다. 성건후는 피곤해 보였고 그건 나도 마찬가지였다. 하지만, 나는 그가 어쩌면 내게 보답을 바랄지도 모른다고 생각했다. 아니 그러지 않더라도 내가 뭔가를 해 주고 싶었다.

이륙 직후, 나는 벨트를 풀고 성건후의 손끝을 모아 내 손에 쥐었다. 그러자 성건후는 피식 웃더니 나를 자신의 몸 위로 옮겼다. 그리고 큰 손을 이용해 내 허리를 바짝 조이면서 아래에서 위로 나를 보았다.

나는 숨을 한껏 들이마셨다. 두근거리는 심장을 잠재우기 위해서였다. 하지만 심장박동은 그보다 더 크게, 더 빠르게 울려 댔다. 진정해. 나는 스스로에게 말하며 그의 뺨을 쓰다듬었다.

"피를 마셔도 좋아요."

그렇게 말한 다음, 나는 옷 단추를 두 개 끌렀다. 성건후가 내 손을 뜨겁게 응시했다. 딸깍, 벨트 푸는 소리가 들렸다. 어깨가 오소소 떨렸다. 허리를 더 곧게 세운 그는 내 등을 쓸어 올리는 한편, 치마 아래로 드러난 허벅지를 다정하게 건드렸다. 나는 전율을 느꼈다.

"단추 하나 더 풀어."

성건후가 건조하게 말했다. 나는 당황했지만 그가 시키는 대로 하나 더 열었다. 동시에 허벅지를 타고 올라오는 손을 느꼈다. 맨다리인 탓에 그 감촉이 너무나 생생했다.

"하나 더."

또? 속으로 묻는데 성건후가 속바지에 손가락을 걸었다. 소름이 돋았고 그 짜릿한 감각 때문에 왈칵 눈물이 날 것 같았다. 어떡해……. 떨리는 손으로 또 하나의 단추를 풀었더니 브래지어가 살짝 드러났다.

"하나 더. 가은아."

이제 남은 단추는 두 개였다. 나는 조심스럽게 단추 하나
만을 남겨 두었다. 배꼽이 드러났다. 성건후의 눈이 내 가슴
과 배꼽을 오갔다. 그의 시선은 뜨거웠다.

"이제 마셔요."

나는 이제 두 손을 그의 어깨에 얹고 속삭였다.

"잠깐만. 어디에 구멍을 낼지 고민 중이야. 목덜미, 빗장
뼈, 가슴, 배꼽 주변⋯⋯."

내 신체 부위를 하나하나 열거하면서 그때마다 성건후는
자신이 말한 자리에 입술을 부딪쳤다. 그의 손가락은 아직도
속바지에 걸려 있었고 언제라도 끌어 내릴 것처럼 흔들렸다.

나는 눈을 질끈 감고 기다렸다. 조마조마함에 몸이 우그
러질 것 같았다. 그가 손바닥으로 내 엉덩이를 받쳐 올려 무
릎을 세웠을 때에는 헉 하고 숨을 들이쉬었다.

성건후가 배꼽 주변을 핥기 시작했다. 금붕어가 꼬리지느
러미를 찰박거리듯이 할짝할짝. 나는 그의 머리를 끌어안고
그 감각을 즐겼다. 복부의 근육은 물론 그 안쪽 깊은 곳까지
조여들었다.

그렇게 충분히 핥고 나서, 성건후는 다시 배꼽에서 위로
거슬러 올라왔다. 동시에 속바지를 무릎까지 끌어 내렸다.
기분 탓일까. 다리 사이로 시원한 바람이 끼쳐 오는 듯한 이
런⋯⋯.

"아!"

나도 모르게 움찔하며 소리를 냈다. 성건후가 커다란 손으로 내 허벅지를 힘껏 감싸 쥐었기 때문이다. 그는 자비심이라곤 없는 손길로 내 다리를 거칠게 애무했다. 그리고 결국에는 주저앉게 만들었다. 나는 무릎을 활짝 연 채, 힘없이 무너져 성건후가 가슴께에 키스하도록 허락했다.

브래지어 밖으로 삐져나온 피부에 입을 맞추며, 성건후는 구멍을 내기 좋은 장소를 물색했다. 그가 피를 빨기 전 보여주는 일련의 과정들이 나는 너무나 좋았다. 신중한 모습이 사랑스럽게 느껴졌다. 하지만 송곳니를 목도한 순간부터는 마음가짐이 달라졌다.

성건후는 야수처럼 이를 드러내더니 내 가슴을 움켜쥐었다. 그의 숨결이 브래지어 밖으로 삐져나간 피부에 확 와 닿았다. 나는 허리를 뒤로 휘었다. 가슴이 앞으로 내밀어졌고 그 타이밍에 맞춰 성건후가 이를 박았다. 또 한 번 신음이 터졌다.

피를 마실 때 그는 절대 사정을 봐주지 않았다. 깊게 박아 넣고 힘껏 빨아냈다. 피를 한 방울이라도 더 짜내고 싶은 욕망으로 내 가슴을 자유롭게 주물렀다. 정복욕을 자랑스레 드러내며.

잠시 후 성건후는 가슴에 난 상처를 혀로 핥으며 동시에 내 속바지를 발목까지 끌어 내렸다. 그는 나를 안아 들고 침대로 갔다. 발목에서 덜렁거리던 속바지가 바닥에 툭 떨어졌다. 성건후가 나를 눕혔을 때 무심코 치마를 움켜쥐었다. 하지만 내 손은 너무도 간단히 그에게 결박당했다. 성건후가 내 손목을 모두 한 손에 그러모아 머리 위로 올렸던 것이다.

"아직도 피가 흐르고 있어."

담담하게 설명한 성건후가 기습적으로 가슴을 핥았다. 그 순간 가슴이 브래지어 안에서 부푸는 듯한 느낌이 들었다. 그는 내 가슴 사이에 얼굴을 폭 묻고는 천천히 고개를 가로저었다. 갈등하는 것 같았다. 그러다 내 살 냄새를 담뿍 들이마시더니 입술을 이용해 브래지어의 한쪽 컵을 파고들었다.

성건후의 입술과 혀가 번갈아 가슴의 정점을 건드리고 지나갔다. 그럴 때마다 나는 움찔거렸다. 그는 반대쪽 가슴에도 똑같은 일을 했다. 내 손은 내내 묶인 상태였다. 나는 허리를 뒤틀면서 몸으로 자유를 요청했다. 하지만 성건후는 나를 더 아프게 만들면서 입술에도 힘을 주고 심지어는 이를 세웠다. 심장이 멈출 것 같았다.

"당연히 절차를 지켜야겠지만……."

가슴 위에서 나직이 웅얼거리는 음성이 섹시했다. 성건후는 내 가슴에 얼굴을 쿡 파묻더니 고개를 설레설레 저었다. 그의 갈등이 아직도 계속되는 모양이었다. 그는 몸을 일으키더니 옷의 단추를 하나하나 잠그며 말했다.

"최소한 약혼은 하고 싶은데. 오늘 밤에라도 당장. 어려울까?"

성건후가 내 눈을 직시했다. 보이지 않는 창이 심장을 꿰뚫었다. 나는 그의 시선을 피할 수밖에 없었다. 하지만 약혼이라는 말을 묵살한 건 아니었다. 곧 성건후가 내 손을 놓아주었다. 그는 한쪽 무릎으로 매트리스를 디딘 채 침대에서 내려갔다. 그러고는 뒷주머니에서 작은 보석 상자를 꺼냈다.

내 앞으로 내밀어진 손에 의지해 일어나 앉아, 나는 보석 상자를 열어 보았다. 심플하지만 제법 두께가 있는 화이트 골드에 다이아가 박혀 있었다. 총 네 개의 다이아는 그리 크지 않았지만 왼쪽에서부터 크기가 점점 작아지는 섬세한 디자인으로 무척 고급스러웠다. 나는 감동받았다. 하지만 이 기분을 어떻게 표현해야 할지 몰랐다. 그저 눈만 끔뻑이며 성건후를 응시할 뿐.

"언제 준비했어요?"

더듬더듬 내가 물었다.

"꽤나 오래전부터."

성건후는 담담하게 대답했다.

"계약서 때문에 가은이가 상처받았을 때 준비했지. 이렇게 접근하는 게 옳은 방식이라는 걸 깨달았거든."

하나부터 열까지 나를 생각하는 남자였다.

내가 물었다.

"이 반지, 받아도 되는 건가요? 괜찮아요?"

"그건 내가 물어볼 이야기인데. 받아 줄 수 있어?"

성건후가 두 손으로 내 턱을 받쳐 들고 키스했다. 나는 그의 입술을 느끼며 고개를 끄덕였다. 그런 다음 우리는 서로 반지를 교환했다. 성건후가 등 뒤에서 나를 품에 꼭 안았다. 비록 약혼반지였지만 나는 벅찬 행복감에 젖었다.

우리는 침대 옆에 난 창문을 통해 말없이 바깥 풍경을 감상했다. 보이는 건 어둠뿐이어도 그것이 두렵기는커녕 포근했다. 이따금 스쳐 가는 구름은 미풍을 솜으로 형상화해 놓은 듯해 팔을 뻗으면 언제라도 손에 쥘 수 있을 것 같았다.

곧 시야에 도시의 야경이 들어왔다. 성건후는 내 어깨에 얼굴을 묻고 조용히 숨을 쉬었다.

"가은아."

그가 불쑥 이름을 부르는 바람에 움찔했다.

"오늘 밤에 나랑 있을래?"

나는 뒤를 돌아보았다. 성건후가 씩 웃고 있었다. 입가에 꽃잎처럼 묻은 핏자국. 나는 홀린 듯 그 무늬를 헤아리며 고개를 주억거렸다.

비행기에서 내렸을 때, 우리를 기다리고 있는 사람을 발

견했다. 할아버지, 유남 아저씨, 그리고 김문주였다. 당황스러웠지만 성건후가 내 손을 꽉 붙들어 진정할 수 있었다. 먼저 김문주가 다가와 우리 두 사람에게 깍듯이 인사하더니 찾아온 용건을 밝혔다.

"어르신께 유가은 씨를 모셔 오라는 명령을 받았습니다. 두 사람이 더 이상 만남을 지속하도록 용인하지 않겠다고 하십니다."

심장이 철렁 내려앉았다. 할아버지는 멀리 계셔서 표정을 읽을 수가 없었다. 성건후는 내 손을 더 세게 움켜쥐었다. 그리고 한 팔을 내 어깨에 감고 김문주를 견제했다. 김문주는 그에 당황하지 않고 담담히 말을 이었다.

"또한 이것은 일족에서 내린 결정이기도 합니다. 성건후 씨, 그 손 놓으시죠."

"싫다면?"

성건후가 음산하게 물었다.

"실력을 행사할 수밖에요."

김문주가 몇 발짝 뒤로 물러나 재킷을 벗어 마침 가까이 다가온 유남 아저씨께 드렸다. 그러고는 소매를 걷어 올렸다. 하지만 성건후는 내 손을 놓지 않았다. 오히려 자신의 옆구리에 딱 붙였다.

"싸우고 싶지 않은데."

김문주는 그의 대답에 이유를 물었다.

"가은이 앞에서 당신 품위를 지켜 주려는 겁니다. 또 이렇게 공개적인 장소에서 뱀파이어에게 당하면 다른 늑대인간 보기에 수치스럽지 않겠어요?"

도발은 정확히 김문주의 급소를 찔렀다. 그림자만 남기고 성건후의 코앞으로 다가온 그는 성건후의 턱을 올려쳤다. 순간적으로 피한 성건후였지만 다 피하지는 못했다. 그는 왼쪽 턱을 맞고 비틀거렸으며 그 바람에 나를 잡은 손을 놓치고 말았다.

또 한 번, 김문주는 오른쪽으로 돌아간 몸을 진행 방향 그대로 회전시키며 성건후의 반대쪽 턱을 노렸다. 그의 주먹이 목표물에 가 닿는다 싶은 순간, 성건후는 어둠 속으로 휙 모습을 감추었다.

몇 초간의 정적이 흘렀다. 날개 퍼덕거리는 소리와 함께 멀리 박쥐 한 마리가 김문주의 등 뒤로 날아들었다. 성건후가 모습을 드러낸 것은 그와 동시에 일어난 일이었다. 그는 마치 그림자에서 발생한 듯 바닥으로부터 쑥 하고 올라왔다.

퍽! 묵직하고 둔탁하게 성건후의 주먹이 김문주의 뒤통수를 휘갈겼다. 그는 슬로 모션처럼 바닥으로 넘겨졌다. 그리고 성건후가 그의 몸 위를 덮치려는 순간, 유남 아저씨가 김문주의 재킷을 내 어깨에 걸치더니 나를 떠안고 차 안으로 들여보냈다.

"아저씨! 놔주세요. 아저씨!"

온 힘을 다해 저항했지만 아저씨를 이길 방법은 없었다.

곧 반대쪽 문이 열리고 할아버지도 차에 타셨다. 나는 이 상황이 부당함을 설명했지만 당신은 묵묵부답으로 일관하셨다. 나는 결국 화를 터트리고 말았다.

"그럼 잘 될 거라 생각했던 거냐?"

할아버지는 나를 지그시 노려보면서 반문하셨다.

"뱀파이어 친구에게도 충분히 경고했건만 말을 듣지 않더군. 당분간 본가에서 지내라. 여행을 떠난다면 말리지 않으마. 물론 국내는 안 된다. 그리고 네 안전 문제도 있으니 항상 김문주와 동행해라."

"제 일은요? 당장 내일 출근해야 한다구요!"

더 이상 참을 수 없었던 나머지 언성을 높여 버린 그 순간, 성건후가 달려와 할아버지 쪽 창문을 두드렸다. 할아버지는 창문을 조금만 내린 채 그를 쏘아보았다.

"어르신. 이러시면 안 됩니다. 제가 분명히 기회를 달라고 간청하지 않았습니까."

성건후는 너무나 절박했다. 세상에. 나는 울컥 눈물이 날 것 같아 두 손으로 입을 막았다.

"자네는 가은이에게 위험한 존재네."

"제가 뱀파이어라서 그러시는 거라면, 어르신, 절대 그렇지 않습니다. 뱀파이어와 늑대인간이 서로를 적대했던 건 100년도 더 된 일입니다. 그건 누구보다 어르신이 가장 잘 알고 계시잖습니까. 지금은 두 종족이 평화롭게……."

"지금을 이야기하는 게 아닐세."

할아버지가 성건후의 말을 차갑게 잘랐다.

"자네는 이미 20여 년 전에 가은이를 위협했어. 저 아이의 생일날 말이야. 나는 그날을 잊지 않았네. 자네가 가은이의 손가락에 피를 내 빨았던 그 일 말일세."

나는 숨을 들이켰다. 성건후는 자신이 그랬다고 생각하지 않는데.

"무슨 말씀이십니까? 그건 제가 아닙니다. 어르신. 오해십니다. 저 역시 그날을 기억합니다. 저는 나비 넥타이를 매고 있었고 울고 있는 가은이에게 트렁크를 선물로 주었고……."

"뭘 착각하는군. 성건후."

그날의 일을 돌이키면서 할아버지의 말씀을 부정하는 성건후의 말허리를 자른 것은 김문주였다.

"네가 말하고 있는 사람은 바로 나야. 내가 네게 '사생아 자식'이라고 말했던 거 기억 안 나?"

성건후의 얼굴에 충격이 어렸다. 나도 마찬가지였다. 말이 가슴에서부터 턱 막혀 나오지 않았다. 게다가 연이은 할아버지의 말씀은 그런 김문주의 말에 힘을 실어 주었다. 할아버지는 이렇게 말씀하셨다.

"가은이는 아직도 그날 김문주 군이 선물해 준 트렁크를 소중히 간직하고 있다네. 내 그것을 보고 아직도 우리 애가 김문주 군을 흠모하고 있다 짐작했지. 그래서 가은이와 김문주 군의 맞선도 주선한 거야. 나는 반드시 가은이와 김문주 군을 결혼시킬 생각일세. 게다가 김문주 군에게 들은 바로는 가은이가 자신들 관계를 재고하겠다고 이미 이야기했다더군. 자네가 아니라 김문주 군을 말일세."

그건 김문주가 성건후에 대한 걸 비밀로 해 주겠다는 조건 때문이었다. 무엇보다 그 점을 설명하고 싶었는데 할아버지는 틈을 주지 않으셨다.

"더구나 성건후 자네는 보통 뱀파이어가 아니지 않은가! 언감생심 가은이 넘볼 생각 말고 정신을 차리게. 자네는 추방된 몸이야. 우리 일족 누구도 자네를 환영하지 않네. 왜냐하면 자네는 늑대인간의 피를 빨아야 하는 혼혈 뱀파이어이니까!"

그 말을 끝으로 할아버지가 차창을 닫을 때, 성건후가 닫히는 문틈으로 다급히 물었다.

"가은아! 어르신 말씀이 정말이야? 넌 알고 있었던 거야? 그래서 새 트렁크를 사 주겠다는 걸 거절했던 거야? 내가 아니라 김문주가 선물해 준 트렁크였기 때문에?"

그 순간 나는 아무 대답도 하지 못했다. 아닌데, 오해인데도 말문이 꽉 막혀 나오지 않았다. 성건후는 곧바로 좌절했다. 그의 얼굴에 퍼진 절망감을 나는 똑똑히 보았다. 곧 김문주가 조수석에 타고 차가 움직이기 시작했다. 그제야 나는 울음을 터트리면서 뒤를 보았다. 성건후는 망연자실해 제자리에 서 있었다.

"유가은. 똑바로 앉아라."

할아버지는 매정하게도 내게 꾸지람을 하셨다. 나는 참을 수 없어 버럭 소리쳤다.

"왜 상처를 주신 거예요. 종족이나 태생은 저 사람 인품과는 관계없잖아요. 게다가 저 사람이 노력하고 있다는 거 아시면서! 직접 눈으로 보셨잖아요!"

"그것과 너와의 만남은 별개다."

그 말을 끝으로 할아버지는 침묵했다. 나도 입을 다물었다. 할아버지께 무슨 말씀을 해도 먹히지 않으리라는 걸 오랜 경험으로 너무나 잘 알고 있었다. 곧 차 안은 침묵에 휩싸였다. 김문주에게는 말조차 걸고 싶지 않았다.

본가에 도착하자마자 부모님께 인사를 하는 둥 마는 둥 하며 달아나듯 방에 처박혔다. 그대로 침대 위에 엎드리는데 그 순간부터 비행기에서 있었던 일이 파노라마로 떠올랐다.

행복했던 시간이 너무 짧았을뿐더러 너무 슬픈 나머지 사실은 모든 게 꿈이 아닌가 하는 생각이 들었다. 하지만 반지가 있었다. 꿈이 아니라는 명백한 증거였다. 나는 반지를 만져 보고 손가락에서 돌려 보기도 했다.

잠이 오지 않았다.

성건후가 보고 싶었다. 오해를 풀고 상처받았을 그를 위로하고 싶었다.

　　　　　❖　　　❖　　　❖

다음 날 엉망이 된 기분으로 방에서 나왔다. 잠든 사이 누군가가 감췄는지 핸드폰과 노트북이 보이지 않았다. 그걸 깨닫자 회사가 떠올랐다. 강영유에게 로우와의 일을 보고하고 촬영 날짜를 잡아야 하는데…….

이런 내 속도 모르고 아침 식사 중에 어머니는 조만간 회사에서 내 퇴직 처리가 결정될 테니 한 달 뒤에 아버지 회사에 들어가라 말씀하셨다. 나는 밥에 손도 대지 않고 방으로 돌아왔다.

누구도 나를 잡지 않았다. 내게 언제나 잘해 주셨던 할아버지가 특히 냉정하셨다. 아버지가 밥은 먹어야지, 라 걱정을 해 주실 때에도 그럴 필요 없다고 딱 잘라 말씀하셨던 것이다. 당신의 애정을 의심하게 되는 이런 상황이 너무나 슬펐다. 악몽 같기만 했다. 계속 성건후가 나를 오해하고 있다면 우리는 이대로 헤어지게 될지도 모르는데…….

"할아버지께서 다음 주에 약혼식을 했으면 좋겠다고 하시는구나."

방에 혼자 있는데 어머니가 와서 이야기를 전하고 가셨

다. 약혼식? 말도 안 돼! 그렇게 전전긍긍하고 있을 때, 김 문주가 찾아왔다. 그가 온다는 이야기는 들었지만 나는 아무 런 준비도 되어 있지 않았다.

김문주는 멋대로 내 방에 들어와 다짜고짜 야단치듯이 이 렇게 말했다.

"어른답게 굽시다. 가문과 일족을 생각한다면 뱀파이어 따위는 당장 잊어요. 오늘은 사교계에 얼굴을 내밀었으면 좋 겠다고 회장님께서 말씀하시더군요. 그리고 다음 주에는 우 리 약혼 발표를 합시다."

강압적이고 단호했다. 유난히도 친절했던 그의 가면이 벗 겨지는 순간이었다. 선을 볼 때 여유 있는 태도를 보인 것도 이제는 이해가 됐다. 김문주는 내가 그와 결혼할 거라고 믿 어 의심치 않았다. 더불어 나를 얕잡아 보고 있다는 것도 느 껴졌다. 언제나 내게 관심을 기울이고 미안할 정도로 배려하 는 성건후와는 대조적이었다.

"어른답다는 게 뭐죠? 부모님 말 잘 듣는 거요?"

내가 물었다.

"그건 아니겠죠."

"가문과 일족을 생각하라는 당신 말이나 부모님 말 잘 듣 는 거나 근본적으로는 다름이 없는데요. 자기 인생을 스스로 결정하지도 못하고 무조건 어르신들 말에 따르는, 그런 걸 두고 김문주 씨는 어른답다고 하나요? 어른답다는 것에 대해 우린 생각이 다른 것 같네요."

"내 이야기는……."

김문주는 당황했다. 그가 반박을 하려고 생각을 더듬는 와중, 전화가 왔다. 일순 김문주의 표정이 돌변했다. 그가 나를 날카롭게 쏘아보았다. 내 손을 채 갔다. 무서운 기세로 나를 그의 아우디가 주차된 곳으로 데리고 갔다.

"놔요! 난 당신이랑 결혼 안 하니까."

"나는 해."

거칠게 김문주가 쏘아붙였다. 그가 차의 뒷문을 열 때, 나는 뒤로 물러섰다. 김문주가 몸을 일으켜 내 쪽을 보았고 그 순간에 나는 그의 따귀를 쳤다. 김문주의 고개가 홱 돌아갔다. 나는 씩씩거리며 눈물을 흘렸다. 왜 더 세게 때리지 못했는지 후회하면서.

그때 할아버지와 부모님이 나타나셨다. 나는 할아버지의 눈빛 앞에서 움찔했다. 당신은 묵묵히 나를 쏘아보기만 했다. 저항은 무의미한 일임을 깨닫게 해 주려는 듯했다.

"다시 정중하게 부탁드리죠. 유가은 씨. 준비하고 나와 주십시오."

남들 앞에서는 태도가 잘도 변하네? 김문주의 이중성에 나는 자극을 받았다. 하지만 할아버지나 부모님은 그의 편이었다. 흥분하는 모습을 보여 봤자 나만 불리해질 뿐이었다. 일단은 물러서기로 하고 밖으로 나갔다. 적어도 이 저택에서 빠져나가기만 하면 분명히 무슨 수가 날 테니까.

메이크업을 받는 동안 나는 김문주에게 눈길도 주지 않았다. 운 흔적을 보이고 싶지 않았다. 평소보다 더 공을 들이고 가볍게 머리도 매만졌다. 지금 이 순간 결코 보고 싶지 않은 사람이었지만 절대 내 기분을 들키고 싶지 않았다. 처음부터 끝까지 웃으면서 이야기할 생각이었다. 마음을 단단히 먹기로 했다.

나를 대신해 어머니는 김문주와 벌써부터 다정한 분위기를 연출하고 있었다. 보기 좋은 모습이지만 그렇다고 마음을 열 수는 없었다. 이런 내 처지에 화가 났다. 저 자리에 성건후가 있었다면 뿌듯하고 행복했을 텐데…… 나는 감정을 드러내기를 자제하면서 그들에게 다가갔다.

"드레스는 당신이 골라 줘요."

김문주는 의아해하는 눈치였지만 내색하지는 않았다. 헤어숍을 들러 나는 세팅을 하는 대신 긴 머리를 틀어 올려 목이 드러나게 했다.

"내가 입은 옷, 똑똑히 기억해요."

차에 올라탈 때, 나란히 앉은 김문주에게 속삭였다.

"갑자기 태도가 변한 것 같은데."

"당신도 마찬가지잖아요."

내가 김문주를 똑바로 쳐다보면서 말했다.

"우리 부모님, 할아버지 앞에선 전혀 딴사람이니까요. 나랑 있을 때와는 다르게 말이에요."

김문주가 눈꼬리를 휘며 야릇하게 웃었다.

"앞으로 성건후를 만날 일은 없을 겁니다. 그쪽에 확실히 말해 두었으니까요. 또 부끄러움을 안다면 그래야 마땅하겠죠. 어쨌건 그 남자는……."

혼혈이라는 말을 하고 싶은 거겠지? 나는 김문주의 말을 듣기 싫어 말을 잘랐다.

"그날 내 생일에 트렁크를 준 남자가 얼마 전까지 내 첫사랑이었어요."

중의적인 표현에 김문주는 좋아해야 할지 말아야 할지 고민하며 나를 따라 빙긋이 미소 지었다.

"이렇게 다시 만난 게 운명이죠."

그는 이어 덧붙였다.

"더 예쁜 치마를 골라 드릴게요. 모두의 기억에 남을 만한 걸로. 나는 물론이고."

그래. 이 옷을 절대 잊어버리지 마요.

우리는 시내 외곽에 있는 행사장에 도착했다. 김문주는 내게 팔을 내밀었지만 나는 가볍게 거절했다.

"우린 파트너나 애인이 아니니까 내 뒤를 따라다니지 말

앉으면 좋겠어요."

"흐음. '아직' 은 그렇죠. 그렇다면 가은 씨가 항상 내 시야에 있어 주겠다고 약속을 해야 하는데."

"물론이죠. 하지만 전 혼자 다니고 싶어요. 기분이 나쁘니까요. 내 기분을 더 나쁘게 만들어서 당신한테 좋을 건 없잖아요. 맞죠?"

"난 언제나 가은 씨에게 잘 보이고 싶은 사람이에요."

"잠깐 화장실에 다녀올게요."

김문주는 내가 웃을 때마다 바보같이 따라 웃었다. 내가 고분고분하게 구는 것이 낯설면서도 싫지는 않은 눈치였다. 무엇보다 첫사랑을 운운하기는 했지만 나는 그가 무슨 생각을 하는지 나에 대해 어떤 생각을 가지고 있는지도 알고 싶지 않았다. 첫사랑이라고 해도. 이제 와 생각하니 그런 것은 모두 환상이었다. 대신 운명은 만들 수 있었다.

차에서 김문주가 했던 말대로 우리가 다시 만난 게 운명이라면, 그런 운명쯤은 얼마든지.

식장까지는 김문주와 동행했다. 그의 팔짱을 낀 채 안을 한 번 휙 둘러보고 여자 직원들 중 나와 가장 비슷한 체구의 여자를 찾았다. 규모가 큰 행사이니만큼 어렵지 않았다. 나는 말린 과일을 서빙하는 나와 비슷한 체형의 직원에게 화장실 쪽에서 잠시 보자고 부탁했다.

"시간이 없어서 그러는데 입고 있는 옷을 좀 빌릴 수 있을까요?"

내 말에 여직원은 반색했지만 내가 클러치백에서 돈을 꺼내며 거래를 제안하자 갈등하기 시작했다. 나는 온 힘을 다해 그녀를 설득하면서 머릿속으로는 성건후를 떠올렸다. 그가 나를 상처 입혔던 거래라는 딱딱한 표현을. 그것은 사실 이런 절박함에서 나온 것 아니었을까.

다행히도 여직원은 정직원이 아니라 아르바이트생이었다. 수당의 열 배를 제안하니 문제는 술술 풀렸다. 그녀는 행사가 끝날 무렵까지 나 대신 식장에 있어 주기로 했다. 나는 김문주를 가르쳐 주고 그를 피해 다니라고 일러주었다. 들켜도 상관없었다. 당장 시간을 벌면 되니까.

행사장에서 근무하는 직원인 양 아무렇지 않게 복도를 걸어 나오면서도 마음은 조급했다. 전력질주를 하고 싶었지만 눈에 띌 게 뻔했다.

"이봐! 거기 알바생!"

어머. 등 뒤에서 부르는 음성에 움찔했다. 걸음은 멈췄지만 어찌할 바를 몰랐다.

"전 지금 퇴근 중인데요."

조그맣게 대답해 보았다.

"무슨 소리야, 서둘러. 이렇게 바쁜데 퇴근은 무슨 퇴근. 추가 수당도 있으니 빨리 식장으로 들어가."

"안, 안 돼요. 전 퇴근을⋯⋯."

"됐으니까 서둘러. 사람들이 피가 모자라다고 난리라고."

피?

그게 웬 엉뚱한 말이지?

그러고 보니 이 목소리도 어디서 들어 본 듯한……

뒤를 돌아보았다. 깡마른 미소, 고통의 흔적이 역력한 눈가, 여전히 나를 뚫어져라 응시하는 치명적인 눈동자가 차례로 시야에 걸렸다.

성건후. 나를 만나고 싶어서 고통스러웠겠지. 근사한 모습은 여전했지만 얼굴에 드리운 그늘이 내 마음을 무겁게 짓눌렀다. 나는 뛰어들듯 그의 목을 끌어안았다. 그도 나를 힘껏 마주 안았다. 숨이 막힐 것 같았다.

"그 자식은 어디 있지?"

성건후가 내 귓가에서 속삭였다. 심장이 철렁 떨어졌다.

"그냥 이대로 달아나요."

겨우 벗어나게 됐는걸. 나는 김문주를 보고 싶지 않았다. 아니 김문주가 성건후를 건드리게 하고 싶지 않았다. 사생아라고 비하하는 그 눈빛이 싫었다. 나도 똑같이 찔리고 아팠다.

"왜? 잘못한 게 없는데. 죄는 그 자식이 졌지."

화났나 봐. 또 거칠게 말해……

성건후가 내 손에 깍지를 꼈다. 그는 거침없는 걸음으로 다시 행사장에 돌아갔다. 김문주를 순식간에 찾아낸 성건후는 그 앞에서 보란 듯이 내 어깨를 힘껏 끌어안았다. 그리고 김문주가 들고 있던 칵테일 잔을 툭 건드려 바닥에 떨어트렸다. 쟁그랑 하는 소리를 내며 잔이 깨져 버렸다.

"허락도 없이 내 여잘 에스코트해 본 소감이 어때."

성건후가 김문주를 사납게 노려보았다. 김문주는 피식 웃으면서 떨어진 잔을 주우려 허리를 굽혔다. 그런 김문주의 멱살을 잡아, 성건후가 일으켜 세웠다.

"이 질문은 아까 낮에 전화로도 했던 것 같은데. 대답하기 겁나나?"

그러고 보니 아까 나와 있을 때 김문주가 전화를 받던 모습이 떠올랐다. 무척 당황했었지.

"겁나긴."

주위 시선을 의식한 김문주가 등을 곧게 폈다.

"다만 사생아 뱀파이어, 네놈이 교양 없게 협박을 한 게 마음에 걸렸을 뿐이지."

"협박이 아냐."

성건후가 김문주의 넥타이를 잡아 자신 쪽으로 끌어당겼다. 마치 당장이라도 이를 박아 넣고 피를 빨 것처럼. 김문주는 움찔했다. 주변에서도 소란이 일었다. 그러나 누구도 감히 성건후를 막을 생각을 하진 못했다.

"내숭 떨지 말자고. 늑대인간."

"보는 눈이 많으니까."

김문주는 그런 말로 성건후를 방심시키고는 그가 주변에
시선을 돌리기 무섭게 주먹을 휘둘렀다. 훅 하는 바람 소리
가 날 정도로 강력한 일격이었다. 턱이 부서지지는 않을까,
걱정하고 있는데 그 순간 성건후의 몸이 수많은 박쥐 그림
자를 남기면서 흩어졌다. 퍼덕거리는 날갯짓 소리가 들리고
사위를 혼란에 빠트렸다. 김문주는 허둥댔다.

"이리 와."

갑자기 김문주가 나를 끌어들였다. 성건후의 그림자가 김
문주의 등 뒤에 자리를 잡은 참이었다. 김문주는 나를 방패
로 쓰면서 몸을 돌렸다. 그러나 성건후의 분별력을 얕잡아도
한참 얕잡아 본 행동이었다. 성건후는 손날을 내리쳐 내게서
김문주를 가볍게 떼어 냈다. 그런 다음 나를 끌어안으며 뒤
로 물러났다.

하지만 김문주가 바란 것이 바로 그거였다. 그는 나를 보
호하느라 충분히 방어할 시간이 없는 틈을 타 성건후의 턱
을 올려쳤다. 이어 그의 오른쪽 뺨도 힘껏 두들겼다. 성건후
의 입술이 터졌다. 눈썹 위쪽에서도 피가 흘렀다. 나는 놀라
서 소리를 질렀다.

"괜찮아. 가은아."

"괜찮긴요!"

김문주를 용서할 수가 없었다.

"이러면 괜찮아지지."

성건후가 나를 안심시키려는 듯 씩 웃더니 김문주의 옆구리를 질러 찼다. 단 한 번의 일격에 김문주는 나가떨어졌다. 그렇게 날아갈 때, 그의 몸에 테이블보가 휘감겨 그 위에 있던 식기가 우당탕하는 소리와 함께 떨어져 깨졌다.

김문주의 입에서 절로 신음이 흘러나왔다. 그는 흠칫거리며 몸을 떨다가 이내 잠잠해졌다. 주변도 마찬가지였다. 나는 숨을 삼켰다. 사람들의 시선을 느낄 수는 있었지만 그들에게서 어떤 소리도 들을 수가 없고 움직임도 느낄 수 없었다.

"잠깐 이리로."

침묵 속에서 성건후가 행사 매니저를 불렀다.

"소란을 일으켜 미안해요. 문제가 생긴다면 이쪽으로 연락하면 됩니다."

성건후는 자신의 명함과 박 비서님의 명함을 겹쳐 내밀었다. 매니저는 고개를 끄덕이더니 직원들에게 현장 수습을 지시했다. 그러자 잠에서 깬 듯 사람들이 소리를 내고 움직였다. 그사이 우리는 행사장을 빠져나와 복도를 걸었다.

"미안해요."

나는 울먹였다.

"당신이 아니라고 말하기가 두려웠어요. 트렁크를 준 사람이 내 첫사랑이라고 믿었거든요."

아무 말도 할 수 없었던 이유를 빌어 거듭 사과했다.

"괜찮아. 가은아. 네가 왜 그랬는지 알아."

성건후가 내 뺨에 자신의 뺨을 문지르며 내 이름을 거듭 되뇌었다. 그는 내 손을 잡고 비상구 쪽으로 갔다. 가슴이 뛰었다. 닫힌 철문에 몸이 밀어붙여지고 성급히 달라붙는 입술을 느꼈다.

우리는 서로의 뺨에 손을 올리고 쉴 새 없이 고개의 각을 바꾸었다. 혀를 교환할 때, 서로의 달콤한 타액이 목을 축일 때 느꼈다. 우리 사이에 변한 건 없다는 사실을. 성건후가 웃으면 나도 웃었다. 그가 변하면 나 역시 변할 수밖에 없었다. 하지만 아니었다. 다행이었다.

"방을 예약해 뒀어."

엘리베이터가 무심히 열릴 때 성건후가 말했다. 나는 그의 손을 꼭 잡고 예약했다는 방으로 향했다. 복도는 고요했고 기척도 없었다. 발걸음 소리를 모두 흡수하는 카펫, 아무도 우리가 여기 있는지 모르리라는 걸 되뇌면서 한 걸음 한 걸음 옮길 때마다 떨리는 한숨이 새어 나왔다. 어스름한 복도 조명, 문 앞에 다다라 성건후가 카드키를 넣었다. 나는 입술을 손등으로 문질렀다.

문이 열리고 나는 다시 벽에 기대어 세워졌다.

"얼마나 보고 싶었는지. 가은이가 나타날 만한 곳을 미친 듯이 찾아다녔지."

성건후가 나직이 중얼거리며 두 손으로 내 턱을 받쳐 올렸다. 그러고는 여행지에서 만나 내일 헤어질 사람처럼 키스했다. 내게는 반응을 보이거나 그의 혀를 어루만질 틈이 없었다. 절대적인 정복욕을 행사하며 혀와 입안을 희롱하는 성건후에게 저항은 불가능했다.

나는 스르르 미끄러졌다. 성건후는 나를 따라 무릎을 꿇더니 힘 빠진 손목을 움켜쥐었다. 그는 내 손가락 하나하나에 키스했다.

"넌 내 거야. 유가은. 내가 네 첫사랑이건 아니건. 그딴 건 아무 상관 없어."

검지의 두 번째 관절을 깨물고 성건후가 고집스레 선언했다. 나는 검지와 중지 사이에서 춤추는 혀를 보았다. 불꽃같은 혀, 나도 그의 손가락을 빨고 싶었다.

"네 몸도 내 거였으면 좋겠어."

성건후가 입술을 떼며 말했다. 나는 고개를 끄덕였다. 그는 나를 침대로 이끌었다.

"뱀파이어의 여자가 되려면 특별한 방법이 필요하지."

내 앞에 선 성건후가 이를 드러냈다. 그는 달을 등지고 서 있었다. 역광 속에서 송곳니가 번득이고 음산한 분위기가 깔렸다. 당장이라도 무시무시한 흡혈귀로 변해 나를 덮칠 것 같았다. 특별한 방법이란 그런 걸까? 내 몸에 피가 한 방울도 남지 않을 때까지 피를 빨게 될까?

성건후는 내 손바닥에 난 생명선을 검지로 덧그렸다.

"여길 찢어서, 가은이의 안에 내 피를 흘려 넣는 거야."

오싹한 감각이 온몸을 휘감고 기분 좋은 전율로 증발했다.

"그래요. 그렇게 해 줘요."

나는 그에게 확신을 주었다.

"지금 하는 건가요?"

어깨가 떨려 왔다. 성건후는 웃으며 내 콧날에 자신의 콧등을 문질렀다.

"당장은 아니지만 언젠가는 그렇게 할 거야."

"왜요? 왜 당장이 아니죠?"

나는 조급해졌다. 뱀파이어의 여자가 된다……. 차라리 그렇게 된다면 좋겠다고 생각했다. 불안하게 떨리는 심장박동을 잠재울 수 있을 것 같았다.

"어르신의 체면이나 우리의 미래를 생각해야 하니까. 반대로 어쩌면 내가 늑대인간처럼 살 수도 있겠지."

"그건 안 돼요!"

나도 모르게 조용히 소리쳤다.

"전 뱀파이어인 당신이 좋아요."

성건후가 넥타이를 풀면서 나를 지그시 응시했다.

"어쨌거나 오늘 밤에 널 가질 거야. 그건 아무도 못 막지."

달콤한 미소였으되 허를 찌를 만큼 치명적이었다. 성건후의 말을 되뇌며 나는 무릎 위에 두 손을 올려놓았다.

뭘 해야 하지? 초조하게 생각했다. 나도 그가 하는 대로 옷을 벗어야 하는 걸까? 성건후는 이제 막 상의 단추를 다 풀고 옷깃 새로 복근을 드러내 보이고 있었다. 자꾸만 보게 되는 경이롭고 또 꽉 조인 몸이었다. 그는 셔츠를 펄럭거리며 상체를 구부리더니 키스하면서 나를 일으켰다. 나는 일어선 채 뒷머리를 꽉 누르는 손길을 느꼈다.

키스에 정신이 팔린 사이 성건후의 손이 상의 안으로 들어왔다. 그는 거침없이 내 가슴을 움켜쥐고 애무했다. 브래지어 컵 너머로 넘실대는 피부에 키스마크를 남겼다. 거센 가운데에서도 교묘하게 감미로운 손길. 성건후가 가슴의 정점에 엄지손가락을 세워 꾹 누르는 순간 나는 신음을 터트렸다.

"봐도 괜찮아?"

성건후가 물었다. 하나하나 묻는 그 때문에 부끄럽긴 했지만 고맙기도 했다. 나는 자신 없이 턱을 주억거리고 모든 것을 내맡겼다. 곧 상의가 벗겨지고 브래지어의 후크가 풀렸다. 어깨끈을 내리면서 그가 가슴에 키스했다.

나는 성건후의 탄탄한 허리를 잡았다. 그의 입술이 짓궂게 피부에 마찰을 일으켰고 마침내는 혀가 그 자리를 빨았다. 그렇게 선 채로 성건후는 양쪽을 번갈아 가며 자극했다. 열중하느라 찌푸린 그의 미간이 눈에 띄었다. 콧등도 매력적

으로 구겨져 있어 나는 이런 걸 보고 섹시하다고 표현하나
보다 생각했다.

"괜찮아."

바지에 손을 대면서 성건후가 속삭였다. 내가 떠는 것을
알아차렸기 때문이었다. 그가 지퍼를 내렸을 때, 어쩔 수 없
이 허벅지 안쪽에 경련이 일어났다. 들키고 싶지 않아. 그
사이 성건후는 팬티 한 장만 남기고 정성스레 내 옷을 전부
벗겼다.

"잠깐 누울까."

방 안의 조명을 조절하면서 성건후가 말했다. 그도 나처
럼 브리프 한 장만 남기고 나체가 되었다. 내가 지켜보는 것
을 의식하지 않았다. 나는 눈가가 뜨거워질 정도로 위태로운
데 성건후는 아직까지 흥분하지 않았다. 아니면 잘 숨기고
있는 건지도 몰랐다.

성건후는 내 곁으로 누우면서 나를 힘껏 끌어당겼다. 몸
에 닿는 맨살의 감촉에 나는 울컥 눈물이 날 뻔했다. 내 맨
가슴이 단련된 가슴근육에 부딪치는 순간, 그의 입에서도 힘
겹게 숨이 뱉어졌다.

"내가 키스하면 안 되는 곳은 없겠지."

담담하게 중얼거리며 성건후는 내 온몸 구석구석에 입술
로 흔적을 남기기 시작했다. 그가 입을 맞출 때마다 달콤하
고 자극적인 감각이 온몸에 퍼졌고 등이 저절로 휘었다.

매끄러운 곡선을 그리고 있는 복부에서, 성건후는 무척 오래 머물렀다. 혀를 세워 배꼽 안쪽을 후비듯 파고 들어와 혼을 빼놓았다. 나는 허리를 뒤틀어 댐과 동시에 베갯잇에 얼굴을 감췄다.

성건후는 더 아래로 내려갔다.

"안 돼요."

그가 내 다리 사이에서 나를 올려다보며 피식 웃었다. 심장이 안타깝게 타들어 갔다.

"그러지 말아요."

내가 부탁하는 순간 짓궂게도 성건후는 그곳에 쿡 하고 얼굴을 박았다. 온몸에 짜릿하게 퍼지는 전율. 나는 그대로 기절해 버릴 것 같았다. 충격적인 감각이어서 눈물이 날 정도였다.

"이 정도로 놀라면 곤란한데. 난 오늘 밤을 충분히 다 쓸 생각이거든."

다시 성건후는 위로 올라와 내 곁에 누웠다. 그는 팔베개를 해 주면서 나를 돌려 눕혔다. 그러고는 아랫배와 골반, 허벅지를 다정하게 쓸었다. 잠시 숨 돌릴 틈이 생긴 것 같아 마음이 차분해졌다. 하지만 그러는 중에도 귓가를 더듬는 혀는 생각을 마비시킬 정도로 뜨거웠다. 나는 눈을 감았다.

다음 날 아침 눈을 뜨자마자 시트를 몸에 둘둘 감고 성건후를 찾았다. 그는 룸서비스를 가져온 참이었다.

"괜찮아?"

스크램블드에그와 오렌지 주스를 내 앞에 놓아 주며 성건후가 물었다. 나는 빨개진 얼굴로 고개를 끄덕였다.

"옷은 준비해 뒀어. 일단 먹어."

시간이 몇 시이기에 벌써 그런 준비까지 마친 걸까.

"오늘은 뭘 하나요?"

배가 차자 할아버지, 부모님, 김문주 등이 떠오르면서 나는 조금 두려워졌다. 하지만 성건후가 내 곁에 앉아 어깨를 끌어안아 주어 금세 안심이 되었다.

"오늘은 인터뷰가 있는데 같이 동행해 주겠어? 내 약혼녀로."

가슴이 두근두근 뛰었다.

"지금까지 젊은 CEO 특집 기사를 요청한 잡지사가 몇 군데 있었는데 가은이가 일하던 잡지사와 하기로 했어. 갑작스레 회사를 나가게 된 거나, 화보 일을 마무리 짓지 못한 것도 사과할 겸. 물론 가은이의 잘못은 아니지만."

성건후가 거기까지 생각하고 있을 줄 몰랐다. 인터뷰에 동행하기를 바랄 뿐만 아니라 예전 직장 관계까지 배려해 주고……

나는 울컥함과 동시에 고마워 그의 목을 끌어안고 키스했다. 다정하게 혀를 나누는 동안 나야말로 계약서를 쓰고 싶다는 마음이 들었다. 평생 내 피를 그에게 얼마든지 제공해 주겠다는 계약서.

"건후 씨……."

입술을 떼면서 처음으로 성건후, 건후 씨의 이름을 읊조렸다.

"고마워요. 그리고…… 사랑해요."

감격한 것일까. 그의 눈자위가 미세한 진동을 일으켰다.

"나도 그래."

건후 씨는 약간 뺨을 붉히면서 키스를 하는 척 속삭였다.

"이제 나갈 준비 할까. 몸은 괜찮아?"

어젯밤의 기억이 떠올랐다. 다리 사이가 살짝 얼얼했지만 괜찮았다. 기분 좋은 고통이었으니까.

"아 참, 인터뷰어는 손희원이야. 내가 특별히 부탁했지."

욕실로 들어갈 때, 뒤에서 건후 씨가 말했다. 나는 그 말을 묵묵히 곱씹으며 샤워기를 틀었다. 머리 위로 세찬 물줄기가 쏟아졌다.

인터뷰어는 손희원. 인터뷰어는 손희원……. 건후 씨를 좋아하는 그녀에게 그보다 더 세련된 형벌이 있을까. 마침내 나는 웃음과 울음을 동시에 터트리고 말았다. 내 남자가 멋있기만 한 게 아니라 똑똑하고, 거기에 재치까지 있어 너무

나도 기뻤다.

❖   ❖   ❖

인터뷰를 위해 우리가 간 곳은 오피스텔의 카페였다. 소위 건후 씨 전용 탕비실 말이다. 손 대리, 손희원은 먼저 와서 기다리고 있었는데 나와 건후 씨가 들어서는 걸 보고 딱 굳어 버리고 말았다. 더구나 건후 씨가 자기 약혼녀라면서 내 허리를 끌어안고 콧등에 가볍게 입을 맞췄을 때에는 심지어 허탈한 한숨까지 내쉬었다.

"기회가 된다면 인터뷰 중에 우리 가은이 이야기도 하고 싶어서 특별히 부탁했어요. 이 이야기에 관심 없는 건 아니겠죠?"

"물론이죠. 성건후 씨. 이렇게 젊고 멋지신 CEO의 여자친구분을 소개할 기회가 생긴 건 저희로서도 영광입니다."

손희원이 넋이 나간 듯이 중얼거렸다. 건후 씨는 그런 그녀에게도 다정히 웃어 주었다. 지금까지 보여 주었던 무례한 행동들을 깨끗이 잊어버리고서 말이다.

"여자친구가 아니라 약혼녀죠. 어쨌거나 출판, 언론 쪽에서 종사하고 있는 사람이라면 표현을 똑바로 써야 하는 거 아닌가."

점잖고도 날카롭게 손희원의 실수를 지적하는 일도 거기

까지였다. 건후 씨는 시종일관 카리스마 있는 모습으로 인터뷰를 즐겁게 때때로 진지하게 이끌어 나갔다. 인터뷰의 분위기나 내용만 보아도 꽤 좋은 기사가 될 것이 틀림없음을 나는 직감했다. 더욱이 아직 사교계에 모습을 드러내지 않은 상태의 따끈따끈한 신흥 거물이 인터뷰를 해 주었으니 이번 달 잡지는 불티나게 팔릴 게 틀림없었다.

따라서 건후 씨는 손희원의 비겁한 행실에 대해 걸맞은 보복을 했을 뿐만 아니라 빚도 지워 준 셈이었다. 더 이상 나를 건들지 못하게 하기 위함임을 잘 알았다. 만약 내가 다시 같은 직장에서 일을 시작하더라도 혹은 같은 업종의 다른 직장에서 커리어를 쌓더라도 전에 있었던 직장에서 벌어진 일로 발목을 잡히지 않도록.

"사진이 잘 나왔으면 좋겠어요."

인터뷰를 끝내고 건후 씨에게 내가 말했다. 그는 심상히 대꾸했다.

"가은이가 예뻤으니까."

"어떻게 그런 말을 해요? 뱀파이어라서 그래요?"

건후 씨가 씩 웃었다. 그에게 농담을 할 만큼 스스럼없어졌다는 사실이 봄날 꽃망울이 터지는 것만큼이나 경이로웠다.

"그럼 이제 어르신을 협박하러 가 볼까."

"협박이요?"

"결혼 승낙이라고 하면 좋겠어?"

또다시 심장이 쿵 하고 울렸다.

"하지만 가기 전에 준비를 좀 해야겠지."

건후 씨가 소파 쪽 자리로 가더니 나를 무릎 위에 앉혔다. 정말이지 틈만 나면 달라붙고 싶어 하는 남자였다.

"이런 방법은 좋아하지 않지만…… 가은이 손바닥에 상처를 좀 내야겠어."

"괜찮아요."

내가 할 수 있는 한 가장 씩씩하게 대답했다. 나로서는 이 순간 건후 씨의 안색이 창백해진 게 오히려 더 걱정이었다.

"걱정돼서 그래요?"

"겁먹었냐고? 아니."

앗. 발끈했다. 내 이야기는 손바닥에 상처 입히는 걸 이른 거였는데. 어떻게 상처를 입히면 좋을까 심사숙고하는 건후 씨가 귀여워서 나도 모르게 뺨을 쓸었다. 그러자 그가 눈동자만 움직여 나를 쏘아보았다. 음. 이상하게도 그 강렬했던 뱀파이어의 눈빛이 더 이상 두렵지 않았다.

박 비서님을 통해 약속을 잡는 동안 건후 씨는 내 손바닥에 상처를 입힌 다음 붕대로 감아 주었다. 나는 아픔보다 간지러워서 웃었다. 그러자 건후 씨가 짓궂게 말했다.

"안심하지 마. 그리고 싶어지면 여기에 내 피를 떨어트릴 거니까."

"그러면 어떻게 되는 거죠?"

"가은이가 더 이상 내게 피를 줄 수 없게 되는 거지. 뱀 파이어가 될 테니까."

"그건 좀 싫으네요."

솔직한 말에 건후 씨가 웃으며 내 코끝을 건드렸다.

"나는 상관없어. 피 말고 다른 걸 주면 되니까."

"하지만 난 당신이 다른 늑대인간 여자에게 피를 제공받는 게 싫은데요?"

"어떤 여자하고도 계약 안 해."

건후 씨가 확고하게 말했다.

"가은이가 더 이상 늑대인간이 아니라고 해도. 꼭 직접 피를 빨아야만 피를 마실 수 있는 것도 아니니까."

"그럼 이제까지는 왜 직접 피를 빨았어요?"

"예전에는 아무것도 안 물어보더니 갑자기 왜 이렇게 호기심이 많아진 거야?"

책망하는 투는 아니지만 조금 창피해졌다. 그거야 그때엔 뱀파이어라는 존재가 너무나 생소했고 두려웠으니까……. 하지만 그런 건 결국 선입관에 불과하다는 걸 몸소 깨달았다.

"직접 피를 빠는 편이 신선하고 맛도 좋으니까. 그게 전통 방식이고 말이지."

건후 씨가 내 목덜미를 슬쩍 바라보더니 입술을 핥았다. 어깨가 절로 움츠러들었다. 그 틈을 노려 그는 나를 와락 안고 목선에 얼굴을 부볐다. 잠깐이었지만 몸이 급하게 달아올라 나는 무심코 건후 씨의 어깨를 힘껏 움켜쥐었다.

"알아."

목덜미를 타고 귓가로 올라온 입술에서 뜨거운 숨결이 흘렀다.

"그런데 이 냄새가 너무 좋아서 가은이에게서 떨어지기가 힘들어."

이렇듯 건후 씨가 나를 원한다며 어쩔 줄 몰라 하면 나도 똑같은 기분이 들었다. 그가 좋았고 몸과 마음으로 듬뿍 체감하고 싶었다. 달라붙어 있는 것만으로는 부족했다. 만약 우리가 결혼을 하게 된다면 바로 이 부족함 때문에 하게 될 것이 틀림없었다.

곧 박 비서님이 와서 약속 시간과 장소를 정했다고 알려왔다. 우리는 천천히 이동하기로 하고 느긋한 마음으로 차에 올라탔다. 비현실적으로 행복해서 앞으로 어떻게 될지 예상조차 할 수 없었다. 어쩌면 해피엔딩을 절실히 기대하는 무의식이 우리 두 사람을 조금쯤은 마비시킨 걸지도 몰랐다.

하지만 그것도 잠시였다. 일본식 정원으로 꾸며진 대궐 같은 한식당 앞에 내렸을 때부터 나는 현실감을 되찾았다. 심장이 헛된 리듬으로 두근거렸다.

"떨지 마."

건후 씨는 내 손가락에 반지 하나를 살며시 끼웠다.

"이게 있으니까."

나는 그것이 결혼반지임을 알았다. 어쩜 좋지. 가슴이 벅차고 눈물이 핑 돌았다. 더 이상 떨리지 않았다. 강철로 짠 베일이 머리끝부터 발끝까지 보이지 않게 드리워진 기분이었다.

김문주는 없었지만 할아버지는 물론 부모님과 유남 아저씨까지 계셨다. 나는 이 자리에서 건후 씨의 편이 되어 줄 사람은 오직 나뿐이라는 것을 알고 마음을 진정시켰다.

어머니는 하루 동안 어디에 있었느냐고 걱정했다. 나는 그저 웃었다. 마침 건후 씨가 어머니께 죄송하다고 깍듯이 잘못을 빌었다. 다행히 어머니는 그리 못마땅해하는 눈치는 아니었다. 하기야 건후 씨의 어디에 미운 구석이 있단 말이야. 아무리 뜯어봐도 찾기 힘든걸.

건후 씨는 내 가슴이 아프도록 결혼을 허락해 달라고 간청했다. 늑대인간의 피를 빨 수밖에 없는 처지이긴 하나 그 처지 때문에 지금까지 남몰래 우리 종족들을 돕기도 했다고. 하지만 할아버지는 강경한 눈빛을 보내오실 뿐이었다.

어머니나 아버지도 뱀파이어에게 나를 시집보낼 순 없다며 단호한 입장을 취하셨다. 나 역시 그가 나를 위해 얼마나 노력했고 피를 빨리는 일이 나 자신에게는 아무렇지도 않은 일이라고 항변했다.

"내가 자네를 좋은 부모에게 입양시켜 주었다는 걸 알고 있겠지?"

묵묵히 이야기를 들은 할아버지가 천천히 입을 열었다. 건후 씨는 그렇다고 대답했다. 또한 감사하게 생각한다고. 허벅지 위에 얹힌 그의 손이 뜨겁게 쥐어졌다. 나는 그 손을 맞잡아 주고 싶어 내 손으로 손등을 감쌌다.

"그 은혜를 생각하면 이래선 안 될 일이네."

"그 은혜를 생각해 더 간곡하게 부탁드리는 겁니다. 제가 가은이 없으면 안 되듯 가은이도 저와 떨어져선 살 수 없으니까요."

"저 아이는 남자를 잘 모르네. 앞으로 어떻게 될지도 모르지."

이제 내가 나설 차례라는 생각이 들었다. 나는 할아버지에게 무릎걸음으로 다가가 당신의 손을 두 손으로 잡았다. 할아버지는 내 손을 물끄러미 보다가 반지와 붕대를 발견했다.

"이건 뭐냐, 가은아?"

"제가 상처를 내 달라고 했어요. 무슨 뜻인지는 할아버지도 아시죠?"

할아버지의 입이 굳게 다물어졌다. 나는 당신의 눈길을 피하지 않았다.

"지금은 아니어도 저, 언젠가 건후 씨에게 뱀파이어로 만들어 달라고 할지 몰라요."

"유가은!"

엄하게 나무라는 할아버지였지만 나는 겁나지 않았다.

"안 그러면 견딜 수 없으니까요, 할아버지."

나는 부모님의 얼굴도 차례로 보았다. 화를 내려는 게 아니라, 억울함을 호소하려는 게 아니라 그저 진심이 전달되기만을 바랄 뿐이었다.

"다른 뜻이 아닙니다, 어르신. 지난 몇 주 동안 가은이가 어땠는지 잘 알고 계실 것 아닙니까. 야윈 건 말할 것도 없고 얼굴이 엉망이잖습니까."

언제나 달변이라고 생각했던 건후 씨였지만 이번에는 언제나처럼 여유롭지 않았다.

"가은이를 정말 사랑하신다면……."

"만나는 것까진 뭐라고 할 수 없겠지."

할아버지가 건후 씨의 말을 도중에 자르며 일어나셨다. 부모님도 할아버지를 따라 나갈 채비를 했다. 그리고 방을 나서기 전 아버지가 한마디 하셨다.

"우리 일족은 늑대인간들 사이에서도 긍지 높고 자존심이 강한 집안이다. 하지만 어리석은 늑대인간 또한 아니야. 아버지는 결코 이런 일을 바라지 않았다만……."

더 이상 말을 잇지 못하는 아버지를 보고 있자니 건후 씨를 사랑하는 것과는 별개로 가슴이 아팠다.

"우리 모두에게 생각할 시간을 줬으면 좋겠구나, 가은아. 아, 나오지 않아도 돼요. 배웅은 됐으니까."

어머니의 말을 마지막으로 나와 건후 씨는 단둘이 빈 방에 남았다.

"쉬울 거라고 생각하진 않았어. 그래도 만나도 된다고 하시잖아?"

건후 씨는 조금도 기죽지 않은 모습이었다. 나는 많이 서운했는데.

"가은이가 힘을 보태 줘서 살았어."

"진심이었으니까요."

눈이 마주쳤을 때, 우리는 웃었다. 열린 장지문 사이로 흔들리는 나뭇가지가 보였다. 가지 끝에 난 이파리는 보드라운 연둣빛이었다.

"하늘 날아 본 적 있어?"

그날 밤에 건후 씨가 불쑥 물었다. 그는 내 방 창가에 걸터앉아 밤하늘을 응시하고 있었다.

"비행기를 타고요?"

건후 씨는 고개를 저었다.

"맨몸으로. 영화 속 뱀파이어들은 망토를 두르고 하늘을 날잖아."

나는 두 손을 가슴 앞으로 교차해 어깨를 잡았다. 기대감으로 가슴이 뛰었다. 영화 속에서나 보던 이야기였지만 나 역시 늑대인간이었다. 우리 늑대인간들도 늑대로의 완전한 변태를 하진 않아도 보름달이 뜨는 밤에는 몸에 변화가 일어나곤 했다.

"그럼 특별한 망토가 필요한가요?"

어린아이처럼 나는 이 상황이 굉장히 재미있고 흥분되었다. 건후 씨는 이런 내가 재미있는지 키득거렸다.

"손 한번 잡아 볼래? 가은이도 날 수 있을 거야."

건후 씨의 손을 잡자 몸이 허공으로 붕 하고 떠올랐다.

"어머!"

나도 모르게 깜짝 놀라 소리쳤다. 내 몸은 마치 물속을 헤엄치는 것처럼 공중에 떠서 이리 흔들렸다 저리 흔들렸다 했다.

"하지만 내 손을 놓으면 떨어지게 되지."

시험 삼아 건후 씨가 내 손을 놓자 정말로 몸이 묵직해지면서 중력의 힘을 따라 추락했다. 다행히 바닥에 부딪치기 전에 그가 나를 안아 주어 무사할 수 있었다.

"신기해요. 놀랐어요."

흥분을 견디지 못하고 나는 쌕쌕거렸다.

"떨어질 때조차 좋았어요. 롤러코스터를 타는 기분이어서."

"아쉽지만 현대에 적응한 지 꽤 된 몸이라 오래도록 날 수 없게 됐어. 그래도 가은이가 원한다면 이 정도는 얼마든지."

나는 자세를 고쳐 앉고 건후 씨의 목에 팔을 감았다. 아직도 심장이 두근두근 뛰고 있었다.

"숨소리가 거칠어."

내 입술을 손끝으로 더듬으며 건후 씨가 중얼거렸다. 그의 눈동자가 입술에 완전히 고정되어 있었다. 어쩌면 내 숨결이 움직이는 방향이 보이는지도 몰랐다.

"건후 씨가 하늘을 날게 해 줬으니까 그런 거잖아요."

나는 조금 수줍어졌지만 건후 씨의 손길이 좋아서 얌전히 있었다. 그는 손가락 끝으로 내 이를 톡톡 건드렸다.

"좋았어?"

"응."

아. 건후 씨의 손가락이 입안으로 들어왔다. 그는 손가락을 빼지 않은 채 키스했다. 내 혀에 손가락이 닿는 기분이 너무나 묘했다. 또 그 손가락에 건후 씨의 혀가 닿는 것도 좋았다.

"또 뭘 해 주면 피를 줄 거지?"

잠깐 입술이 떨어진 틈에 건후 씨가 물었다. 바보 같은 질문이었다. 나는 창문을 닫고 침대 쪽으로 걸어갔다. 그리고 뒤따라오는 건후 씨의 손을 잡아 내 가슴께로 끌어왔다.

"언제라도 괜찮아요. 평생 줄 수 있어요."

"평생?"

건후 씨가 내 어깨를 어루만지다 허리를 확 안아 자신의 품에 당겼다.

"정말 평생이야?"

확인하듯 묻는 그에게 나는 고개를 끄덕였다.

"사랑해."

새하얗고 날카로운 송곳니가, 달콤한 고백과 함께 목덜미로 날카롭게 파고들었다.

에필로그

"찬아. 멀리 가면 안 돼."

이제 막 걷는 재미를 익힌 아이에게 가은이 경고했다. 마침 저택에 당도한 참이었다. 처음 오는 곳이 신기한지 아이는 자꾸 부모에게서 떨어져 저만치 달아나려고 했다. 찬은 엄마를 돌아보고 생긋 웃었다. 작은 입술 아래로 뾰족한 송곳니가 고개를 내밀었다.

"뛰지도 말고. 넘어지니까."

"나, 나, 날아!"

"뭐? 난다고? 절대 안 돼. 건후 씨. 찬이 좀 잡아요."

아빠가 자신을 잡으러 다가오자 찬은 냉큼 기둥 뒤로 숨었다.

"찬, 이리 온."

건후가 팔을 내밀었다. 찬은 그 손을 물끄러미 바라보다가 있는 힘껏 깨물었다. 건후의 입에서 비명이 터졌다. 작은 송곳니였지만 깨무는 힘은 사나웠다.

"가은아. 쟤가 날 물었어."

"그거 이를 때예요? 세 살짜리 송곳니가 얼마나 아파서. 애부터 잡아야죠. 혹시라도 찬이를 모르는 늑대인간이 해코지라도 하면 큰일 나."

찬은 목에 맨 작은 망토 끝자락을 잡고 위아래로 흔들었다. 그러자 아이의 몸은 허공으로 붕 떠올랐다.

"찬아. 찬아! 안 돼!"

건후의 손길을 피해 찬은 공중으로 미끄러졌다. 날렵하고 재빨랐다. 아이는 저택 둘레를 따라 빙 돌더니 뒤뜰을 찾아 나아갔다.

난생처음 와 보는 외갓집은 무척 넓었다. 집에서는 날면 꼭 야단을 맞았는데 이곳에서는 자유롭게 비행할 수 있어 좋았다. 하지만 속도를 잘 조절할 수가 없었다. 결국 아이는 마주 오던 사람과 부딪치고 말았다. 가은의 할아버지, 유 회장이었다.

"어쿠쿠."

찬은 처음엔 어리둥절해 유 회장을 물끄러미 보았다. 유 회장도 둥글고 커다란 아이의 눈을 가만히 들여다보았다. 가은이와 똑같은 눈이었다. 그는 저도 모르게 찬의 눈가를 엄지로 정답게 쓸었다. 하지만 찬은 상대방이 낯선 사람임을 깨닫기 무섭게 울음보를 터트리고 말았다. 유 회장은 당황했다. 그는 급한 대로 찬을 안고 얼렀다. 하지만 아이는 울음을 그칠 기미를 보이지 않았다.

"아빠! 엄마!"

고래고래 소리를 지르는 찬이었다. 그 바람에 유 회장은 찬의 송곳니를 보게 되었다. 혐오스럽게 느껴져야 할 뱀파이어의 무기는 작고 앙증맞았다. 심지어 건드려 보고 싶을 만큼 깨끗하기도 했다.

"할아버지란다. 할아버지."

유 회장이 찬의 등을 토닥토닥 두드렸다. 찬은 아빠와 엄마를 찾아 빽빽 울면서도 '할아버지'라는 말에 귀를 쫑긋거렸다.

"할아버지?"

"그래. 할아버지. 네가 찬이로구나."

찬은 눈을 끔벅거렸다.

"우는 게 가은이랑 아주 똑같은걸."

'운다'는 말에 찬은 또 울먹였다. 유 회장은 쩔쩔매면서 아이를 높이 쳐들고 얼렀다. 찬은 겁내하기는커녕 높으면 높을수록 더 좋아했다. 유 회장은 제 아버지를 닮아 대담한 아이가 기특했다.

한데 찬이는 대담하기만 할 뿐만 아니라 당돌하기도 했

다. 유 회장의 손가락을 혀로 한 번 쓱 핥아 맛을 보더니 급기야는 깨물어 피 맛을 보았던 것이다.

"우리 찬이 대단하구나. 피를 빨 줄도 알고."

이상하게도 유 회장은 불쾌하지 않았다. 따갑기는 했으나 입에서 절로 감탄이 흘러나왔다. 스스로 한 말에 놀라 한동안 입을 다물 수가 없을 정도였다.

유 회장은 찬을 안고 응접실로 갔다.

"찬이가 날아다니더구나."

가은과 건후는 난처하게 서로를 마주 보았다.

"내 손가락을 깨물어서 피까지 빨던데."

"세상에. 성찬, 너!"

얼굴을 빨갛게 물들인 가은이 찬을 한 번 부른 후 건후를 휙 돌아보았다. 난처하기는 그도 마찬가지였다.

"죄송합니다. 할아버님."

유 회장은 건후를 가는 눈으로 응시했다. 그의 뜻을 알 수 없어 건후의 마음은 조마조마했다. 그가 말했다.

"찬이 제게 주십시오. 할아버님. 야단치겠습니다."

"흐음. 누가 야단치라고 했나."

"아닙니다. 할아버님. 당연히 따끔하게 혼을 내 주어야지요. 사실 날아다니는 것도 못하게 하고 있는데 찬이가 자꾸 날고 싶어 하는 바람에…… 면목 없습니다."

"교육은 야단친다고 되는 것도 아니고 하루아침에 되는

것도 아닐세."

할아버지가 따끔하게 한마디 하자 가은과 건후는 고개를 꾸벅 수그렸다.

"죄송합니다. 제가……."

"죄송해요. 할아버지."

"애를 낳자마자 나한테 데려왔으면 버릇은 좀 더 잘 들였을지도 모르지."

혼잣말인지 아니면 들으라고 하는 말인지 알 수 없어 부부는 입을 꾹 다물었다.

잠시 침묵이 흐르고 그 가운데 찻잔이 달그락거렸다. 한동안 할아버지는 찬의 뺨을 만지작거리기도 하고 과자를 부스러트려 먹여 주기도 하면서 시간을 보냈다.

어느 모로 보나 다정한 한때였지만 그래도 불안했던 가은은 치맛자락을 꼭 쥐었다. 그때, 테이블 아래로 건후의 손이 슬며시 들어왔다. 그는 가은의 손등을 간질이다가 이내 그녀가 손을 펴자 힘껏 깍지를 꼈다. 순간 가은의 몸에 홍차 한 모금 정도의 열기가 퍼졌다.

"그럼 찬이는 늑대인간이 아니라 뱀파이어에 더 가까운 건가?"

"아직 다 안 자랐으니까 확실하지는 않습니다, 할아버님."

유 회장은 건후가 긴장했음을 알았다. 항상 불편할 정도로 당당하던 뱀파이어가 자신의 눈치를 살피는 것이 내심

즐거웠던 그는 찬의 머리를 쓰다듬으며 짓궂게 중얼거렸다.

"손자가 뱀파이어라니 할아버지 된 입장에서 섭섭하군."

"어, 어쩔 수 없는걸요. 할아버지."

가은이 항변하자 유 회장이 못마땅하다는 듯 인상을 찌푸렸다.

"어쩔 수 없기는?"

"그럼 어, 어떡해요……."

가은의 목소리가 기어들어 갔다.

"늑대인간에 가까운 여자아이를 낳으면 되지 않느냐."

"그렇군요. 할아버님. 네. 잘할 수 있습니다. 노력하겠습니다."

"노력은 무슨 노력?"

손의 깍지를 푼 가은이 건후의 손등을 꼬집었다. 그럼에도 건후의 의지는 강건한 눈빛으로 빛을 발했다. 유 회장도 흡족한 눈치였다. 가은은 테이블 밑에서 자꾸 엉겨 오는 건후의 손을 밀어냈다.

"그리고 가은이, 내일부터 외국에 나간다고?"

"네. 패션 위크가 있어서요."

건후는 아직도 손가락으로 가은에게 장난을 쳤다. 가은은 그 손과 정신없이 싸우다가 결국 마지못해 다시 깍지를 끼고 말았다.

"찬이도 데려가는 거냐? 성 서방은?"

성 서방이라는 말에 건후의 가슴이 철렁 내려앉았다. 기분은 좋되 편치만은 않은 행복감.

"실은 그 패션 위크에 저도 초대를 받아서요, 할아버님. 찬이도 데려가야 할 것 같습니다."

그는 찡그린 미소를 지으며 대답했다.

"일을 쉴 수는 없으니까요."

가은이 덧붙이자 유 회장은 잘됐다는 듯 테이블을 탁탁 내려쳤다.

"꼭 그럴 필요 있을까 싶구나. 그냥 나한테 맡기지 그러냐."

부부가 앞다투어 서로 괜찮다고 손을 저었다. 전용기를 언급하면서 건후는 비행은 순조로울 거라고 걱정 마시라 장담했다. 하지만 유 회장은 당신 앞에서 돈 자랑 할 생각 말라며 찬의 해외여행을 단단히 금했다.

"늑대인간 여자아이를 잊지 말아라. 가은이를 쏙 빼닮은 그런 귀엽고 우아한 늑대아이를 보는 게 내 바람이었다."

배웅을 하면서 할아버지는, 엄중히 약속을 받아 냈다. 어느새 제 증조할아버지와 다정해진 찬은 아빠, 엄마를 향해 잔망스레 손을 흔들었다.

패션 위크 개막을 하루 앞두고 가은과 건후는 밀라노에 도착했다. 도착 시간은 오전이었다.

두 사람은 서로 다른 일정으로 각기 바쁠 예정이었다. 호텔에 짐을 풀자마자 그들은 로비로 나갔다. 아직 쌀쌀한 날씨여서 그런지 실내에도 한기가 조금 남은 듯싶었다. 건후는 호텔 카페로 들어가는 가은의 팔꿈치를 잡아당겼다.

"이거 걸쳐야겠어."

건후가 가은의 어깨에 마르니 코트를 걸쳤다. 먹물을 잔뜩 묻힌 붓으로 일필휘지한 듯한 꽃무늬가 눈에 띄는 신상이었다. 패션 위크에 초대받고 팸플릿을 보았을 때 그가 가장 먼저 선택한 옷이었다. 투박한 프린트는 물론 회색 톤을 띠고 있는 분홍색과 하늘색 바탕이 마음에 들었다. 그녀의 선물로 딱이라고 생각했다.

가은은 멀티컬러의 클러치백을 옆구리에 고쳐 끼더니 돌아서서 건후의 뺨을 쓸었다. 그러자 건후가 씽긋 웃으며 상체를 수그렸다. 그대로 그들은 살짝 키스했다.

커피를 주문하고 바에 기대어 서서 서로의 손가락을 만지작거렸다.

"파티에 갈 거죠? 박 비서님이 초대된 사람들 명단도 읽어 보라고 했다면서. 아까 비행기에서 안 읽었지."

테이크아웃한 커피가 나오면 헤어져야 했다. 그게 싫었던 가은은 괜히 건후에게 면박을 주며 넥타이핀을 건드렸다.

"저녁까진 시간이 조금 있으니까. 나보다 자기가 문제지. 자기 오후에 사진작가랑 같이 길거리 취재 나간다면서."

가은은 고개를 끄덕였다. 얼굴에 아쉬움이 가득했다. 건후는 저도 모르게 가은의 콧등에 입술을 부딪쳤다. 놀란 가은의 눈동자가 동그래졌다. 그녀의 동공에 날카로운 송곳니가 비쳤다.

"잠깐 방에 들렀다 갈래? 커피만 마시고 나가자."

건후가 달콤하게 제안하자 가은의 심장이 덜컥 내려앉았다. 하지만 거절하고 싶지가 않았다. 잠깐이라면 괜찮지 않을까? 커피를 받고 나와 엘리베이터 쪽으로 향하는데 호텔 입구가 소란스러웠다.

"너 지금 제정신이니?"

한국어에 가은은 저도 모르게 시선을 돌렸다. 더구나 익숙한 목소리. 그 주인공은 손 대리, 희원이었다. 그녀는 자신이 데리고 온 인턴사원을 닦달하고 있었다.

"셀럽 명단을 잊어버리고 와? 미친 거 아냐?"

인턴사원은 그렁그렁한 눈으로 죄송하다고 계속 머리를 조아렸다. 가은은 화가 났다. 첫 외국 출장에 서툰 인턴사원이 명단을 잊고 온 모양이었다. 분명 실수는 지적을 받아 마땅했다. 하지만 꼭 외국인들도 다 보는 곳에서 저렇게 한국말로 쩌렁쩌렁 소리를 질러 대야 할까? 희원의 성격으로 미루어 보아, 그녀가 저러는 것은 분명 인턴사원을 일부러 상처 주기 위함이 틀림없었다.

"계속 보고 있을 건가?"

건후가 부드럽게 물어 왔다. 그제야 가은은 자신이 부들 부들 떨고 있음을 알아차렸다. 그녀의 허리로 건후의 팔이 감겼다. 건후는 로비 쪽을 응시하면서 가은의 정수리에 입술 을 눌렀다.

"기분 풀어."

엘리베이터에 올라타면서 건후가 자상하게 속삭였다. 가 은은 괜찮다고 조그맣게 중얼거렸지만 역시 인턴사원이 시 달릴 것이 눈에 선했다. 자신이 그랬던 것처럼. 방에 도착해 서도 기분이 좀처럼 편해지지 않아, 가은은 창가로 다가섰 다.

건후가 그녀의 등 뒤로 다가와 커튼을 걷었다. 그는 가은 의 머리카락을 말아 올리며 뒷목을 입술로 덧그렸다. 가은은 움찔하긴 했어도 적극적으로 반응하지 않았다.

건후가 물었다.

"할아버님이 하신 말씀 생각나지?"

"응?"

건후를 향해 가은이 몸을 틀었다. 그러자 숨죽여 기다리 고 있었던 입술이 그녀를 덮쳤다. 건후의 혀는 가은의 입 안 쪽을 거칠게 파고들었다. 그는 가은의 엉덩이를 손바닥으로 감싸면서 창틀에 앉혔다. 가은은 목덜미와 쇄골을 덧그리는 손가락에 전율했다.

"늑대인간 아기 말이야."

속삭이는 동시에 건후가 가은의 가슴에 얼굴을 파묻었다. 가은은 건후의 머리를 다정하게 쓸어내렸다. 손길은 치분했지만 그녀의 심장은 빠르게 뛰고 있었다. 건후는 옷 위로 가은의 가슴에 입을 맞추면서 다시 위로 올라왔다. 그의 취향에 딱 맞는 향긋한 목덜미를 나른하게 응시하면서 그곳을 깨물 듯 말 듯 애태웠다.

"커피 마셔야죠. 식을 텐데."

가은이 화제를 돌렸지만 건후는 떨어지지 않았다. 그는 가은을 번쩍 안아 들더니 침대 위로 쓰러트렸다. 가은이 쿡쿡 웃으며 밀어냈지만 단단한 건후의 몸은 오히려 그녀를 압박할 뿐이었다. 가은은 몸을 웅크리면서 침대 구석으로 팔을 뻗었다. 건후는 안 된다며 짓궂게 그녀의 손목을 잡아 포개더니 자신의 품에 가두었다.

건후는 그때까지 가은의 어깨를 덮고 있던 코트를 벗겨 바닥으로 떨어트렸다. 돌연 부끄러워진 가은이 나직이 아, 하고 놀랐다.

그들은 서로를 마주 보았다. 건후가 빙긋이 웃으며 입술로 가은의 이마를 콩 찧었다. 그러자 가은이 눈을 내리깔면서 고개를 저었다. 건후가 그녀에게 울상인 이유를 물었다. 그 순간 가은의 머릿속에 불쑥 인턴사원이 떠올랐던 것이다.

"인상 쓰고 있으면 아기 못 만드는데."

불쑥 건후가 진지하게 말하는 바람에 가은은 깜짝 놀랐다.

"아, 안 만들어요! 누가 이런 시간에 그런댔어요?"

못된 남자라니까. 가은은 건후를 밀어내면서 일어났다. 그리고 흐트러진 머리를 정돈했다. 건후는 가은의 뒷모습을 무던히 응시하다 그녀의 허리를 한 손에 움켜쥐고 자기 쪽으로 끌어당겼다.

"신경 쓰이는 거지?"

가은의 귓가에 괜스레 혀를 넣으며 건후가 물었다.

"뭘요?"

짐짓 모른 척하는 가은이었지만 그녀도 건후가 무슨 말을 하는지 잘 알고 있었다. 그들은 부부이기도 하지만 그 이전에 피로 맺어진 사이였다. 가은은 건후의 아랫입술을 살짝 빨았다가 남편의 짓궂은 애정을 이내 키스로 되돌려 주었다.

"셀러브리티 명단이라면 박 비서가 가지고 있는데. 아마 그 인턴사원 아가씨가 찾는 거랑 똑같은 거겠지."

가은은 커피를 들고 묵묵히 한 모금 마셨다. 건후의 사려 깊음은 언제나 그녀를 놀라게 했다. 또 설레게도 만들었다. 하지만 무턱대고 기댈 마음은 없었다.

"그 아가씨에게 친절 정도는 베풀 수 있을지도 모르겠군."

생각에 잠긴 가은에게 건후가 성큼 다가섰다. 가은은 건후를 다정하게 끌어안았다.

"괜찮아요. 제가 간섭할 일도 아닌데."

"하지만 그것 때문에 우리 가은이 기분이 언짢으면 내가 불편해."

건후는 가은의 입술을 핥아 자신의 커피와 그녀의 커피 맛을 비교했다. 가은도 똑같이 따라 했다.

"또 오늘 밤에 확실히 할아버님 말씀을 따르고 싶기도 하고."

"누가 그런댔어요? 핑계는."

"어쨌거나 내가 싫어. 그리고 내가 불편한 걸 참는 사람도 아니니까. 그 인턴사원 아가씨도 망신이었겠지만 한국어로 그렇게 크게 떠드는 건 나라 망신이기도 해."

건후가 딱 부러지게 말했다. 그런 다음 박 비서에게 지시 사항을 메시지로 보냈다. 가은으로서는 그를 막을 길도, 그럴 이유도 없었다. 또 덩달아 나쁜 마법에서 풀린 것처럼 기분이 가벼워졌다. 그녀는 다시 키스를 요구해 오는 건후의 입술에 적극적으로 응했다. 그가 고맙고 기특해서, 피를 주고 싶었다.

"원피스 지퍼 내려 줘요."

가은이 건후에게 속삭였다. 도발당한 건후가 가은의 뺨을 쓸다가 뒷목을 힘껏 움켜쥐었다. 가은이 신음했다. 아프지만 그 고통은 짜릿하고 달콤했다. 그녀는 머리칼 사이로 파고드는 건후의 굵직한 손가락 마디에서 전달되어 오는 자극에 전율했다.

동시에 원피스 지퍼가 내려갔다. 가은의 둥근 어깨가 파르르 떨렸다. 건후는 못 견디고 그곳을 깨물었다. 송곳니가 가은의 하얀 피부를 뚫었다. 살갗이 터지고 약간의 피가 흘러나와 어깨를 물들였다. 건후는 더 이상 피부를 찢지 않고 묻어 나온 약간의 피를 허겁지겁 빨아먹었다.

"달콤해."

갈라진 음성으로 건후가 중얼거렸다. 그는 가은의 원피스를 가슴 밑까지 내렸다. 그는 컵 너머로 오르락내리락 움직이는 보드라운 살을 뚫어져라 보았다. 가은은 조심스럽게 팔을 들어 가슴을 가렸다. 하지만 이내 건후가 그녀의 손을 매정히 치우더니 브래지어와 가슴을 함께 움켜쥐었다.

"아⋯⋯!"

"벌써 아픈 거야? 이제 더 아프게 할 건데."

아니라는 걸 알면서도 건후가 그렇게 물었다. 가은은 그의 가슴에 손을 얹었다. 가쁜 심장박동이 느껴졌다. 그녀의 심장도 같은 속도로 뛰었다. 곧 건후는 두 손을 모아 가슴을 봉긋하게 만들었다. 그리고 소유욕을 드러내며 집어삼킬 듯한 기세로 피부를 꿰뚫고 피를 빨았다.

가은은 두 팔로 건후의 머리를 끌어안았다. 다리에 힘이 풀려 갔다. 건후는 친절하게 무릎을 벌리면서 그녀에게 밀착했다. 그사이 송곳니는 더 깊이…… 가은은 가빠 오는 숨을 가누지 못하고 헐떡거렸다. 건후의 숨결도 점차 거세어졌다. 그는 가은의 피를 충분히 빨았지만 그럼에도 갈증을 느꼈고 그건 언제나 있는 일이었다.

"오늘 저녁엔 일찍 돌아올 거야. 그러니까 자지 말고 기다려."

원피스 지퍼를 올리며 건후가 말했다. 그는 재킷을 걸쳤다. 가은의 심장은 일찍 돌아오겠다는 말보다 아직도 귓가에 남아 일렁이는 그의 숨결 때문에 더 거세게 맥동했다.

"그런데 벌써부터 어딜 가려구요?"

건후는 빙긋이 웃고는 객실 문을 열었다. 박 비서가 들어왔다. 그는 가은에게 인사하면서 밖에서 사진작가가 기다리고 있다고 알려 주었다. 세 사람은 함께 객실을 나갔다. 건후는 가은을 로비까지 배웅한 다음, 박 비서에게 지시사항을 보고받았다.

"그 아가씨는 카페에서 기다리고 있습니다. 손희원 양도 함께요."

"명단은?"

박 비서가 건후에게 USB를 내밀었다. 그는 그것을 받아 카페에 들어가서는 그들을 기다리고 있던 인턴사원과 희원에게 주었다.

"이건 뭐죠?"

희원의 말투는 사나웠다. 건후는 사람이란 참 쉽게 변하지 않는 모양이라고 생각했다.

"셀러브리티 명단입니다. 이걸 잊어버렸다고 알고 있는데."

"그걸 어떻게 알았죠?"

"로비에서 고래고래 소리 지르지 않았습니까."

건후는 부드러운 미소를 입가에 띠었다. 뜻밖이라 희원은 멈칫했지만 그래도 날카로운 기색은 감추지 않고 따져 물었다.

"누가 부탁했던가요?"

"많은 외국인들 앞에서 한국어로 목소리 큰 걸 자랑하는 것보다, 같은 한국인에게 작은 친절을 부탁하는 게 더 낫지 않을까 싶어서 드리는 겁니다."

결국 희원의 얼굴은 빨갛게 달아올랐다. 화가 났던 나머지 그녀는 옆에 앉아 있는 인턴사원을 탓했다.

건후는 몸을 뒤로 기대고 다리를 꼬았다.

"부끄럽다고 해서 그 인턴사원 아가씨에게 화풀이하지는 마세요. 불쾌했다면 그건 제 친절이 지나쳤던 것뿐입니다. 저도 손희원 씨가 창피해하시는 것처럼 부끄러웠거든요. 같은 한국인으로서 말입니다."

건후는 일어나면서 인턴사원에게 명함을 주었다. 인턴사

원은 놀란 눈으로 그를 바라보았다.

"받죠. 우리나라에 패션지가 하나만 있는 건 아니니까."

그는 혼이 쏙 빠진 인턴사원이 감사 인사를 할 때까지 기다리지 않고 카페를 나왔다.

❈　　　❖　　　❈

가은이 막 샤워를 마치고 나왔을 때, 찬과 건후는 통화 중이었다. 건후가 찬에게 낮에 있었던 일을 들려주던 참이었다.

— 아빠, 아빠, 멋—쪄.

건후는 찬의 옹알이에 좋아서 어쩔 줄을 몰랐다. 혹시 이 남자 내가 아니라 찬이한테 칭찬 들으려고 예쁜 짓 한 거 아닐까? 따뜻한 오해로 건후를 바라보던 가은이 그의 어깨를 감싸며 침대에 걸터앉았다. 그녀는 건후의 이마에 키스한 다음 전화기 너머로 찬에게도 키스를 보냈다.

— 별님, 달님, 안녕.

찬의 밤 인사였다. 부부도 찬을 따라 '별님, 달님, 안녕.' 하고 인사하고 전화를 끊었다.

"너무 늦잖아."

돌아누운 건후가 불평했다. 찬과 즐겁게 통화하는 모습을 보여 줘 놓고도 괜히 투정이었다. 그는 못마땅한 기분을 핑계 삼아 가은의 허벅지에 머리를 뉘었다. 가은은 건후의 머리를 쓰다듬으며 속삭였다.

"잘했어요. 그리고 고마워요."

건후는 약간 쑥스러운 기분을 느꼈다. 그로서는 별것 아닌 일이었음에도 가족들이 각별히 칭찬을 해 주는 건 낯설게 기분 좋은 느낌이었다.

"난 상 없는 칭찬은 안 받아."

"누가 안 준다 그랬어요?"

가은이 여유 있게 되받아쳤다. 건후는 서늘한 전율을 느끼면서 바스 가운 자락을 만지작거렸다. 가은은 가슴을 진정시키며 차분히 기다렸다. 곧 건후가 허리띠를 당겼고 그것은 허무하게 풀어졌다. 가은의 나신이 드러났다. 건후는 서서히 몸을 일으켰다. 가은을 자신의 허벅지 위에 앉히고는 힘껏 끌어안았다.

언제나 변함없이 강한 동시에 절박한 소유욕. 가은의 심장이 벅차 왔다. 그녀도 건후를 마주 안고 그의 등을 쓸어내렸다. 절대 무너질 것 같지 않은 굳건하고 단단한 등과, 곧게 뻗은 척추가 손바닥에 느껴졌다. 그녀는 한참 동안 건후의 몸을 쓸었다. 온몸을 도는 피가 따뜻하게 데워질 때까지.

-THE END

외전

가은은 거울을 보고 한숨을 내쉬었다. 어쩌다 이렇게 되었담. 거울 속에는 억센 은빛 머리칼을 가진 늑대인간 여자가 있었다. 그녀는 울먹거리며 자신을 바라보고 있었다. 바로 가은 자신이었다.

오늘은 신혼여행 첫날 저녁, 개인 수영장이 있는 이국의 호텔에서의 첫날밤이었다. 저녁식사를 하고 나서 가은과 건후 부부는 수영을 하기로 했다. 그런데 수영복으로 갈아입는 동안, 가은은 갑작스럽게 늑대인간이 되어 버렸다.

"가은아. 아직 멀었어?"

건후가 문밖에서 물었다.

"잠깐만요."

대충 얼버무린 가은은 욕실 바닥에 놓여 있는 원피스를

물끄러미 보았다. 그런 다음 다시 거울을 보았다. 도로 갈아입어야 하는 걸까.

"도와줄까?"

가은은 황급히 문을 잠갔다. 이미 늑대인간으로 변한 모습을 보여 준 적이 있음에도 그녀는 두렵고 부끄러웠다.

"무슨 일 있어? 왜 그러지?"

건후가 문을 두드렸다. 가은은 괜찮다고 하면서도 어떻게 해야 할지 몰라 쩔쩔맸다. 저 사람에겐 늑대인간으로 변한 것 정도는 아무것도 아닐 거야. 분명히 괜찮다고 하겠지. 건후는 예전에도 예쁘다고 말했었다. 하지만 가은의 마음은 그렇지 않았다.

"저, 수영 못 할 것 같아요."

더 이상 기다림을 지연시킬 수 없었던 가은이 조그맣게 중얼거렸다.

"왜?"

건후는 긴장했다. 마침맞게 가은은 아무 대답도 하지 않고 한참을 망설였다. 그는 인내심을 가지고 기다렸지만 사실은 당장이라도 문을 부수고 들어가고 싶은 심정이었다.

"기분이 나빠져서요."

"기분이?"

자기도 모르게 건후는 안도의 한숨을 내쉬었다.

"그럼 수영 안 해도 되니까 문 열어 줘."

"미안해요. 갑자기 변덕을 부려서."

가은이 들릴락 말락 한 음성으로 사과했다. 건후는 피식 웃었다. 그의 눈에는 변덕도 귀여울 뿐이었다.

"괜찮아. 짜증을 내도 돼. 하지만 내 눈앞에서 해 줬으면 좋겠는데."

"머, 먼저 자요."

"뭐?"

건후의 표정이 심각해졌다. 그는 머리를 쓸어 넘기면서 기분을 진정시켰다. 불안감으로 심장 뛰는 속도가 빨라졌다.

"먼저 자요. 불도 끄고 안 그러면…… 안 나갈래요."

"웃기지 마."

자기도 모르게 건후가 차갑게 쏘아붙였다. 부부가 된 첫날부터 따로 잠드는 커플이 어디 있다는 거야? 그는 울컥했다. 동시에 문손잡이를 힘껏 돌렸다.

"그러지 마세요."

가은이 겁먹은 목소리로 말했다. 건후는 긴장해서 귀를 기울였다. 잘못 들은 게 아니라면 분명히 울먹이는 것 같았는데……. 그는 순간적으로 이성을 잃을 뻔했다. 하지만 워낙 침착한 성격인 그는 다시 객실로 들어가 화장실 열쇠를 찾았다.

"지금 문 열 거야."

"안 돼요!"

열쇠구멍에 키를 꽂기 직전 건후가 경고했다. 놀란 가은이 두 손으로 힘껏 문을 눌렀다. 역시 뭔가 있는 모양이라는 생각이 든 건후는 망설이지 않기로 했다. 한데 가은이 늑대인간 특유의 힘으로 버티는 바람에 들어가기가 어려웠다.

"안 되긴 뭐가 안 돼."

생각보다 저항이 심했다. 이제 건후는 상황이 정말 심각하다는 생각이 들어 문에 온몸을 부딪쳤다. 비명 소리와 함께 가은이 뒤로 넘어져 엉덩방아를 찧었다. 이어 건후가 안으로 들어왔다. 그녀는 놀란 얼굴로 건후를 보다가 그만 주룩 하고 굵은 눈물을 흘렸다.

"맙소사. 왜 울어?"

건후가 가은을 안아 일으켰다. 가은은 부끄러워서 죽고 싶은 기분이었다. 그녀는 두 손으로 얼굴을 가렸다. 하지만 문제는 얼굴보다 늑대 머리칼이었다. 덕택에 건후는 상황을 짐작할 수 있었다. 왜 문을 잠근 채 버렸는지도. 어쩐지 웃음이 나오려고 했다. 그는 입술을 깨물면서까지 꾹 참았다. 그리고 침대로 가, 가은을 품에 안은 채 누웠다.

"갑자기 느, 늑대인간이 돼서…… 오늘은 신혼 첫날인데."

가은이 건후의 가슴에 얼굴을 묻으며 중얼거렸다. 놀란 마음은 진정됐지만 부끄러움은 생각보다 더 오래갔다. 결국 건후는 웃음을 터트리고 말았다. 그는 가은을 품에 꼭 끌어안은 채 키득거렸다.

"왜, 왜 웃어요?"

식을 올릴 때부터, 아니 그 전부터 한 달은 족히 긴장 속에서 지내 왔던 가은이었다. 그런데 그 결실의 첫날에 늑대인간이 되어 버리고 말았다. 어릴 때부터 종종 그런 적이 있었다. 수학여행 가기 전날, 시험 전날 등 간혹 예고 없이 늑대인간이 되어 버리는 때가.

"왜 웃냐구요."

힘들게 결혼했는데 보람도 없이 일을 망쳤다고 가은은 생각했다. 웃어 버리는 건후도 야속하게 느껴졌다. 그녀는 건후를 밀어내려고 끙끙거렸다. 등을 돌리고 잘 셈이었다. 한데 건후는 가은을 집요하게도 끌어안고 놔주지 않았다.

"놓, 놓아주세요."

가은이 사정했다. 그러자 건후가 그녀를 더 세게 끌어안았다. 버텨 보려는 가은이었지만 생각처럼 힘이 들어가지 않았다. 아니, 그녀는 온몸에 힘이 풀리는 걸 느꼈다. 자신을 압박하는 팔의 힘보다 더 가은을 속수무책으로 만드는 것은 건후에게서 풍기는 은은한 샤워코롱 향이었다.

"왜 얘길 안 한 거야?"

"무, 무슨 얘길요."

"늑대인간으로 변했다고 말했으면 억지로 문 안 열었을 거 아냐."

건후의 손이 가은의 등을 쓸어내리다가 골반 부근에서 멈쳤다. 가은은 긴장했다.

"넘어지면서 엉덩방아 찧었지. 아프지 않아?"

"안 아파요! 하나도."

가은이 고개를 홱 들고 건후를 보았다. 하지만 흔들리는 눈동자가 거짓말이라는 걸 보여 주고 있었다. 이내 아차 싶어진 가은은 다시 고개를 수그렸다. 가슴 속에 후회가 가득했다. 건후 말대로 솔직히 말할 걸 싶어지자 후회는 당장이라도 넘쳐흐를 듯 눈가 주변에서 찰랑거렸다.

"정말 안 아프다 이거지?"

건후가 가은의 엉덩이를 살짝 쓰다듬었다. 그러자 가은이 움찔했다.

"아프면서."

"안, 안 아프다니까요."

어휴. 왜 이렇게 창피하게 만드는 거야. 가은이 속으로 발을 동동 굴렀다. 그녀는 건후에게 말했다.

"불 꺼 주기로 했잖아요. 불 꺼요."

"내가 언제 그런 약속을 했어?"

"보여 주기 싫어요."

가은의 머리가 점점 더 아래로 내려가 건후의 복부에 닿았다. 그녀는 팔을 움직여 시트를 귀까지 끌어 올렸다. 하지만 그러기 무섭게 건후가 그것을 치워 버렸다. 가은은 발끈해 다시 고개를 들었다.

"이러기가 어딨어요? 놀리는 거죠? 나 얼굴 보여 주기 싫은데……."

"내가 보고 싶어."

건후가 가은의 턱을 잡아 고정시켰다.

"이렇게 예쁜데."

가은은 가슴에 얼얼한 고통을 느꼈다. 거짓말 같은 얘기인데도 파도에 덮쳐진 듯 마음이 벌컥 쏠렸다.

"난 창피해요."

아직 가은에게는 저항할 기력이 남아 있었다. 그녀는 고개를 저으면서 몸으로 건후를 밀어냈다.

"그럼 눈 감아. 그러면 아무것도 안 보이니까 괜찮아져."

건후가 뻔뻔하게 말했다. 가은은 눈을 흘기면서도 저도 모르게 웃고 말았다. 건후는 그녀가 웃자 따라 웃었다.

"흐음. 울다가 웃다니."

"놀리지 말라니까요. 아까부터 계속……."

"놀린 건 지금이 처음이야."

나른하게 대꾸한 건후가 가은의 턱을 검지로 들어 올렸다. 그와 시선이 마주친 순간 가은의 심장은 또 한 번 지끈거렸다. 가은은 붉어진 눈시울을 깜빡였다.

"눈 감아. 그럼 정말 괜찮아질 거니까."

쉰 음성으로 건후가 말했다. 가은은 망설이다 결국 눈을 감았다. 건후의 입술이 다가왔다. 그는 가은의 입가를 혀로 덧그리면서 애를 태웠다. 하지만 가은은 필사적으로 눈을 감고는 절대 뜨지 않았다. 놀릴 타이밍은 아니지만 반응이 귀여워서 건후는 저도 모르게 장난스럽게 버드 키스만 몇 번이나 했다.

실망한 걸까. 건후가 즐겁게 장난을 하는 동안 반대로 가은은 두렵고 겁이 났다. 수많은 생각들이 부풀었다가 이내 비눗방울처럼 꺼졌다. 왜 새삼스레 더 부끄럽고 더 난처한지 그녀는 자신의 마음을 도무지 알 수가 없었다. 간단히도 키스하는 건후가 이제 와 그러고 싶지 않아졌다면, 그건 오락가락하는 자신 때문일 거란 생각이 들었다.

"그, 그만해요. 잘 거니까."

눈을 질끈 감은 채 가은이 말했다. 그녀는 건후의 팔에 힘이 빠진 틈을 타 확 돌아누웠다.

"토라졌어?"

건후가 물었지만 가은은 대답하지 않았다. 건후는 그녀의 어깨가 가느다랗게 떨리는 것을 보았다. 그 애처롭고 매끄러운 피부를 보자 미안함을 느끼면서도 동시에 흡혈 욕구가 솟았다. 그는 손등으로 가은의 팔을 쓸어내리며 속삭였다.

"아니면 자는 거야?"

가은은 팔로 얼굴을 가렸다.

"오늘 무슨 날인지 까먹었나?"

거듭 건후가 물었다. 아직도 웃음기가 남아 있었다. 역시 놀리는 거야. 가은은 생각했다. 그녀는 점점 자신이 바보처럼 생각되었고 자신감도 더 없어졌다.

"이대로 자면 억울해질 것 같은데. 첫날밤이야. 가은아."

건후가 목덜미 근처에서 속삭였다. 그의 입술은 비키니 매듭에 가 있었다.

"그럼 무, 물려요."

"물리자고?"

이로 매듭 끈을 푼 건후가 짐짓 화난 듯 물었다. 가은은 짤막한 비명을 질렀다. 비키니 상의가 벗겨져 흘러내리는 게 느껴졌다. 가은은 황급히 가슴을 가렸다. 하지만 그 전에 먼저 건후의 손이 그곳에 가 있었다. 한발 늦게, 가은은 건후의 손등에 자신의 손을 얹었다.

"하지 말아요."

"아직 아무것도 안 했는데."

건후가 건조하게 대꾸했다.

"지금부터 해야지."

그는 뜨거운 손바닥으로 가은의 가슴을 애무했다. 가은의 머릿속 심지에 불이 붙었다. 그녀는 무심코 건후의 손등에 손톱을 세웠다. 건후는 고통을 느꼈지만 묵묵히 손을 움직였다. 둥글게 원을 그리면서 가은의 옆구리를 쓰다듬었다. 그러자 가은의 손이 저절로 떨어졌다. 그녀는 움찔거리면서 무심결에 돌아누웠다.

"늑대인간으로 변했어도 창피해하지 말아야지. 부부잖아."

"부부……?"

순간적으로 가은은 얼어붙었다. 부부라는 말을 곱씹는데 현실감이 느껴지지 않았다. 건후는 그런 그녀를 보면서 불만 스러운 듯 입술을 삐쭉거렸다.

"실감 안 나서 그래?"

"네?"

"아직 실감이 안 나는 것 같은데 어떻게 가르쳐 줘야 할 지 모르겠군."

꾸짖듯 쏘아붙인 건후가 수영복을 마저 벗겨 냈다. 가은 은 화급히 손으로 가슴을 가렸다. 건후는 가은의 양 손목을 한 손에 말아 쥐더니 머리 위로 올렸다. 그 상태에서 그는 가은의 눈을 보았다. 그럼에도 가은은 가슴을 주시할 때보다 더 두근거리고 설레었다. 그대로 녹아 버릴 것 같은 기분에 그녀의 눈이 스르르 감겼다.

"내 목에 팔 감아."

달콤하게 명령하면서 건후가 마침내 입을 맞췄다. 가은은 건후의 목에 조심스레 팔을 둘렀다. 곧 입술이 벌어지고 혀 가 들어왔다. 마치 처음 키스하는 것처럼 심장이 두근거렸 다. 몇 번이나 그와 입을 맞췄는데. 가은은 이상했다. 이상 하고 두려웠다. 결혼은 익숙해지기 위한 것이 아니던가? 그 생각이 틀린 걸까?

긴 입맞춤이 끝난 뒤, 가은은 자신의 생각을 조심스레 고백했다. 건후는 진지하게 경청하더니 자신은 익숙해질 생각 따위 없다고 딱 잘라 말했다. 가은이 반박했다.

"아깐 창피해하지 말라고 해 놓곤."

"그건 좀 다른 문제지. 자꾸 숨으려고 하잖아."

"그럼 어떡해요. 내 콤플렉스인걸."

"눈을 감으라고 했잖아."

건후가 가은을 침대로 쓰러트렸다. 가은을 숨을 헉 하고 들이켰다. 건후가 다리를 조심스럽게 벌리더니 그 사이에 자리를 잡고서 그녀를 내려다보았다. 가은은 숨이 막혔다.

"창피하지?"

건후가 짓궂게 물었다. 가은은 고개를 끄덕였다.

"그럴 땐 눈 감아. 정말 좋은 거 가르쳐 줬다. 계속 창피하게 만들 수도 있었는데."

건후가 자조하듯 웃자, 가은의 마음이 한결 가벼워졌다. 그녀는 용감하게 물었다.

"그럼 어떻게 되는데요? 무슨 짓을 할 건데……."

그러나 더 이상 말을 이을 수 없는 가은이었다. 건후가 상체를 수그려 목덜미에 입을 맞췄기 때문이다. 그녀는 얼어붙었지만 건후의 입술이 부드럽게 움직이자 이내 온몸에 따뜻한 피가 도는 것을 느끼고 보다 편안히 숨을 내쉬었다.

건후는 가은이 안심했다 싶자 그녀의 가슴을 움켜쥐었다.

그리고 한 쪽씩 조심스럽게 애무했다. 이따금 송곳니로 자극을 주면서 가은에게 피를 빨릴 때의 감각을 상기시켰다. 마지막으로 피를 빨았던 것이 근 한 달 전의 일이었다. 가은은 무릎을 세웠다. 자연스레 떠오른 일이지만 그 감각이 미치도록 그리웠다. 하지만 들키고 싶지도 않았다.

"무릎 세우라곤 안 했는데."

건후의 손과 입술이 동시에 가은의 무릎을 덮쳤다. 가은은 흐느끼면서 고개를 돌렸다. 건후가 입술을 움직이는 대로 그녀의 무릎도 흔들렸고 얼마 안 가 스르르 벌어졌다. 가은은 혼란스러운 상태에서 건후의 손이 비키니 하의로 올라오는 걸 느꼈다. 아무 말도 할 수 없었다. 건우가 매듭으로 손을 가져갔다.

"너무 밝아요."

가은이 울먹거렸다. 싫다는 말은 안 한다는 점에서 건후는 안심했다. 그는 일어나 불을 끄러 갔다가 통유리 너머로 보이는 수영장 앞에서 잠시 멈춰 섰다. 불을 끄자, 수영장을 밝힌 조명이 방 안으로 새어 들어왔다. 어슴푸레한 불빛은 가은의 몸을 둘러싸고 은은히 빛났다.

건후는 맛있어 보이는 가은의 몸을 보면서 입술을 핥았다. 그는 불안한 시선의 가은과 눈이 마주쳤다. 무심히 건후는 그녀의 눈빛을 되받으면서 침대 쪽으로 천천히 걸어왔다. 가은은 설렘과 두려움에 휩싸인 채 물었다.

"피를 빨려고요?"

"아니."

침대 끄트머리에 다다른 건후가 옷을 벗기 시작했다. 가은은 피를 빨리지 않는 것이 다행인지 아닌지 혼란스러웠다. 곧 건후는 실오라기 없는 나체가 된 상태로 서서 가은을 응시했다. 가은은 팔다리가 침대에 붙박인 것만 같았다. 뱀파이어의 눈은 어둠 속에서 더 노련하게 원하는 것을 찾아냈고 그 눈빛은 대바늘처럼 굵고 날카로웠다.

"불 껐으니까 가은이가 직접 벗어 줄래?"

별일 아닌 듯 묻는 건후의 어조가 가은의 심장을 움켜쥐었다. 가은은 머뭇거리면서 매듭을 풀었다. 끈의 끄트머리만 잡아당기면 금세 풀어질 텐데도 그녀는 버벅거렸다. 마침내 수영복을 다 벗은 그녀의 몸 위로 건후의 몸이 올라왔다. 그는 조심스럽게 올라와 가은을 으스러져라 끌어안았다.

그 무지막지한 힘 때문에 가은이 나약한 신음을 흘렸다. 그러자 오래도록 억누르고 있었던 욕망이 건후의 안에서 폭발했다. 그는 무심코 가은의 어깨를 깨물고 아작아작 씹었다.

"피, 피를 빨 거예요?"

가은이 물었다. 건후는 그녀를 안심시키기 위해 웃고 싶었지만 흥분한 탓에 잘 되지 않았다. 그는 입술을 악물었다.

"아니, 그건 나중에."

"왜요?"

"글쎄? 오늘이 첫날밤이라서 그럴 수도 있고."

피를 빨리지 않은 상태에서 이만큼 흥분해 보기는 처음이었다. 건후는 본능을 거스르는 기분으로 가은을 끌어안았다.

"너무 행복해서 그럴 수도 있고. 나도 내 기분을 다 아는 건 아니라서 잘 모르겠는데."

건후가 나직이 중얼거린 그 순간 가은의 가슴이 뭉클해졌다. 그녀는 건후를 마주 끌어안았다. 조심스럽게 자신과 건후의 몸이 나체로 맞닿는 감촉, 온몸으로 서서히 퍼져 나가는 열기를 느껴 보았다. 느리지만 확실하게 그녀의 몸이 뜨거워졌다.

건후는 가은의 이마부터 시작해 입술, 턱, 쇄골, 가슴을 거쳐 배꼽에 이르기까지 키스를 퍼부었고 마침내는 촉촉한 곳을 찾아내 달콤하면서도 찝찔한 습기를 맛봤다.

가은은 수줍었지만 그걸 말로 옮길 수 없을 만큼 부끄러웠기 때문에 아무 말도 할 수 없었다. 하지만 차차 나아지게 되길 바랐다. 건후는 익숙해지고 싶지 않다고 했지만 그러지 않으면 고인 피가 끓다가 급기야는 터져 버릴지도 몰랐다. 가은은 한 쪽씩 눈을 떴다. 자신에게 집중한 건후를 보다가 곧 온몸의 힘을 풀고 몸을 열어 주었다.

❈ ❖ ❈

꿈같은 신혼여행이 끝나는가 싶자마자 시댁과 친정을 번갈아 다니느라 가은은 지치고 말았다. 게다가 힘든 주말 뒤에 그녀를 기다리고 있는 것은 회사였다. 밀린 일도 일이지만 회사에 돌아오니 대리 승진이 있었다. 그 바람에 정신이 없었던 가은은 3일 연속으로 야근을 해야 했고 덕택에 건후에게 피를 줄 수도 없었다.

"창간 2주년 기념 특집 부록 아이디어를 내라구요? 지금 당장?"

편집장은 황당해하는 가은을 향해 태연히도 고개를 끄덕였다.

"저 점심 먹으러 가야 되는데요?"

"금세 생각하면 되잖아."

"말도 안 돼!"

가은이 비명을 질렀다. 편집장이 짓궂게 웃었다.

"사람 너무 부려 먹는 거 아니에요?"

"직원이라곤 너랑 나, 인턴 이렇게 셋뿐이잖아. 누굴 부려 먹어? 그리고 신혼여행 가는 바람에 일 밀린 건 생각도 안 해?"

편집장의 말은 사실이었다. 가은은 한숨을 내쉬었다. 어쩔 수 없지. 그녀는 즐겁게 체념했다. 예전에 일했던 잡지사는 지금 일하는 곳보다 더 크고 좋았지만 가족적인 분위기는 아니었다. 가은은 이곳이 좋았다. 편집장의 대우가 옳다기보다 무엇보다 이 일을 좋아하고 이 회사를 좋아하기 때문에 포기할 수 있는 거였다. 미안하지만 건후에게는 양해를 구할 수밖에.

"안 되겠어요. 점심은 먹고 할게요."

그렇게 생각했는데 안 될 것 같았다. 건후가 안 된다고 딱 잘라 말한 데다가 말투로 보아 꽤 화가 난 것 같았다.

"안 돼! 부록 아이디어 내고 가!"

편집장이 책상에서 달려 나와 가은의 팔에 매달렸다.

"나도 안 돼요!"

"남편이 안 된대? 일이라 그래! 애초에 점심시간까지 쪼개서 만나는 부부가 어딨냐?"

"애초라 그러시는데 요즘 점심 편집장님이랑 먹었어요. 지겨워 죽겠어!"

그때 문자 메시지가 왔다. 건후가 직접 회사로 올라오겠다는 거였다. 가은은 아직 편집장에게 건후를 제대로 소개한 적이 없었다. 더구나 비밀리에 한 결혼이었다. 결혼식은 비공개로 진행되어서 편집장은 올 수 없었다. 따라서 그녀는 가은의 남편이 건후일 거라고는 꿈에도 생각하지 못했다.

"일하고 가. 그래야 오후에 업체에 연락해서 협찬받는다구."

"우리 편집장님 지독하네, 정말!"

"누가 신혼여행 가랬어?"

"세상에. 신혼여행 간 게 잘못이에요?"

"선물도 안 사 온 주제에."

선물. 가은은 미처 그 생각을 못 했다는 걸 깨달았다. 어쩜 좋아. 우리 편집장님 많이 서운하셨겠다.

그때 문이 열리고 건후가 들어왔다. 그는 뒤늦게 노크를 하면서 편집장을 향해 꾸벅 인사한 다음 뚜벅뚜벅 거침없이 들어왔다.

"저…… 어디서 많이 뵌 분 같은데……?"

"안녕하세요. 가은이 남편 되는 사람입니다. 점심 먹기로 했는데 안 와서 데리러 왔습니다. 괜찮겠죠? 데리고 가도. 제가 지금 배가 고파서 기절할 것 같거든요. 평소엔 절대 이렇지 않습니다만."

무뚝뚝한 얼굴. 속사포처럼 쏘아붙이는 저 말투. 정말 화났구나. 가은은 건후가 지금 '아무것도 눈에 안 뵈는 상태'임을 알았다.

"안녕하세요!"

편집장은 저도 모르게 큰 목소리로 인사했다. 어쩐지 긴장하게 만드는 남자였다.

"그런데 지금 유 대리가 점심 먹기 전에 부록을 생각해야만 하거든요. 반드시. 신혼여행 때문에 일을 미처 다 못해서."

그래도 편집장은 할 말은 하는 대쪽 같은 여자였다. 건후는 그녀의 말을 잠깐 곱씹더니 박 비서를 불러 뭔가를 지시 내렸다.

"아. 물론 그것 때문에 온 것만은 아닙니다. 가은이가 집에 뭘 두고 갔더라고요."

곧 박 비서가 헐레벌떡 뛰어 올라와 작은 백을 내밀었다. 건후는 그걸 받아 편집장에게 내밀었다.

"신혼여행 선물입니다. 디자이너 로우, 아시죠?"

"로, 로우요?"

편집장은 깜짝 놀랐다. 외모에서도 그런 분위기는 느껴졌지만 역시 가은의 남편은 평범한 회사원이 아닌 모양이었다.

"로우가 제 친구인데, 이번에 향수 회사와 콜라보레이션을 했답니다. 이게 그 친구가 디자인한 향수병이구요. 아. 그래요. 부록을 이 향수 미니어처로 하는 건 어떨까요?"

"네?"

편집장은 또 한 번 놀랐다. 하지만 가은은 더 놀랐다. 아무튼 무서운 순발력이라니까.

"하지만 저희 잡지사는 그 정도 협찬을 받을 만한……."

건후가 자신의 명함과 로우의 명함을 겹쳐 내밀었다.

"이거면 될 겁니다. 그럼 해결된 걸로 알고 가은이는 데리고 가죠."

다급한 손길로 건후는 가은을 데리고 밖으로 나왔다. 뭐가 이렇게 급하담? 가은은 건후를 따라 복도를 걸으며 생각했다. 그녀는 거의 뛰어가야 했다. 건후는 열심히 걷다가 순간 휘청거렸다.

"괜찮아요? 왜 그래요?"

"아니……."

나직이 혀를 찬 건후는 방향을 홱 돌려 가은을 데리고 여자 화장실로 들어갔다. 그의 안색은 창백했고 당장이라도 기절할 태세였다. 가은은 순간적으로 깨달았다.

"피를 못 마셔서 이러는 거 맞죠?"

건후는 거친 손길로 가은을 벽에 세우더니 목덜미에 이를 박았다. 가은은 이 긴박한 상황에서도 심장이 제멋대로 설레는 것을 멈출 수가 없었다.

가은의 귀밑에서, 건후는 숨을 헐떡이며 식사를 했다. 그는 송곳니를 박아 넣을 때 가은을 상처 입히지 않으려고 자제했지만 노력에 그치고 말았다. 가은은 쓰라린 고통에 건후의 머리를 양손으로 움켜쥐어야 했다.

"갑자기 피가 들어가서 어지러워. 자기가 키스 좀 해 줬으면 좋겠는데."

고개를 휙 쳐든 건후가 뜨겁게 요구했다. 가은은 고통이 거짓말처럼 증발하는 것을 느꼈다. 그녀는 피로 물든 건후의 입술 위에 자신의 입술을 덮었다. 건후가 나직이 한숨을 토해 냈다. 그는 가은의 허리를 한 팔에 감싸 안고 밀착했다. 혀를 할짝거리며 가은의 타액과 그녀의 피 맛을 견주었다.

"안 돼. 좀 더."

가은이 입술을 떼자 엉덩이를 손바닥으로 받쳐 올리며 건후가 요구했다. 가은은 망설였다. 피와 타액이 섞인 그 미묘한 맛에 어지러웠다. 혀의 미각세포 하나하나가 바늘에 찔린 것 같았다.

"제길. 그럼 내가 해?"

건후가 거칠게 중얼거리더니 손가락으로 가은의 목덜미를 찍어 피를 맛봤다. 가은은 휘청거렸다. 어지러운 건 건후 쪽이 더 심각한데도 그녀 역시 정신을 차릴 수가 없었다.

건후는 목덜미를 한 번 더 쓱 핥더니 그 입술로 다시 거칠게 키스를 해 왔다. 입안 구석구석을 돌아다니며 격렬하게 헤엄쳤다. 가은은 헐떡거렸다. 숨이 막힌다는 생각이 들 즈음, 건후가 열망이 잔뜩 밴 손길로 가은의 치마를 걷어 올렸다.

"안 돼요. 여기 회사예요!"

그 말에 건후는 조금 정신을 차린 것 같았다. 그는 손을 빼내고 머리를 쓸어 넘겼다. 가은이 그에게 물었다.

"이제 정신이 좀 들어요?"

"쓸데없이 폼만 잡았군. 내가 다 망쳤어."

피가 묻은 입술을 핥으며 건후가 중얼거렸다. 그는 괴로운 표정이었다. 이제 와 할 생각은 아닐지도 모르지만, 무작정 가은을 끌고 나온 것이 후회되었다. 새 상사가 가은을 희원처럼 괴롭힐지도 모른다는 생각도 뒤늦게 들었다.

"뭘 망쳐요?"

"신혼여행에서, 피를 빨았어야 했는데. 그렇게 안 해서. 볼썽사납게 굴었군."

건후는 가은의 어깨를 감싸 쥐었다. 시선을 마주치는 게 창피해서 그녀를 끌어당겨 자신을 보지 못하게 했다.

"왜 그렇게 안 했어요? 몰랐잖아. 말해 줬으면 내가⋯⋯."

"잠깐만."

건후가 손을 들어 가은의 입을 막았다. 가은은 놀라서 건후를 향해 눈을 깜빡거렸다. 그의 엄지가 입가를 훑는가 싶더니 가은의 입안으로 들어왔다. 가은은 자신의 피맛을 보았다. 건후는 그녀가 그것을 음미할 때까지 기다렸다가 손을 빼고 가벼운 입맞춤으로 마무리했다. 가은은 황홀한 기분에 젖었지만 그렇다고 판단력을 잃지는 않았다.

"얼버무리지 말아요. 왜 신혼여행 갔을 때 피를 안 빨았어요?"

그녀는 궁금했다. 건후는 대답하고 싶지 않았지만 마침내 회피할 방법이 없다는 걸 깨달았다. 그는 딴 곳을 보면서 툭 던지듯 중얼거렸다.

"사실은 나도 싫어해."

"뭘요?"

"혼혈인 거. ⋯⋯뱀파이어 혼혈. 아니."

그가 고개를 흔들었다.

"썩 좋아하지 않는다고 해 두지. 그럼 나 이만 가 볼게."

가은은 건후의 팔을 붙잡았다. 그가 부끄러워하는 게 이상했다.

"어딜 가요. 그러면서 날 놀려요? 혼내 줄래요. 못 가요."

"안 놀렸어!"

"그럼 뭔데요? 센 척한 거예요?"

건후는 침묵했다. 가은이 눈초리를 말갛게 떴다.

"툭하면 묵비권 행사하고. 자꾸 그러면 소리 지를 거예요. 여기 여자화장실인 거 알죠?"

건후의 눈썹이 꿈틀했다. 가은은 치켜 올라간 그의 눈썹을 손끝으로 톡 건드렸다.

"아무 데나 끌고 들어오는 이 못된 버릇부터 고쳐야 돼."

피식 웃는 건후였지만 기분 탓인지 어깨가 서늘했다. 그는 표정을 드러내지 않으려고 헛기침을 하면서 위를 올려다보았다. 가은이 그의 얼굴을 양손으로 잡고 아래를 향하게 했다.

"고칠 거죠?"

건후는 묵묵히 고개를 끄덕였다. 가은이 다시 한 번 물었다.

"고칠 거죠?"

"알았어."

"또 센 척해서 기절 직전까지 갈 거예요?"

"기절 직전까지 간 적 없어. 그리고 가은이도 내숭 떨었잖아. 늑대인간으로 변하는 거 괜찮다고 했는⋯⋯."

"또 센 척할 거예요?"

가은이 말을 딱 자르자 건후는 할 말이 없어졌다. 그는 한숨을 푹 내쉬더니 고개를 끄덕였다.

"소리 내서 대답 안 하는 것도 센 척이야."

"네. 그렇게 하겠습니다."

"존댓말 하는 건 이상해. 마음에 안 들어."

결국 건후는 웃음을 터트렸다. 그는 가은을 꼭 끌어안았다. 가은이 미심쩍다는 듯 그를 보자, 입을 맞췄다. 가은은 뺨을 붉혔다. 센 척 따위 아무래도 상관없었지만…….

"가은아."

"네?"

"나갈 때 등 좀 빌려 줘."

"왜요?"

"네 등 뒤에 숨어서 가게."

가은도 건후처럼 활짝 웃음을 터트렸다.

"가려질 것 같아요?"

"해 보고 아니면, ……말지 뭐."

건후가 머쓱하게 눈웃음을 쳤다. 그들은 손을 맞잡고 제법 당당하게 화장실에서 나왔다.

안녕하세요? 저는 링고라고 합니다.

지금까지 글을 꽤 많이 써 왔는데요, 로맨스 소설로는 처음 인사드리는지라 부족한 점이 많을 게 틀림없습니다. 앞으로 더 많이 배우고 더 좋은 작품 낼 수 있게 노력하겠습니다.

제 마음은 재미있는 소설을 쓰고 싶은 것뿐이지만 재미있는 소설의 완성은 독자님들이 만들어 주시는 거라고 생각합니다. 사실 작가로서는 열심히 배우고 노력을 쉬지 않는 것 말고는 딱히 할 일이 없어요. 다른 일에 눈을 돌릴 필요도 없다고 생각합니다.

아무튼 앞으로도 잘 부탁드립니다!

완벽한관계

초판 1쇄 찍음 2014년 6월 3일
초판 1쇄 펴냄 2014년 6월 10일

지은이 | 링고(Ringo)
펴낸이 | 정   필
펴낸곳 | 도서출판 **뿔미디어**

편집장 | 이재권
기획 · 편집 | 주종숙, 이은정

출판등록 | 2002년 9월 11일 (제1081-1-132호)
주소 | 경기도 부천시 원미구 상동로 117번길 49(상동) 503호
전화 | 032)651-6513 / 팩스 | 032)651-6094
E-mail | dahyangs@naver.com
블로그 | http://blog.naver.com/dahyangs
홈페이지 | http://bbulmedia.com

값 9,000원

ISBN 979-11-315-1983-7 03810

도서출판 뿔미디어 홈페이지 OPEN!!

안녕하세요.
지금껏 저희 뿔미디어를 응원해 주신
독자님들의 성원에 힘입어
이번에 새롭게 홈페이지를 오픈하였습니다.

저희 뿔미디어는 홈페이지에서 독자님들께서
보다 빠른 출간 소식과 미리보기 등
알찬 내용을 제공하기 위해 많은 노력을 기울였습니다.
또한 독자님들에게 도서 할인, 이벤트 등
다양한 혜택을 제공하고자 합니다.

저희 뿔미디어 홈페이지 오픈을 계기로
한층 더 독자님들과 가까워질 수 있는 기회가 되었으면 합니디

보다 많은 관심과 사랑 부탁드리며,
앞으로도 더 좋은 컨텐츠 제공에 힘쓰도록 하겠습니다.

감사합니다.

-도서출판 뿔미디어 올림-

www.bbulmedia.com

www.bbulmedia.com

www.bbulmedia.com